HISTOIRES TERRIFIANTES

ŒUVRES D'ALFRED HITCHCOCK

DANS PRESSES POCKET :

HISTOIRES ÉPOUVANTABLES
HISTOIRES ABOMINABLES

ALFRED HITCHCOCK

HISTOIRES TERRIFIANTES

PRESSES POCKET

Le titre original de cet ouvrage est :

STORIES THAT SCARED EVEN ME

ISBN 2.266.00679-7

Tête-de-poisson

par

IRVIN S. COBB

IL est vain que ma plume tente de vous décrire le lac de Pied-Plissé dans l'espoir que, en lisant ceci, vous vous le représentiez comme je le vois en mon souvenir. Car le lac de Pied-Plissé ne ressemble à aucun autre que je connaisse. On dirait une arrière-pensée du Créateur.

Le reste de notre continent avait émergé et séchait au soleil depuis des milliers d'années — ou des millions, pour ce que j'en sais — avant que n'apparût Pied-Plissé. C'est probablement le plus récent phénomène naturel de cet hémisphère, puisque ce lac est né du grand tremblement de terre de 1811, voilà juste un peu plus de cent ans. Ce séisme a certes considérablement modifié la face de la Terre à ce qui était alors la lointaine frontière de ce pays. Il a changé le cours des rivières, transformé les collines en ce qui constitue actuellement les basses-terres de trois États, métamorphosant le sol durci en une gelée qu'il a fait rouler comme les vagues de la mer. Dans ces convulsions de la terre et les vomissements des eaux, le phénomène a labouré plus ou moins profondément une portion de la croûte terrestre de quelque cent kilomètres de long, balayant tout, arbres, hauteurs, vallées, allant jusqu'à couper le cours du Missis-sippi, y creusant une telle faille que, trois jours durant, le fleuve parut battre en retraite jusqu'à ce que le trou fût comblé.

Le résultat, c'est le plus grand lac existant au sud de l'Ohio, situé en majeure partie dans le Tennessee, mais s'étendant au nord par-delà ce que l'on appelle maintenant la limite du Kentucky. Il tire son nom d'une ressemblance approximative avec le pied plat et plissé des Noirs des plantations de maïs. Le marais de Laine-Noire, qui n'en est pas tellement éloigné, doit sans doute au même homme d'être ainsi dénommé; du moins, cela en donne-t-il l'impression.

Pied-Plissé est et a toujours été un lac mystérieux. Par endroits, il est sans fond. En d'autres, subsistent les squelettes des cyprès engloutis, au point que, si le soleil est bien placé et si les eaux sont moins limoneuses qu'à l'ordinaire, on voit — ou croit voir — en scrutant les profondeurs, leurs branchages dénudés tendus comme des doigts de noyés arborant des lambeaux de pansements, lesquels ne sont que des effilochures de vase verdâtre. En d'autres points encore, le lac est si peu profond sur de longues distances qu'un homme y a seulement de l'eau jusqu'à la poitrine; mais il est dangereux à cause d'algues qui, sous l'effet de courants de fond, s'accrochent et s'enroulent aux jambes des nageurs. Les rives sont principalement de boue, boue qui charge aussi ses eaux, leur donnant une couleur de café au printemps et de cuivre jaune en été; après la crue printanière, les arbres restent enduits jusqu'à leurs branches basses d'une épaisse couche de boue qui confère à leurs troncs un aspect scrofuleux.

Il existe autour du lac des étendues boisées et des coupes où se dressent d'innombrables cyprès, comme autant de stèles funéraires au pied desquelles les branches mortes pourrissent dans la vase molle. Il y a des creux où pousse haut le maïs des basses-terres, que dominent de place en place des arbres noircis par l'incendie sans feuilles ni branches. On y voit de sinistres plaines étirées où, au printemps, les paquets d'œufs de grenouilles s'agglutinent aux roseaux comme des plaques de mucosités blanchâtres et, la nuit, les tortues rampent pour aller pondre dans le sable leurs chapelets d'œufs parfaitement ronds dont la coque a une consistance caoutchouteuse. Il y a aussi des bayous ne menant nulle part et des bourbiers sinueux qui, tels de gros vers aveugles, serpentent au hasard pour rejoindre finalement le grand fleuve roulant ses flots semi-liquides quelques kilomètres plus à l'ouest.

Ainsi se présente le lac du Pied-Plissé, plat et légèrement gelé en hiver, fumant de chaleur en été, gonflé au printemps quand se teintent de vert vif les bois et que par millions, par milliards, les moustiques emplissent de leur bourdonnement pestilentiel les bas-fonds inondés; à l'automne, il est glorieusement encadré de tous les tons qu'apportent les premiers froids : l'or des noyers, le roux des sycomores, le rouge des cornouillers et des frênes, le violet foncé des gommiers.

Mais la région du Pied-Plissé a aussi ses bons côtés. De nos jours, dans le Sud, il n'est pas de meilleur coin pour la chasse et la pêche. Quand arrive leur saison, oies et canards y affluent. Et même des oiseaux semi-tropicaux comme le pélican brun ou le cormoran de Floride y viennent parfois nicher. Des porcs, retournés à l'état sauvage, en parcourent les crêtes et chaque harde obéit à un chef, vieux sanglier maigre aux flancs de cuir. La nuit, les grenouilles-taureaux, dont la voix est aussi impressionnante que la taille, coassent sous les berges.

Pour le pêcheur, c'est un endroit merveilleux où abondent perches, cyprins et épinoches au long museau. Que ces espèces comestibles réussissent à y vivre et s'y reproduire, puis que les alevins à leur tour fassent de même, tient vraiment du miracle vu la quantité de grands poissons voraces qui pullulent dans le lac. Vous trouverez là, de plus grosse taille que n'importe où ailleurs, l'orphie vorace, tout arêtes et plaques cornées, avec un museau rappelant celui de l'alligator, qui constitue selon les naturalistes le chaînon rattachant la vie animale de l'ère des grands Reptiles à celle de nos jours. Le scaphirynque au museau en pelle, qui est en réalité une espèce difforme d'esturgeon d'eau douce, hante à longueur de journées les recoins tranquilles dans de grands bruits d'éclaboussures qui évoquent un cheval se jetant à l'eau. Une plaque membraneuse en forme d'éventail prolonge son nez comme un beaupré de navire. Sur toutes les souches échouées, par groupes de quatre ou six, les énormes tortues rôtissent leur carapace jusqu'au noir les jours de grand soleil, leurs petites têtes de serpent attentivement dressées, prêtes à s'escamoter au premier grincement d'avirons dans les tolets.

Mais le plus grand de tous, c'est le poisson-chat. Monstrueuses créatures que ces poissons-chats du Pied-Plissé... Des choses lisses, dépourvues d'écailles, avec des yeux cadavéreux et des nageoires empoisonnées pareilles à des javelines, de longues moustaches pendant de chaque côté de leur tête caverneuse. Pouvant atteindre jusqu'à deux mètres de long, pesant deux cents livres et plus, ils ont des gueules assez larges pour happer un pied ou un poignet d'homme, des mâchoires capables de broyer la plupart des hameçons, et une voracité les poussant à avaler tout ce qui se présente vivant, mort ou en putréfaction. Oh! ce sont de fort méchantes bêtes et l'on raconte de terribles histoires à leur sujet, là-bas où on les appelle « mangeurs d'homme » en les comparant, à certains égards, aux requins.

Tête-de-poisson ne détonnait pas dans cet environnement. Il s'y adaptait comme un gland à sa cupule. Il avait passé toute sa vie au bord du Pied-Plissé, toujours au même endroit situé à l'embouchure d'un certain bayou. Il y était né d'un père noir et d'une mère métissée d'Indien, tous deux morts à présent, et l'on racontait que, avant sa naissance, sa mère avait été effrayée par l'un de ces grands poissons, si bien que l'enfant était venu au monde hideusement marqué. Tête-de-poisson était un monstre humain, l'incarnation d'un cauchemar. Sur un corps d'homme — court, trapu et musclé — il avait une tête ressemblant à celle d'un poisson autant que faire se peut en conservant malgré tout quelque chose d'humain. Son crâne fuyait si abruptement vers l'arrière qu'il n'avait pour ainsi dire pas de front, et son menton aussi était pratiquement inexistant. Petits et ronds, ses yeux très écartés avaient des pupilles d'un jaune pâle et, tels ceux d'un poisson, ils ne clignaient jamais. Deux minuscules fentes au milieu de son masque jaune lui tenaient lieu de nez, mais le pire de tout, c'était la bouche. Une affreuse gueule de poisson-chat, dépourvue de lèvres et d'une incroyable largeur, s'étirait d'une joue à l'autre. Lorsqu'il devint adulte, sa ressemblance avec un poisson s'accentua encore davantage, car les poils de son visage poussaient en deux mèches minces et enchevêtrées qui retombaient en lui encadrant la bouche, comme les barbes d'un poisson.

S'il avait un autre nom que Tête-de-poisson, lui seul le savait. Tout le monde l'appelait Tête-de-poisson, et c'était à ce nom qu'il répondait. Comme personne dans le coin ne connaissait aussi bien que lui les eaux et les bois du Pied-Plissé, il était très prisé des gens de la ville qui venaient là chaque année pour la chasse ou la pêche. Mais Tête-de-poisson acceptait rarement de servir de guide. La plupart du temps, il se tenait à l'écart, cultivant son carré de maïs, tendant ses filets dans le lac, piégeant un peu dans les bois et, à la saison, tuant du gibier pour approvisionner les marchés de la ville. Ses voisins, aussi bien les Blancs en proie à la fièvre que les Noirs à l'épreuve du paludisme, le laissaient à sa solitude. A vrai dire, il inspirait même à la plupart d'entre eux une crainte superstitieuse. Il vivait donc à l'écart, sans parents ni amis, évitant les hommes et évités par eux.

Sa cabane se dressait presque à la limite de l'État, là où le Bayou Vaseux se jette dans le lac. C'était une baraque de rondins, seule habitation à six kilomètres à la ronde. Derrière elle, le bois touffu arrivait jusqu'à la lisière du lopin de terre cultivé par Tête-de-poisson, l'enveloppant dans une ombre épaisse sauf lorsque le soleil était au zénith. Tête-de-poisson faisait sa cuisine à l'extérieur et d'une façon très primitive, au-dessus d'un trou creusé dans le sol humide ou sur ce qui subsistait d'un vieux fourneau rouillé. Il buvait l'eau jaunâtre du lac qu'il puisait à l'aide d'une gourde, se nourrissant et se débrouillant tout seul, passé maître dans l'art de canoter, de tendre les filets, adroit à la canardière comme au harpon, et pourtant pauvre créature solitaire, à demi sauvage, presque amphibie, retranchée de ses voisins, silencieuse et méfiante.

Du devant de la cabane partait un tronc de peuplier depuis longtemps abattu, qui se trouvait à moitié sur le sol et à demi dans l'eau. Sur le dessus, il était brûlé par le soleil et poli par les pieds nus de Tête-de-poisson; par dessous, il était noir et pourri, sans cesse attaqué par les vaguelettes qui le léchaient comme autant de langues minuscules. Sa pointe extrême atteignait des eaux profondes et cet arbre mort était comme un prolongement de Tête-de-poisson : où qu'il se laissât entraîner durant la journée par la pêche et la chasse, la tombée du jour le retrouvait toujours là, sa barque tirée sur le rivage et lui-même perché sur le tronc. De loin, on le voyait souvent ainsi, parfois accroupi, aussi totalement immobile que les grandes tortues qui se traînaient en son absence sur l'arbre abattu, ou bien dressé et vigilant comme un échassier, sa silhouette difforme et jaune se découpant sur le couchant jaune, l'eau jaune, le rivage jaune... tous ces jaunes qui se fondaient les uns dans les autres.

Si durant le jour les habitants de Pied-Plissé évitaient Tête-de-poisson, la nuit ils en avaient peur et le fuyaient comme la peste, craignant même de le rencontrer par hasard, car de vilaines histoires circulaient sur son compte... Des histoires auxquelles croyaient tous les Noirs et quelques Blancs aussi. Le cri qui retentissait juste avant et aussitôt après le crépuscule, ricochant sur les eaux enténébrées, on disait que c'était son appel aux grands poissons-chats, qui répondaient aussitôt à son invite et en compagnie desquels il nageait dans le lac au clair de lune, jouant, plongeant avec eux, se nourrissant des mêmes choses innommables dont ils se repaissaient. Ce qui était certain, c'est que le cri avait été maintes fois entendu et que les grands poissons étaient particulièrement abondants à l'embouchure du bayou. Blanc ou noir, aucun habitant de Pied-Plissé n'y aurait plongé le bras ou la jambe.

C'était là que vivait Tête-de-poisson, là aussi qu'il devait mourir. Car les Baxter allaient le tuer, et ce jour du milieu de l'été avait été choisi par eux pour leur œuvre de mort. Les deux Baxter — Jake et Joel — étaient sortis de leur repaire dans ce but. Le meurtre était projeté depuis longtemps et les Baxter avaient mijoté leur haine à petit feu pendant des mois avant de décider de passer à l'action. C'étaient de « pauvres Blancs », pauvres en tout — réputation, biens et situation —, deux squatters rongés par les fièvres qui vivaient de whisky et de tabac quand ils pouvaient s'en procurer, de poisson et de bouillie de maïs quand ils ne le pouvaient pas.

Il y avait plusieurs mois qu'était née leur haine à l'égard de Tête-de-poisson. Ils l'avaient rencontré un jour de printemps à Walnut Log, sur un appontement branlant. Ayant beaucoup bu, les deux frères étaient en proie à cette gloriole agressive qu'engendre l'alcool et, sans la moindre preuve, ils avaient stupidement accusé Tête-de-poisson d'avoir laissé filer leur ligne de fond après l'avoir décrochée, faute impardonnable dans le monde des riverains du lac et des pauvres bateliers du Sud. Comme il ne se révoltait pas contre l'accusation et gardait le silence en se bornant à les regarder fixement, ils s'étaient enhardis jusqu'à le frapper au visage; du coup, il s'était rebiffé et leur avait flanqué une mémorable rossée, leur faisant saigner le nez, éclater les lèvres contre les dents, avant de les laisser étendus dans la poussière, sanglants et meurtris. Qui pis était, aux yeux des observateurs, la justice immanente avait triomphé des préjugés raciaux en permettant qu'eux — deux Blancs, nés libres et souverains — fussent battus par un nègre.

Voilà pourquoi il leur fallait la peau du nègre. Toute l'affaire avait été longuement préparée. Ils le tueraient au coucher du soleil, sur son tronc d'arbre. Cela se passerait sans témoin et ils n'auraient donc pas de poursuites à craindre. La facilité de l'opération réussissait même à leur faire oublier la peur innée qu'ils avaient du gîte de Tête-de-poisson.

Depuis plus d'une heure déjà, ils avaient quitté leur tanière pour traverser un bras du lac. Façonnée au couteau, à l'herminette et au feu dans le tronc d'un peuplier, leur pirogue se déplaçait sur l'eau aussi silencieusement que nage le canard sauvage, laissant derrière elle les eaux calmes troublées par un long sillage onduleux. Assis à l'arrière de l'esquif au ventre arrondi, Jake — qui, des deux frères, était le meilleur pagayeur — donnait de rapides coups de palette ne provoquant aucune éclaboussure. Des deux le meilleur tireur, Joel était accroupi à l'avant, tenant entre ses genoux une lourde canardière rouillée.

Bien que, en épiant leur future victime, ils eussent acquis la certitude que Tête-de-poisson ne regagnerait pas le bord du lac avant plusieurs heures, ils avaient jugé plus prudent de se tenir aussi près que possible des berges broussailleuses. Pareils à des ombres, ils glissaient le long du rivage dans un silence tel que même les tortues de vase, toujours aux aguets, tournaient à peine la tête à leur passage. De la sorte, une heure entière avant le moment fixé, ils contournèrent l'embouchure du bayou pour gagner un point d'embuscade naturel que, pour son malheur, le métis avait laissé subsister à un jet de pierre de sa cabane.

A l'endroit où le bayou mêlait ses eaux à celles plus profondes du lac, un arbre à demi déraciné penchait fortement son sommet encore vert et touffu dont les feuilles, entremêlées de lianes et de jasmin de Virginie, continuaient d'être nourries par ce qu'il gardait de racines en terre. Alentour flottaient tiges de maïs de l'année précédente, plaques d'écorce, touffes d'herbe pourrie, et autres détritus rassemblés par un lent remous. La pirogue passa au beau milieu de tout cela et vira, le flanc contre le tronc protecteur de l'arbre, bien cachée du côté de la terre par des rangées de buissons sauvages, exactement comme les Baxter l'avaient calculé lorsque, des jours auparavant, ayant repéré l'endroit au cours d'une opération de reconnaissance, ils l'avaient aussitôt inclus dans leur plan.

Il n'y avait eu ni anicroche ni contretemps. En cette fin d'après-midi, personne n'était dehors pour observer leurs mouvements et, dans peu de temps maintenant, Tête-de-poisson allait revenir. L'œil exercé de Jake suivait la lente descente du soleil tandis qu'il se livrait à des calculs. Les ombres projetées sur le rivage s'allongeaient et atteignaient les vaguelettes. Les petits bruits du jour s'éteignaient alors que se multipliaient ceux de la nuit proche. Les mouches vertes disparaissaient, laissant la place à de grands moustiques aux pattes mouchetées de gris. Le lac ensommeillé suçotait les berges en émettant de petits bruits, comme s'il trouvait à la boue un goût agréable. Une monstrueuse écrevisse, aussi grosse qu'une jeune langouste, se hissa au sommet de sa cheminée de boue séchée et y resta perchée, telle une sentinelle en armure sur la tour de guet. Des chauves-souris géantes commencèrent à voleter au-dessus des arbres. Un rat musqué qui nageait la tête haut tendue dut obliquer vivement pour éviter un mocassin d'eau, si gras et gonflé de poison estival qu'il évoquait plutôt un lézard sans pattes tandis qu'il décrivait des S paresseux à la surface du lac. Juste au-dessus de la tête des assassins à l'affût, un essaim compact de moucherons restait en suspens, tel un cerf-volant.

Après encore un petit moment, Tête-de-poisson

sortit du bois situé derrière sa cabane, marchant d'un pas rapide, un sac jeté sur l'épaule. L'espace de quelques secondes, ses difformités furent apparentes tandis qu'il traversait la clairière avant de s'engloutir dans les ténèbres intérieures de la baraque. A présent, le soleil était presque couché. On ne distinguait plus qu'un arc de cercle rougeâtre au-dessus des arbres, de l'autre côté du lac, et les ombres s'étendaient très loin vers l'intérieur des terres. A quelque distance, les grands poissons-chats s'agitaient, jaillissant hors de l'eau et y retombant dans des bruits d'éclaboussures dont l'étrange musique parvenait jusqu'au rivage.

Mais sous leur couvert de verdure, les nerfs tendus, les deux frères ne prêtaient attention à rien, ne vivant plus que dans l'attente de l'acte qu'ils étaient résolus à commettre. Joel appuya doucement le double canon de son arme sur la souche en épaulant la crosse, deux doigts caressant légèrement les détentes. Cramponné à une liane, Jake maintenait immobile l'étroite pirogue.

Une courte attente et l'instant final arriva. Tête-de-poisson apparut dans l'ouverture de la porte, descendit le sentier menant au lac, s'engagea sur le tronc de son arbre. Nu-pieds, nu-tête, sa chemise déboutonnée laissant voir le jaune de son cou et de sa poitrine, son pantalon de treillis retenu à la taille par une ficelle torsadée. Ses pieds larges et plats aux orteils préhensiles s'agrippaient à la courbe polie du tronc, tandis qu'il progressait jusqu'à l'extrémité de ce perchoir instable où il resta dressé, gonflant sa poitrine et levant son visage sans menton dans une attitude dénotant une maîtrise de soi rayonnante de force. Alors son œil repéra ce qui eût pu échapper à d'autres regards : les trous jumeaux des canons du fusil, l'éclat fixe des prunelles de Joel rivées sur lui à travers la dentelle de verdure.

Durant ce bref instant, trop fugitif pour s'évaluer même en secondes, une soudaine compréhension envahit son être et, levant encore plus haut la tête, il ouvrit toute grande la fente informe qui lui tenait lieu de bouche, pour lancer son cri qui roula sur le lac, ricochant à tous les échos. Ce cri mêlait le ricanement du grèbe, le coassement mugissant de la grenouille-taureau et l'aboi du chien à tous les bruits composites du lac. Et s'y percevait aussi un adieu plein de défi joint à un appel. La lourde détonation de la canardière retentit.

A vingt mètres de distance, la double décharge déchira la gorge de Tête-de-poisson. Il s'écroula à plat ventre sur le tronc et s'y cramponna dans les mouvements désordonnés de son torse, l'agitation fébrile de ses jambes évoquant celle des pattes d'une grenouille harponnée, ses épaules se tassant et se soulevant spasmodiquement tandis que la vie s'échappait de son être en un flot rapide. Sa tête se dressa encore une fois entre les épaules, ses yeux regardèrent bien en face le visage figé de son assassin, puis le sang lui jaillit de la bouche et Tête-de-poisson, restant dans la mort comme dans la vie tout aussi poisson qu'homme, glissa au bout du tronc la tête la première, eut un battement de bras, et coula lentement, tous membres écartelés. L'une après l'autre de grosses bulles vinrent éclater au milieu d'une tache rougeâtre qui allait grandissant sur l'eau couleur de café.

Pétrifiés par l'horreur de ce qu'ils venaient de faire, les frères observaient tout cela, tandis que leur fragile esquif, déséquilibré par le recul de l'énorme fusil, faisait eau par-dessus bord. Soudain il y eut un choc violent sous la quille, la pirogue chavira et les deux hommes se retrouvèrent dans le lac. Mais le rivage n'était qu'à six ou sept mètres et le tronc de l'arbre déraciné, à moins de deux. Joel, tenant fermement son fusil encore brûlant, se dirigea vers celui-ci, l'atteignit, l'entoura de son bras libre et y resta ainsi suspendu, ses jambes battant l'eau tandis qu'il secouait la tête pour s'éclaircir la vue. Quelque chose l'agrippa... quelque chose de grand, de musclé, d'invisible, qui lui crocha la cuisse, en écrasant les chairs.

Il ne cria pas, mais ses yeux s'exorbitèrent et sa bouche se déforma en une expression d'atroce douleur cependant que ses doigts s'enfonçaient comme des grappins dans l'écorce de l'arbre. Il se sentait tiré par saccades vers le bas, pas très vite mais avec une inexorable régularité et, quand il lâcha prise, ses ongles arrachèrent quatre blanches languettes d'écorce. Sa bouche disparut sous l'eau, puis ses yeux exorbités s'immergèrent à leur tour, après quoi ce furent ses cheveux hérissés et, en dernier, sa main crispée. Tout fut alors fini pour lui.

Le sort de Jake fut pire encore, car il survécut suffisamment longtemps pour assister à la mort de Joel. Il en fut témoin à travers l'eau qui ruisselait sur son visage et, d'un grand sursaut de tout son corps, il se jeta littéralement en travers de l'arbre déraciné, levant très haut les jambes pour les mettre hors d'atteinte. Mais il avait exagéré son mouvement, si bien que son visage, puis sa poitrine touchèrent l'eau de l'autre côté. Et hors de cette eau surgit la tête d'un grand poisson couverte de vase, une tête noire et plate aux moustaches hérissées dont les yeux comme morts s'avivèrent soudain. Les mâchoires cornées se refermèrent telles des pinces sur le devant de la chemise de flanelle. Jake le frappa sauvagement de la main et celle-ci fut transpercée par une nageoire empoisonnée. Contrairement à son frère, ce fut en poussant un hurlement que Jake, disparut dans des remous et tourbillons qui imprimèrent un mouvement de rotation aux tiges de maïs pourrissantes.

Mais bientôt ce maelström miniature s'apaisa en cercles concentriques de plus en plus larges, les tiges de maïs cessèrent de tournoyer, puis redevinrent immobiles et, à l'embouchure du bayou, il n'y eut plus que les habituels bruits de la nuit.

Les trois cadavres échouèrent sur le rivage le même jour et presque au même endroit. A l'exception de la blessure béant là où le cou se rattachait à la poitrine, le corps de Tête-de-poisson était intact. Mais ceux des deux Baxter étaient tellement déchirés et mutilés que les riverains du Pied-Plissé les enterrèrent ensemble sur le rivage sans avoir pu distinguer ce qui pouvait être de Jake ou de Joel.

Fishhead.

D'après la traduction de Bruno Martin.

Camera obscura

par

BASIL COPPER

TANDIS que M. Sharsted progressait dans l'entrelacs compliqué des étroites ruelles montant vers la partie ancienne de la ville, il avait de plus en plus conscience qu'il y avait chez M. Gingold quelque chose qu'il n'aimait pas. Ce qui irritait l'usurier, ça n'était pas seulement que son client affectât une courtoisie aussi désuète que cérémonieuse, mais que, d'un air distraitement souriant, il reportât sans cesse les questions de paiement. Presque comme si l'argent n'avait aucune importance! Pensée que l'usurier osait à peine formuler, tant elle lui semblait blasphématoire et capable d'ébranler les fondations mêmes de son monde. Pinçant les lèvres, il poursuivit l'ascension de la rue mal pavée qui coupait en deux la colline rocailleuse sur laquelle était construit ce quartier écarté de la vieille ville.

Le visage maigre et tordu de Sharsted se couvrait de sueur sous le chapeau bordé qui le coiffait, lui plaquant une mèche de cheveux sur le front ce qui, s'ajoutant aux lunettes à verres teintés qu'il portait, lui donnait un aspect sinistre et décrépit, l'air de quelqu'un mort depuis longtemps. Cette pensée devait venir aux rares passants qu'il croisait durant son ascension car presque tous lui jetaient un rapide regard et pressaient ensuite le pas, comme ayant hâte de s'éloigner de lui.

Sur une petite place, l'usurier s'arrêta près d'une

vieille église en ruine afin de reprendre son souffle, car son cœur battait à grands coups douloureux dans son étroite poitrine, et sa respiration lui râpait la gorge. Il se dit que, de toute évidence, il n'était pas en forme. Les longues heures de labeur solitaire qu'il passait penché sur ses livres de comptes en étaient responsables; il allait vraiment falloir qu'il prenne davantage d'exercice.

Le visage jaune de l'usurier s'éclaira un instant tandis qu'il pensait à sa croissante prospérité, mais se renfrogna de nouveau lorsqu'il se rappela le but de cette visite. Gingold allait devoir s'exécuter, se dit-il en repartant à l'assaut des derniers cinq cents mètres de sa randonnée.

S'il ne disposait pas des liquidités nécessaires, Gingold avait sûrement dans les coins et recoins de sa vieille maison quantité de choses de valeur susceptibles d'être vendues pour lui procurer de l'argent. Tandis que M. Sharsted s'enfonçait plus profondément dans cette partie presque oubliée de la ville, le soleil,très bas dans le ciel, semblait même s'être déjà couché tant sa clarté s'étranglait dans ce dédale de petites cours et de venelles où cheminait l'usurier. Il haletait de nouveau quand il arriva enfin, de façon abrupte, devant une grande porte verte qui se dressait obliquement en haut d'une volée de marches usées par le temps.

Il s'immobilisa quelques secondes, une main appuyée sur la vieille balustrade, car même une âme aussi mesquine que la sienne ne pouvait manquer d'être momentanément transportée par le panorama de la ville qu'il découvrait à travers une brume ensoleillée. Sur cette colline, tout semblait construit de guingois, si bien que l'horizon lui-même paraissait oblique et vous donnait une impression de vertige. Une cloche retentit faiblement à l'intérieur de la maison lorsque l'usurier tira la poignée de fer ouvragée qu'une rose de métal fixait au mur, à droite de la porte d'entrée. Il en conçut un regain d'irritation; décidément tout ce qui touchait à M. Gingold sortait de l'ordinaire. Même sa sonnette ne ressemblait à aucune autre.

Il réfléchit que cela pouvait constituer un avantage si jamais il réussissait à avoir le contrôle des biens de M. Gingold et qu'il dût en réaliser une partie. Cette vieille demeure renfermait certainement des tas de choses précieuses qu'il n'avait jamais vues. Et c'était une raison supplémentaire de lui faire trouver étrange que le vieil homme fût dans l'impossibilité de payer ses dettes; il devait avoir une très grosse fortune, sinon en argent, du moins en valeurs, meubles ou objets d'art.

Aussi l'usurier avait-il peine à comprendre que M. Gingold atermoyât sans cesse pour une question de trois cents livres; il aurait pu facilement vendre cette vieille baraque et s'en aller habiter une villa moderne et confortable, dans un quartier de la ville plus agréable, où il aurait aussi bien continué à se passionner pour les vieilles choses. M. Sharsted soupira. Tout cela ne le regardait pas et seul l'intéressait le fait d'être payé. Il avait patienté suffisamment longtemps et ne laisserait pas son client tergiverser davantage. Gingold devrait l'avoir payé lundi au plus tard, sinon il aurait des ennuis.

Les lèvres de M. Sharsted se pincèrent de déplaisante façon tandis qu'il roulait ces pensées dans sa tête, sans voir le soleil couchant qui baignait de carmin éclatant les étages supérieurs des maisons bordant les rues étroites qui dévalaient la colline en zigzaguant. D'un geste impatient, il tira de nouveau la poignée ouvragée de la sonnette et, cette fois, la porte s'ouvrit presque aussitôt.

Homme très grand, avec des cheveux blancs et un visage doux, M. Gingold semblait toujours presque sur le point de présenter des excuses. Il se tenait dans l'encadrement de la porte, légèrement voûté, clignant des yeux comme s'il était surpris de voir le soleil et craignait que celui-ci le fît s'évaporer s'il s'attardait trop dans son rayonnement.

Bien que de bonne qualité et d'excellente coupe, ses vêtements étaient peu soignés et paraissaient flotter autour de son corps; dans l'éclatante lumière du soleil, ils semblaient déteints et faire presque partie intégrante de M. Gingold. A vrai dire, dans cette clarté intense, le bonhomme devenait comme délavé : cheveux, visage, vêtements, tout se fondait en une silhouette terne et floue.

Il donnait à M. Sharsted l'impression d'être une vieille photographie qui, n'ayant jamais été convenablement fixée, jaunissait et s'estompait chaque jour un peu plus. On eût presque dit que la brise qui venait de se lever allait soudain l'emporter, mais M. Gingold sourit d'un air timide et dit : « Ah! vous voilà, Sharsted... Entrez donc »,comme s'il l'attendait depuis longtemps.

Chose surprenante, M. Gingold avait des yeux d'un bleu merveilleux qui rendaient son visage intensément vivant, au point d'éclipser et faire oublier tout ce que l'homme présentait de terne par ailleurs. Il guida son visiteur à travers un hall vaste comme une caverne. M. Sharsted le suivit avec précaution, car ses yeux s'accommodaient difficilement de la pénombre glacée régnant à l'intérieur de la maison. Avec des gestes empreints d'une courtoisie surannée, M. Gingold l'engageait à le suivre plus avant.

Les deux hommes gravirent un escalier finement sculpté, dont la rampe aux enroulements serpentins se perdait dans les hauteurs ténébreuses.

— L'affaire qui m'amène ne demande qu'un instant, protesta Sharsted, soucieux de présenter son ultimatum et de repartir.

Mais M. Gingold n'en poursuivit pas moins l'ascension de l'escalier en disant aimablement, comme s'il n'avait pas entendu :

— Venez, venez... Vous allez prendre un verre de porto avec moi. J'ai si peu de visites...

M. Sharsted regardait autour de lui avec curiosité, car jamais encore il n'avait été dans cette partie de la maison. Ordinairement, M. Gingold recevait ses visiteurs occasionnels dans une grande pièce encombrée du rez-de-chaussée. Cet après-midi, pour une raison connue de lui seul, il avait décidé de montrer à M. Sharsted d'autres aspects de sa demeure. L'usurier pensa que M. Gingold était peut-être décidé à régler ses comptes et l'emmenait où il avait l'habitude de traiter ses affaires, là où peut-être il gardait son argent. Ses doigts maigres en tremblèrent d'excitation.

M. Sharsted avait le sentiment qu'ils avaient déjà gravi un nombre incalculable de marches, mais l'escalier n'en continuait pas moins à dérouler ses spirales au-dessus d'eux. A la faible clarté filtrant par de petites fenêtres rondes, l'usurier distinguait vaguement des meubles et des objets qui excitaient son intérêt professionnel, son instinct possessif. Par exemple, ce grand tableau qui lui était apparu à un détour de l'escalier, il aurait juré que c'était un Poussin.

Un moment plus tard, ce fut un buffet ancien plein de porcelaines qu'il entrevit du coin de l'œil. En voulant le regarder de nouveau par-dessus son épaule, il trébucha sur une marche et faillit ainsi manquer une rarissime armure gênoise qui se trouvait comme cachée dans une niche. L'usurier ne savait plus très bien où il en était lorsque M. Gingold ouvrit enfin une grande porte d'acajou et, du geste, le pria d'entrer.

M. Gingold devait être un homme très riche et aurait pu aisément se procurer d'énormes sommes en vendant n'importe lequel des objets d'art que Sharsted avait aperçus; alors, pensait celui-ci, pourquoi éprouvait-il le besoin de contracter si fréquemment des emprunts et pourquoi avait-on tant de mal à en obtenir le remboursement? Avec l'intérêt, la somme due à Sharsted atteignait maintenant un assez gros chiffre. M. Gingold devait être un acheteur impulsif de choses rares. Comme tendait à le confirmer le délabrement général de la maison, son instinct de collectionneur s'opposait sans doute à ce qu'il se séparât de quoi que ce fût après l'avoir acheté, ce qui l'amenait à s'endetter. Une fois de plus, les lèvres de l'usurier se pincèrent : eh bien, il allait devoir régler ses dettes, comme n'importe qui!

Dans le cas contraire, Sharsted pourrait peut-être le contraindre à se séparer de quelque chose — des porcelaines, un tableau — dont la vente lui laisserait ensuite un joli bénéfice. Les affaires sont les affaires, et Gingold ne pouvait espérer de lui qu'il remît, indéfiniment,d'être remboursé. Le cours de ses pensées fut interrompu par une question de son hôte et Sharsted marmotta une excuse en s'apercevant que M. Gingold était en attente, une main autour du goulot d'un carafon de cristal et d'argent.

— Oui, oui, un porto, volontiers, merci, balbutia-t-il avec confusion en s'avançant gauchement.

La pièce était si peu éclairée qu'il avait du mal à distinguer les objets, lesquels semblaient bouger et ondoyer comme s'il les voyait à travers une épaisseur d'eau. Parce que, depuis son enfance, il avait les yeux très sensibles à la lumière, M. Sharsted était obligé de porter des verres teintés, qui lui faisaient voir ces pièces deux fois plus sombres qu'elles ne l'étaient. Mais M. Sharsted eut beau glisser un regard par-dessus ses lunettes tandis que M. Gingold servait le porto, il constata qu'il ne voyait pas les choses plus distinctement. Si ça continuait de la sorte, il lui faudrait aller consulter son oculiste sans tarder.

Quand il émit une banalité de circonstance en prenant le verre présenté par M. Gingold, sa voix parut caverneuse à ses propres oreilles. Il s'assit avec précaution sur la chaise à haut dossier de cuir que lui indiquait son hôte, et but, d'un geste mal assuré, une gorgée du liquide ambré. Le porto était incomparable, mais le fait d'être accueilli ainsi mettait Sharsted en mauvaise position pour aborder l'objet de sa visite. Il lui fallait absolument se ressaisir et parler affaires. Mais il éprouvait une étrange répugnance à le faire, aussi se contenta-t-il d'observer un silence embarrassé, son verre à la main, écoutant le battement apaisant d'une vieille horloge, seul bruit qui se perçût dans la pièce.

L'usurier se rendait compte à présent que cette pièce était fort grande, richement meublée et devait se trouver tout en haut de la maison, sous les combles. Aucun bruit ne parvenait du dehors à travers les fenêtres aux rideaux d'épais velours bleu; le parquet était couvert de tapis chinois d'un travail exquis et la pièce était apparemment divisée en deux par une tenture du même velours que celui masquant les fenêtres.

M. Gingold ouvrait peu la bouche; assis à une grande table d'acajou, il caressait de ses longs doigts le verre de porto, cependant que ses yeux si bleus observaient avec un aimable intérêt M. Sharsted qui lui parlait de la pluie et du beau temps. Enfin, M. Sharsted aborda l'objet de sa visite. Il parla de la somme, depuis longtemps en souffrance, qu'il avait avancée à M. Gingold, de ses nombreuses réclamations à ce sujet et de la nécessité d'arriver à un rapide règlement. Chose curieuse, à mesure qu'il parlait, la voix de l'usurier se faisait de moins en moins assurée, et il en était à chercher ses mots; d'ordinaire, comme bien des gens simples de la ville étaient placés pour le savoir, il se montrait brusque, tranchant et impitoyable. Il n'hésitait jamais à faire saisir les biens d'un débiteur, voire au besoin à le faire expulser, et que cela lui valût d'être foncièrement haï ne le gênait pas le moins du monde.

A vrai dire, il trouvait même que c'était pour lui un atout; sa réputation d'être intraitable le précédait en tout lieu et incitait ses débiteurs à le rembourser au plus vite. Si les gens étaient assez sots pour n'avoir pas d'argent ou pour contracter des emprunts qu'ils n'étaient pas en mesure de rembourser, ça ne regardait qu'eux; Sharsted, lui, faisait profit de tout et on ne pouvait quand même pas s'attendre à ce qu'il mêlât le sentiment aux affaires. A l'égard de M. Gingold, il se sentait plus irrité qu'il n'aurait dû, car son argent ne courait visiblement aucun risque, mais ce qui le stupéfiait c'était l'aimable docilité de son interlocuteur, son évidente fortune et sa répugnance à payer ses dettes.

Il avait dû laisser transparaître un peu de tout cela dans ses propos mais si M. Gingold remua sur son siège et prit à son tour la parole, ce fut simplement pour s'enquérir avec douceur :

— Un autre porto, monsieur Sharsted?

Tandis qu'il acquiesçait faiblement, l'usurier sentit toute impétuosité le quitter. Il se laissa aller contre le dossier confortable de sa chaise, accepta qu'on lui remplît de nouveau son verre et perdit le fil de son exposé. Il se traita intérieurement d'imbécile et essaya de se concentrer, mais le bienveillant sourire de M. Gingold, la curieuse façon qu'avaient les choses se trouvant dans la pièce de bouger et d'ondoyer, les rideaux tirés devant les fenêtres et la pénombre baignant le tout, finissaient par l'oppresser.

Aussi fut-ce avec une sorte de soulagement que Sharsted vit son hôte se lever. Gingold n'avait pas changé de sujet et continuait de parler comme si l'usurier n'avait jamais fait la moindre allusion à ses dettes; il affectait simplement d'ignorer ce qu'il en était et, avec un enthousiasme que Sharsted avait peine à partager, il lui faisait un exposé sur les peintures murales chinoises, sujet sur lequel M. Sharsted était d'une totale ignorance.

L'usurier sentit que ses yeux se fermaient et fit un grand effort pour les garder ouverts.

— Je pense que ça va vous intéresser, monsieur Sharsted. Venez donc...

Son hôte s'était déplacé et, l'ayant suivi de l'autre côté de la pièce, l'usurier le vit écarter la grande tenture de velours. Lorsqu'elle se referma derrière eux, M. Sharsted constata qu'ils se trouvaient dans une pièce semi-circulaire.

Elle était peut-être encore plus obscure que celle qu'ils venaient de quitter, mais l'intérêt de Sharsted se réveilla, ses pensées s'éclaircirent et il distingua une grande table ronde, des roues de cuivre et des leviers luisant dans la pénombre, ainsi qu'une sorte de conduit d'aération montant jusqu'au plafond.

— C'est devenu chez moi presque une obsession, murmura M. Gingold comme s'il s'en excusait auprès de son visiteur. Vous connaissez le principe de la camera obscura, monsieur Sharsted?

L'usurier réfléchit, cherchant à réveiller sa mémoire :

— C'est une sorte de jouet, datant de l'époque victorienne, non? dit-il enfin.

M. Gingold parut peiné, mais sa voix demeura inchangée :

— Ça ne peut guère être considéré comme un jouet, monsieur Sharsted. C'est une occupation des plus fascinantes. Il y a très peu de gens parmi mes relations qui soient venus ici et qui aient vu ce que vous allez voir.

Du geste, il montra le conduit qui passait par une lucarne ménagée dans le toit :

— Ces leviers sont reliés à un système de lentilles et de prismes se trouvant sur le toit. Comme vous l'allez constater, cet œil caché, ainsi que l'appelaient les savants du siècle dernier, cueille en quelque sorte un panorama de la ville située au-dessous de nous et le transmet sur cette table de vision. C'est si passionnant d'étudier ainsi ses semblables que je passe ici de nombreuses heures.

M. Sharsted ne se souvenait pas d'avoir jamais vu M. Gingold aussi loquace et, à présent que s'était dissipé le malaise éprouvé à son arrivée dans la maison, il allait pouvoir lui parler affaires. Pour l'amadouer, il allait commencer par feindre de s'intéresser à son jouet ridicule. Mais, restant presque bouche bée de surprise, l'usurier dut convenir que la fascination éprouvée par son client était fondée.

En effet, M. Gingold avait posé la main sur un levier, et la table baignait soudain dans une clarté aveuglante.

L'usurier comprenait maintenant la nécessité de la pénombre qui régnait dans la pièce. Sans doute quelque volet démasquait-il sur le toit la camera obscura et, presque au même instant, un panneau s'ouvrait dans le plafond, déversant une colonne de lumière sur la table qui se trouvait juste devant eux.

L'espace d'une seconde, M. Sharsted eut l'impression d'être Dieu en voyant sous ses yeux un panorama d'une partie de la ville ancienne, en couleurs superbement naturelles. Les petites rues tortueuses aux pavés inégaux descendant vers la vallée et, au-delà, les collines bleutées; des cheminées d'usine fumaient dans le jour déclinant; des gens vaquaient à leurs affaires, des autos roulaient sans bruit... A un moment donné, un grand oiseau blanc traversa le champ de vision, semblant si proche que M. Sharsted marqua un recul instinctif.

M. Gingold eut un petit gloussement amusé et fit tourner une roue de cuivre proche de son coude. Le point de vue changea brusquement et M. Sharsted resta de nouveau bouche bée en découvrant ainsi le brasillement de l'estuaire à travers quoi un grand charbonnier gagnait lentement la pleine mer. Des mouettes s'élançaient au premier plan et la marée venait franger d'écume le rivage. M. Sharsted était littéralement fasciné, oubliant ce qui motivait sa visite. Une demi-heure dut s'écouler ainsi, chaque nouvelle vue semblant encore plus belle que la précédente car, de si haut, la pauvreté de la ville paraissait tout autre.

Mais l'usurier fut brutalement rappelé à la réalité pai l'ultime de ces vues; M. Gingold venait de tourner une dernière fois la roue et c'était maintenant un lotissement misérable qui apparaissait sous leurs yeux.

— C'est là, je crois, qu'habite Mme Thwaites, dit doucement M. Gingold.

Le visage de M. Sharsted se congestionna et la colère lui fit mordre sa lèvre inférieure. Cette histoire des

Thwaites avait fait plus de bruit qu'il ne l'escomptait; la femme avait emprunté une somme excédant ses possibilités de remboursement; les intérêts s'accumulant, elle avait dû emprunter encore. Était-ce la faute de Sharsted si elle avait un mari tuberculeux et trois enfants? Il lui avait fallu faire un exemple pour maintenir son emprise sur ses autres clients. Le mobilier des Thwaites avait été saisi et ils allaient être expulsés. Qu'y pouvait-il? Si seulement les gens avaient bien voulu payer leurs dettes, tout eût été pour le mieux. Et Sharsted se répétait avec humeur qu'il n'était pas une œuvre philanthropique.

Cette allusion à ce qui avait rapidement constitué un scandale dans la ville, ranima d'un coup tout le ressentiment de l'usurier contre M. Gingold. Assez plaisanté avec ces amusements puérils! Je vous demande un peu : une *camera obscura!* Eh bien, si M. Gingold ne remboursait pas ses dettes, comme un gentleman se doit de le faire, il pourrait vendre son beau jouet pour s'en acquitter!

Se contrôlant avec effort, il se tourna et rencontra le regard doucement ironique de M. Gingold.

— Cette affaire Thwaites ne regarde que moi, monsieur Gingold. Voulez-vous, je vous prie, ne pas vous écarter du sujet. Je suis venu de nouveau vous voir ici, ce qui m'occasionne beaucoup de fatigue et de dérangement. Je me trouve dans l'obligation de vous avertir que si les trois cents livres, représentant l'échéance courante du prêt que je vous ai consenti, ne sont pas versées d'ici lundi, je serai contraint de recourir à la justice.

La voix de M. Sharsted tremblait en prononçant ces paroles et ses joues étaient brûlantes. S'il s'attendait à une réaction violente de la part de M. Gingold, il fut déçu. Ce dernier se contenta de le regarder d'un air de reproche attristé :

— C'est votre dernier mot? s'enquit-il d'un ton de regret. Vous ne voulez pas reconsidérer la chose?

— Certainement pas! glapit M. Sharsted. Il me faut cet argent pour lundi au plus tard!

— Vous ne m'avez pas compris, monsieur Sharsted, lui dit M. Gingold toujours sur ce même ton d'exaspérante douceur. Je voulais parler de Mme Thwaites. Est-il vraiment nécessaire que vous vous conduisiez d'une façon aussi inhumaine? Il me semble que...

— Occupez-vous de vos affaires! s'emporta M. Sharsted, dont la colère ne connaissait plus de borne. Et rappelez-vous ce que je vous ai dit...

Du regard, il chercha autour de lui la porte par où il était entré.

— C'est votre dernier mot? répéta M. Gingold.

Il suffisait de voir le visage de l'usurier, blême de colère, pour connaître la réponse.

— Très bien alors, dit M. Gingold en poussant un gros soupir. Tant pis. Je vais vous reconduire.

Il fit un geste et un tapis de velours recouvrit la table de la camera obscura. La lucarne du plafond se referma avec un ronflement à peine audible. M. Sharsted se découvrit suivant son hôte dans un autre escalier, aux degrés de pierre celui-ci, et avec une rampe de fer au contact glacé.

Sa colère s'apaisait maintenant aussi vite qu'elle avait crû; il regrettait déjà de s'être pareillement emporté à propos des Thwaites; il n'entrait pas dans son propos de se montrer aussi cruellement inflexible. Qu'est-ce que M. Gingold devait penser de lui? Il était étrange que cette histoire fût parvenue jusqu'à ses oreilles. Incroyable ce que cet homme pouvait recueillir comme informations sur le monde extérieur tout en restant chez lui!

Il est vrai que, sur cette colline, M. Gingold se trouvait un peu comme au centre de tout. M. Sharsted frissonna brusquement, car l'air semblait soudain plus froid. Par une étroite ouverture dans le mur de pierre, il put voir que le ciel s'enténébrait déjà. Il lui fallait absolument partir. Comment ce vieux fou s'imaginait-il le reconduire à la porte s'il continuait à monter?

En suscitant contre lui l'hostilité de M. Gingold, l'usurier craignait aussi d'avoir encore plus de mal à obtenir le remboursement de son prêt. On avait presque l'impression qu'en parlant de Mme Thwaites et en prenant sa défense, Gingold avait cherché à exercer une sorte de chantage subtil.

Il ne s'attendait pas à cela de la part de Gingold; ce n'était pas son genre de se mêler ainsi des affaires d'autrui. S'il éprouvait tant de compassion pour les pauvres et les nécessiteux, il pouvait très bien avancer aux Thwaites l'argent qui leur permettrait de se tirer d'embarras.

Tandis qu'il tournait dans sa tête ces pensées confuses et irritantes, hors d'haleine, dépeigné, Sharsted prit pied sur une plate-forme aux pierres usées par le temps, et vit M. Gingold introduire une clef dans la serrure d'une vieille porte.

— Mon atelier, expliqua-t-il avec un timide sourire à l'adresse de son visiteur.

Du coup, la tension intérieure de M. Sharsted tomba de plusieurs degrés. Regardant par une fenêtre presque triangulaire, M. Sharsted put se rendre compte qu'ils se trouvaient dans une petite tourelle dominant de six à sept mètres le toit principal de la maison. De là, pour autant qu'il pût voir à travers la vitre sale, il dominait abruptement tout un réseau de petites rues qui ne lui étaient pas familières.

— Il y a là un escalier, expliqua M. Gingold en ouvrant une porte, qui va vous conduire de l'autre côté de la colline, ce qui raccourcira nettement votre trajet.

En entendant cela, l'usurier se sentit extrêmement soulagé. Il en était presque arrivé à craindre ce vieil homme tranquille à l'amabilité trompeuse qui, tout en parlant peu et ne proférant aucune menace, commençait à inquiéter son imagination surchauffée.

— Mais d'abord, dit M. Gingold en prenant le bras de

son visiteur d'une main à la vigueur étonnante, je tiens à vous montrer encore quelque chose... et qui n'a vraiment été vu que par de très rares personnes.

M. Sharsted le regarda vivement, mais ne put rien lire dans les énigmatiques yeux bleus de M. Gingold.

Il eut la surprise de se trouver introduit dans une pièce semblable — encore que plus petite — à celle qu'il avait précédemment quittée. Là aussi il y avait une table ronde, un conduit disparaissant dans une ouverture du plafond en coupole, avec nombre de roues et de leviers.

— Cette camera obscura est d'un modèle extrêmement rare, lui expliqua M. Gingold. Je crois que, de nos jours, il n'en existe plus que trois autres spécimens dont un se trouve en Italie du Nord.

M. Sharsted se racla la gorge et feignit l'admiration qui convenait.

— J'étais sûr que vous aimeriez voir cela avant de vous en aller, poursuivit doucement M. Gingold. Vous êtes bien certain de ne pas vouloir changer d'avis? ajouta-t-il de façon presque inaudible en se penchant vers les leviers. J'entends : au sujet de Mme Thwaites?

Sharsted sentit de nouveau la colère s'enfler brusquement en lui, mais il sut se dominer :

— Je suis désolé mais...

— Oh! c'est sans importance, lui dit M. Gingold d'un ton de regret. Je voulais simplement m'en assurer avant que nous regardions ceci.

Posant avec une infinie douceur la main sur l'épaule de son visiteur, il le fit approcher de la table et appuya sur le levier. L'usurier retint une exclamation devant la soudaineté de la vision. Il était Dieu et le monde s'offrait à lui, ou du moins la portion de la ville environnant la maison de Gingold. Il la voyait de très haut, comme d'un avion. L'image était d'une extrême clarté, mais un peu déformée, telle qu'elle aurait pu apparaître dans le miroir ancien d'une psyché. Les rues et les venelles se dispersant au pied de la colline avaient quelque chose d'oblique, d'elliptique.

Les ombres étaient mauves ou violettes, cependant que les lointains apparaissaient teintés de rouge sang par le soleil couchant.

C'était une vision saisissante, une vision de cataclysme; en la regardant, M. Sharsted avait le sentiment d'être suspendu dans le vide, et se trouvait au bord du vertige.

Quand M. Gingold fit tourner la roue et que le panorama entreprit une lente révolution, l'usurier poussa un cri et dut se cramponner au dossier d'une chaise voisine pour ne pas tomber.

Il était également troublé par la vue d'un grand bâtiment blanc qui apparaissait au premier plan.

— J'ai cru que c'était l'ancienne Halle aux Grains, dit-il avec ahurissement. Celle qui a été détruite par un incendie avant la dernière guerre?

— Très beau, n'est-ce pas? fit M. Gingold comme s'il n'avait pas entendu.

Sharsted n'insista pas. Il était en proie au vertige et à la nausée, sans doute sous l'effet conjugué du porto et de la très grande hauteur où il avait le sentiment de se trouver par rapport au panorama que lui reflétait la camera obscura.

C'était un jouet démoniaque et l'usurier s'écarta de M. Gingold, dont la silhouette lui semblait quelque peu sinistre dans la clarté rouge et mauve provenant de la table de vision.

— Je me doutais que vous aimeriez voir celle-ci, dit M. Gingold toujours du même ton insipide. Elle est vraiment très particulière, n'est-ce pas? C'est de loin la meilleure des deux... on y voit toutes sortes de choses qui sont ordinairement cachées.

Tandis qu'il parlait apparurent sur l'écran deux bâtiments anciens dont M. Sharsted était certain qu'ils avaient été détruits pendant la guerre; il pouvait même jurer qu'un jardin public et un parking occupaient maintenant leur emplacement. Il s'aperçut qu'il avait soudain la bouche sèche, sans trop savoir si c'était le fait d'avoir bu trop de porto ou parce que la chaleur de cette journée avait été pour lui excessive.

Il fut à deux doigts de souligner avec acidité que la vente de cette camera obscura permettrait sans peine de payer ce que M. Gingold lui devait, mais il sentit que c'eût été maladroit en cet instant. Le front tour à tour brûlant et glacé, il eut conscience que l'image sur la table s'estompait et que le soir tombait rapidement au-delà des fenêtres poussiéreuses.

— Il me faut vraiment partir, dit-il avec une sorte de désespoir, en essayant de s'arracher à l'étreinte persistante de son hôte.

— Mais certainement, monsieur Sharsted... Par ici.

Gingold le conduisit sans plus de cérémonie vers une porte au sommet arrondi qui se trouvait à l'autre extrémité de la pièce.

— Vous n'avez qu'à descendre l'escalier : il vous conduira à la rue. En bas, je vous demande de claquer la porte : elle se verrouillera d'elle-même.

Tout en parlant, il avait ouvert la porte ménagée dans le mur et, à la clarté du jour entrant encore par des lucarnes encastrées dans la paroi circulaire, l'usurier vit des degrés de pierre qui descendaient.

M. Gingold ne lui tendit pas la main et M. Sharsted resta un instant comme embarrassé, puis dit :

— A lundi, alors.

M. Gingold ne fit aucun commentaire.

— Bonsoir, monsieur Gingold! ajouta l'usurier avec une sorte de précipitation inquiète, car il avait maintenant hâte d'être parti.

— Adieu, monsieur Sharsted, lui répondit Gingold avec quelque chose de définitif dans le ton.

M. Sharsted dévala l'escalier, en se traitant intérieurement de tous les noms. Le bruit de ses chaussures frappant les degrés de pierre résonnait assez sinistrement du haut en bas de la tour. Heureusement, on y voyait encore très clair, mais c'était un endroit où l'usurier n'eût pas aimé se trouver la nuit. Après quelques instants, il ralentit sa descente et repensa avec amertume à la façon dont il s'était laissé posséder par le vieux Gingold, ainsi qu'à l'impertinence dont avait fait preuve celui-ci en prenant le parti de la femme Thwaites.

Lorsque lundi arriverait, Gingold verrait à quel homme il avait affaire et l'expulsion aurait lieu comme prévu. Oui, lundi serait un jour dont tous deux auraient lieu de se souvenir et M. Sharsted avait hâte d'y être.

Accélérant de nouveau le pas, il ne tarda pas à se trouver devant une épaisse porte de chêne.

Quand il en tourna la poignée au mécanisme bien huilé, il n'eut aucune peine à l'ouvrir et, l'instant d'après, il se trouva dans une venelle bordée de hauts murs qui menait à la rue. La porte se referma derrière lui avec un bruit sourd et Sharsted respira avec soulagement l'air frais du soir. Assurant son chapeau sur sa tête, il partit d'un pas décidé.

Lorsqu'il atteignit la rue, qu'il ne reconnut pas, il ne sut de quel côté tourner et opta finalement pour la droite. M. Gingold lui avait dit, se rappela-t-il, que l'escalier aboutissait de l'autre côté de la colline; c'était une partie de la ville où il n'était encore jamais allé et marcher lui ferait du bien.

Le soleil avait maintenant complètement disparu, et dans le ciel virant au noir se montrait un mince croissant de lune. Il y avait peu de monde dans les parages et lorsque, dix minutes plus tard, M. Sharsted déboucha sur une grande place d'où partaient cinq ou six rues, il décida de demander quel chemin emprunter pour regagner le quartier qu'il habitait. Avec un peu de chance, il trouverait un tram pour l'y ramener, car ses jambes commençaient à être fatiguées.

Dans un angle de la place, se dressait une vaste chapelle aux murs couverts de suie et, en passant devant elle, Sharsted put lire en lettres dorées sur une plaque : COMMUNAUTÉ DE PRIÈRE DE NINIAN, ainsi qu'une date, 1925.

Poursuivant son chemin, l'usurier choisit la plus grande des rues s'offrant à lui. Il commençait à faire noir et les réverbères n'avaient pas encore été allumés dans cette partie de la colline. Quand il se fut engagé dans la rue, les maisons firent écran et il ne vit plus les lumières de la ville au-dessous de lui. M. Sharsted se sentit un peu perdu et comme aux abois; l'effet, sans doute, de l'incroyable atmosphère régnant dans la grande maison de M. Gingold.

Il décida de demander son chemin à la première personne qu'il rencontrerait, mais pour l'instant il ne voyait personne. L'absence d'éclairage le perturbait aussi : les services municipaux avaient dû oublier cette section lorsqu'ils avaient allumé les rues, à moins que ces parages dépendissent d'une autre juridiction.

M. Sharsted réfléchissait de la sorte quand, en tournant l'angle d'une petite rue, il se trouva face à un grand bâtiment blanc qui lui parut familier. Pendant des années, M. Sharsted en avait vu une reproduction sur un calendrier qu'un de ses fournisseurs lui envoyait régulièrement et qu'il accrochait dans son bureau. Tout en marchant vers ce bâtiment, il sentait croître en lui une intense stupeur car il put bientôt lire distinctement sur le fronton éclairé par la lune : HALLE AUX GRAINS.

La stupeur de M. Sharsted tourna nettement au malaise quand il se rappela avoir déjà revu cet édifice sur les images captées par les miroirs de la seconde camera obscura de M. Gingold. Or il savait, sans doute aucun, que la vieille Halle aux Grains avait brûlé vers la fin des années trente.

Déglutissant avec peine, l'usurier hâta le pas; il y avait là quelque chose de démoniaque, à moins qu'il ne fût victime d'une illusion d'optique, d'une sorte de mirage engendré par le tumulte de ses pensées, la fatigue de la marche et les deux verres de porto. Il éprouvait en outre le sentiment gênant que M. Gingold pouvait, en ce moment même, être en train de l'observer sur la table de vision de sa camera obscura; à cette idée, son front se couvrit d'une sueur froide.

Il se mit presque à courir et eut ainsi bientôt la Halle aux Grains loin derrière lui. A une certaine distance, il entendit alors se rapprocher les sabots d'un cheval et le roulement d'une voiture, mais lorsqu'il atteignit une rue transversale, il eut la déception d'y voir s'éloigner la voiture qui avait tourné là. Il ne rencontrait toujours aucun passant et il avait beaucoup de peine à imaginer où il se trouvait par rapport au reste de la ville.

Il se remit en marche, d'un pas exprimant une assurance qu'il était loin de ressentir intérieurement et, cinq minutes plus tard, il se trouva au milieu d'une place qu'il connaissait déjà. Il s'y élevait une chapelle et, pour la seconde fois de la soirée, M. Sharsted put lire : COMMUNAUTÉ DE PRIÈRE DE NINIAN.

La colère le fit frapper du pied. Il avait dû parcourir trois ou quatre kilomètres en décrivant un cercle! Il se trouvait de nouveau à cinq minutes de chez Gingold, d'où il était parti près d'une heure auparavant!

Cette pensée l'ayant amené à consulter sa montre de gousset, l'usurier constata qu'elle marquait seulement six heures un quart, alors qu'il avait eu le sentiment de quitter Gingold vers cette heure-là... Mais c'était peut-être à cinq heures un quart, M. Sharsted ne sachant, à vrai dire, plus très bien ce qu'il faisait. Il secoua la montre pour s'assurer qu'elle marchait et la remit dans sa poche.

Il traversa la place en courant. Cette fois, il ne commettrait pas la même erreur stupide. Il prit sans hésiter une large avenue qui allait droit dans la direction où devait se trouver le centre de la ville. Tout en marchant, il se mit à fredonner et lorsqu'il tourna au bout de l'avenue, son assurance s'accrut.

Tous les réverbères étaient allumés; les autorités compétentes avaient dû s'apercevoir de leur oubli et y remédier... Mais non, ce ne pouvait être ça, car

Sharsted voyait, arrêtée le long du trottoir, une petite carriole attelée d'un cheval. Un vieil homme se tenait sur une échelle appuyée à un réverbère, et l'usurier assista à l'épanouissement lumineux du bec de gaz.

Mais dans quelle partie archaïque de la ville ce Gingold habitait-il donc? Cela correspondait bien au bonhomme! Des becs de gaz! Et pour lesquels il fallait encore un allumeur de réverbères!

En dépit de son irritation, il se montra extrêmement poli.

— Bonsoir, dit-il et la silhouette en haut de l'échelle remua avec peine, le visage dans l'ombre.

— Bonsoir, monsieur, répondit l'allumeur d'une voix étouffée en redescendant l'échelle.

— Pourriez-vous m'indiquer la direction à prendre pour le centre de la ville? s'enquit M. Sharsted en se rapprochant de l'homme.

Mais à peine eut-il fait deux pas qu'il se figea sur place. Une odeur étrange et écœurante lui rappelait quelque chose qu'il n'arrivait pas à préciser. Dans ce secteur, les égouts devaient certainement laisser beaucoup à désirer et il ne manquerait pas d'écrire à la mairie pour signaler la chose, en même temps que l'éclairage vétuste.

L'allumeur de réverbères avait maintenant regagné le trottoir où il rangea quelque chose à l'arrière de la carriole; le cheval remua et, de nouveau, M. Sharsted respira une bouffée de cette puanteur douceâtre.

— Mais, autant que je sache, monsieur, le centre de la ville, c'est ici, lui dit alors son interlocuteur.

Tout en parlant, il avait fait un pas, si bien que la clarté du réverbère tomba en plein sur son visage précédemment dans l'ombre.

M. Sharsted ne prit pas le temps de lui poser une autre question et partit à fond de train, sans savoir si la pâleur verdâtre du visage de l'autre était due aux verres teintés de ses propres lunettes. Ce qu'il avait bien vu, en revanche, c'était une masse de vers se tortillant sous la visière de la casquette, là où il aurait normalement dû y avoir des cheveux. M. Sharsted n'avait pas voulu s'attarder pour vérifier si cette coiffure à la Méduse était une illusion d'optique ou non : à la peur qui le possédait se mêlait une violente rage contre Gingold, qu'il soupçonnait d'être à l'origine de tout cela.

M. Sharsted souhaitait de tout cœur se réveiller bientôt, se retrouver dans son lit, prêt à commencer la journée qui avait si ignominieusement fini chez Gingold; mais, dans le même temps qu'il formulait ce souhait, il eut conscience de ne pas rêver. Ce clair de lune glacé, ce pavé inégal, sa fuite éperdue, sa respiration haletante et le point de côté qui lui labourait le flanc appartenaient bien à la réalité.

Quand se dissipa le voile qui avait embrumé son regard, l'usurier vit qu'il était au milieu d'une place; il la reconnut aussitôt et dut par un terrible effort contraindre ses nerfs au calme pour ne pas s'abandonner au désespoir. Il passa d'un air détaché devant la COMMUNAUTÉ DE PRIÈRE DE NINIAN et cette fois choisit le plus improbable chemin : une petite rue à peine plus large qu'une venelle et qui semblait aller dans la mauvaise direction. M. Sharsted était prêt à tout tenter pour s'éloigner de cette maudite colline. Par là, il n'y avait pas d'éclairage et il trébucha sur des pavés disjoints mais enfin il descendait et, à mesure qu'elle tournait, la rue paraissait s'orienter vers le centre de la ville.

Depuis un moment, M. Sharsted avait vaguement conscience de mouvements dans l'ombre et, tout à coup, il tressaillit en entendant quelqu'un tousser en avant de lui. Enfin, il n'était plus seul! Et il fut aussi réconforté d'apercevoir au loin les lumières de la ville.

A mesure qu'il avançait, l'usurier recouvrait de l'assurance en constatant que ces lumières ne s'éloignaient pas comme il avait à demi craint qu'elles le fissent. Et les silhouettes autour de lui avaient de la consistance, il entendait leurs pas sur le sol; des gens qui semblaient se rendre à quelque réunion.

Quand M. Sharsted atteignit le premier réverbère, il sentit s'apaiser complètement la panique qui s'était emparée de lui. Il ne reconnaissait toujours pas le quartier où il était, mais ces maisons bien entretenues appartenaient indiscutablement à la ville.

En arrivant à un endroit bien éclairé, M. Sharsted remonta sur le trottoir, et, ce faisant, entra en collision avec un homme solidement bâti qui sortait au même instant d'une porte cochère. L'usurier chancela sous le choc et, de nouveau, ses narines perçurent ce douceâtre remugle de pourriture. L'homme le retint par le devant de son pardessus pour l'empêcher de tomber.

— Bonsoir, Mardochée, lui dit-il d'une voix épaisse. Je pensais bien que, tôt ou tard, tu finirais par nous rejoindre.

M. Sharsted ne put retenir un cri terrifié. Ce n'était pas seulement la lividité verdâtre du visage, ni les lèvres pareilles à du cuir usé qui découvraient des dents gâtées... L'usurier se rabattit contre le mur tandis qu'Abel Joyce passait devant lui... Abel Joyce, usurier comme lui, et à l'enterrement duquel M. Sharsted avait assisté vingt ans auparavant.

Il eut l'impression de se débattre dans des ténèbres soudaines tandis qu'un sanglot lui nouait la gorge. Il commençait à comprendre ce que signifiaient M. Gingold et son infernale camera obscura. Il se mit à balbutier des propos incohérents où revenaient les mots de « morts » et de « damnés ».

Tout en courant, il jetait de temps à autre un regard à ses compagnons. Il reconnut ainsi la vieille Mme Sanderson que l'on chargeait de la toilette des défunts et qui volait ses clients; Grayson, le marchand de biens; Amos, le profiteur de guerre; Drucker, l'escroc... tous verdâtres et transportant avec eux ce relent de sépulcre. Tous des gens avec qui M. Sharsted avait été en affaires à un moment ou l'autre, et qui tous avaient un trait commun : celui d'être morts depuis nombre d'années. M. Sharsted plaqua un mouchoir sur sa bouche et son nez afin de ne plus sentir cette insupportable odeur et tandis qu'il poursuivait sa course, il entendit des rires moqueurs.

— Bonsoir, Mardochée! Nous pensions bien que tu viendrais nous rejoindre!

En sanglotant, l'usurier se rendait compte que M. Gingold l'avait assimilé à ces goules et ces vampires. Si seulement il pouvait lui faire comprendre qu'il ne méritait pas un tel traitement... Il était un homme d'affaires et non comme ceux-là qui suçaient le sang du pauvre monde. Il comprenait à présent pourquoi la Halle aux Grains était toujours debout et pourquoi la ville lui paraissait si peu familière. Elle n'existait plus ainsi que dans l'œil de la camera obscura. Maintenant il avait conscience que M. Gingold avait essayé de lui donner une dernière chance et s'expliquait pourquoi il ne lui avait pas dit au revoir mais adieu...

Il ne lui restait plus qu'un espoir : s'il retrouvait la porte lui permettant de revenir chez M. Gingold, peut-être réussirait-il à le faire se raviser. A cette pensée, les pieds de M. Sharsted parurent se mettre à voler au-dessus des pavés, son chapeau tomba, et il s'érafla les mains contre un mur. Il avait laissé derrière lui les morts ambulants, mais bien qu'il fût en quête maintenant de la place qui lui était familière, il semblait de nouveau s'orienter vers la Halle aux Grains.

Sharsted s'arrêta un moment pour reprendre haleine. Il lui fallait raisonner avec logique. Comment cela lui était-il arrivé les autres fois? En partant dans le sens opposé à la direction souhaitée. Alors faisant demi-tour, l'usurier avança résolument vers les lumières. Bien que terrifié, il ne désespérait pas, sachant maintenant à quoi il avait affaire. Il se sentait capable de venir à bout de M. Gingold. Le tout était de retrouver la porte!

Comme il atteignait le cercle de clarté issu des réverbères, M. Sharsted poussa un soupir de soulagement. En effet, il venait de déboucher sur la petite place, avec la chapelle en ruine dans un coin. Il pressa le pas. Il lui fallait se rappeler bien exactement les tournants qu'il avait pris; il ne pouvait pas se permettre la moindre erreur tant l'enjeu était grand.

Si seulement il pouvait avoir une ultime possibilité... il laisserait les Thwaites dans leur maison, il était même prêt à oublier l'argent que lui devait Gingold. Mais il ne pouvait envisager la perspective de marcher interminablement par ces rues... Pendant combien de temps? Et en compagnie de...

M. Sharsted étouffa un gémissement en se remémorant le visage d'une femme qu'il avait vu tout à l'heure... ou plus exactement ce qui subsistait de ce visage après tant d'années. Il se rappela soudain qu'elle était morte bien avant la dernière guerre. Son front se couvrit de sueur et il essaya de ne plus penser à tout ça.

En quittant la place, il s'engouffra dans la rue dont il gardait le souvenir. Oui, c'était bien ça... A présent, il n'avait plus qu'à tourner sur la gauche et il verrait la porte. Le cœur battant à grands coups, il se reprit à espérer retrouver la sécurité de sa confortable demeure et la réconfortante proximité de ses livres de comptes. Plus qu'un coin... Il accéléra sa course et tourna dans la venelle menant à la porte de M. Gingold. Plus qu'une trentaine de mètres pour retrouver la paix de son monde habituel!

Le clair de lune clignotait sur une large place bien pavée et faisait luire des lettres dorées sur une grande plaque : COMMUNAUTÉ DE PRIÈRE DE NINIAN, ainsi qu'une date : 1925.

En s'effondrant sur le sol, M. Sharsted poussa un horrible cri tout empreint de peur et de désespoir.

M. Gingold soupira et étouffa un bâillement. Il regarda la pendule. C'était l'heure de se coucher. Il monta de nouveau regarder la camera obscura. Dans l'ensemble, la journée n'avait pas été mauvaise. Il recouvrit d'un tapis de velours noir la table de vision, puis gagna lentement sa chambre.

Sous le tapis, avec une impitoyable minutie dans le détail, se reflétait le réseau de rues environnant la maison de M. Gingold, comme vu par l'œil de Dieu. Là il y avait M. Sharsted et ses semblables, âmes perdues et damnées, piégés pour l'éternité, trébuchant, pleurant, maudissant tandis qu'à travers les rues et les places de leur enfer, ils poursuivaient une errance sans fin sous la pâle clarté des étoiles.

Camera Obscura.

Traduction de Maurice Bernard Endrèbe.

Un décès dans la famille

par

MIRIAM ALLEN DEFORD

A cinquante-huit ans, Jared Sloane menait une vie réglée par des habitudes de vieux célibataire. A sept heures du soir en été, six en hiver, il éteignait les lumières, fermait boutique et gagnait ses appartements. Puis il se rasait, se douchait, revêtait une tenue moins austère que ne l'exigeait sa profession, préparait son dîner et le faisait rapidement disparaître.

Il posait ensuite le téléphone sur le plancher de sa chambre — où il ne pourrait manquer de l'entendre s'il sonnait — passait dans la cuisine, déverrouillait la porte fermant hermétiquement l'accès au sous-sol et descendait rejoindre sa famille pour la soirée.

M. Shallcross, à qui il avait acheté la maison vingt ans plus tôt, n'utilisait jamais la cave que pour y entreposer des vieilleries. Mais à l'instar de tous ceux qui étaient jeunes et seuls au moment de la grande dépression économique, Jared avait appris à se servir de ses mains. Il avait donc scié, cloué et peint, transformant la cave en un vaste salon confortable dont d'épais rideaux masquaient en permanence les deux petites lucarnes. Ne se jugeant pas compétent pour l'installation électrique, il avait résolu le problème de l'éclairage grâce à une antique lampe à gaz reliée par un tuyau au fourneau de la cuisine. Comme le reste du mobilier, qu'il avait repeint ou tapissé de neuf, il s'était procuré la lampe dans une boutique de brocante de McMinnville, le chef-lieu du comté. Le salon était toujours frais, au point que, en hiver, Jared ne pouvait y descendre sans manteau. Pour gênante qu'elle fût, cette fraîcheur était nécessaire et il en avait tellement l'habitude qu'il n'y prenait plus garde.

Ils étaient toujours là à l'attendre — papa dans le fauteuil club, lisant la *Gazette* de Middleton, maman tricotant des chaussettes. Grand-mère somnolait sur le canapé : à quatre-vingt-dix ans, elle passait la plupart de son temps à sommeiller. Ben, le frère de Jared, et Emma, sa sœur, jouaient au whist, assis sur des chaises droites autour de la petite table. Ben pressait ses cartes contre sa chemise blanche, Emma les tenait prudemment près du jabot de sa robe de foulard. Gussie, la femme de Jared, était au piano, les doigts posés sur les touches, la tête tournée sur le côté pour accueillir son mari d'un sourire à son arrivée. Luke, leur fils de dix ans, jouait par terre avec un modèle réduit de bateau à moitié monté.

Sloane s'installait chaque soir à la seule place libre, un gros fauteuil confortable recouvert de peluche prune et bavardait jusqu'à l'heure du coucher. Il leur narrait les menus événements de la journée, leur donnait des nouvelles de la ville et des gens qu'ils connaissaient, leur répétait — en les expurgeant soigneusement — les histoires et les plaisanteries que lui avaient racontées les représentants, exprimait en général son avis sur tous les sujets qui lui passaient par la tête. Les membres de la famille ne discutaient pas, ne le contredisaient pas : ils ne lui répondaient jamais.

S'ils changeaient de tenue selon les saisons et les modes, la scène, elle, restait immuable. Lorsque venait l'heure de se coucher, Jared bâillait, s'étirait puis disait : « Bonne nuit à tous, faites de beaux rêves. » Il éteignait ensuite la lampe à gaz, remontait l'escalier, fermait la porte derrière lui et se mettait au lit. A une époque, il avait pris l'habitude d'embrasser son épouse sur le front pour lui souhaiter bonne nuit mais craignant que les autres n'en éprouvent de la jalousie, il avait fini par s'abstenir de cette marque de favoritisme.

Les membres de la famille n'avaient pas toujours joué les rôles que Sloane leur avait attribués : tous avaient auparavant porté d'autres noms, été la grand-mère, le père, la mère, le frère, la sœur, l'épouse et le fils d'autres personnes. Mais à présent, ils étaient *sa* famille.

Pour certains d'entre eux, Jared avait longtemps attendu avant de trouver l'âge et la ressemblance qu'il souhaitait. Gussie, par exemple, il l'avait aimée en silence, patiemment, pendant des années avant qu'elle ne devînt sa femme. Elle s'appelait alors Mme Ralph Steigeler, épouse du propriétaire du drugstore de Middleton, et n'avait jamais soupçonné que Jared Sloane fût amoureux d'elle. Gussie était son vrai prénom, alors que Ben, Emma et Luke, il les avait rebaptisés à son goût. Elle constituait le noyau de la famille, auquel les autres étaient venus s'ajouter un par un. Curieusement, c'était Grand-maman la dernière en date puisqu'elle ne faisait partie de la famille que depuis un peu plus d'un an. Il ne manquait plus à Jared qu'une petite fille, dont il avait d'ailleurs déjà choisi le prénom : elle s'appellerait Martha. Il aimait les prénoms surannés parce qu'ils appartenaient au passé, à l'enfance solitaire qu'il avait connue dans un orphelinat jusqu'à l'âge de seize ans.

Sloane gardait un souvenir amer des moqueries que les autres orphelins avaient lancées à l'enfant trouvé qu'il était, un enfant abandonné sur les marches de l'orphelinat, enveloppé dans un drap déchiré et à qui le directeur avait dû donner un nom. Si les autres enfants étaient aussi orphelins, ils savaient du moins qui ils étaient : ils avaient des tantes, des oncles et des cousins qui leur écrivaient des lettres, venaient les voir, leur envoyaient des cadeaux à Noël et payaient souvent en partie ou en totalité leurs frais de pension. Jared, lui, n'avait jamais eu personne.

C'était la raison pour laquelle il avait voulu une famille nombreuse. Chaque soir, à présent, il retrouvait son frère, sa sœur, sa femme et son enfant. (Grand-mère avait été un coup de chance : il avait gardé un œil sur la vieille Mme Atkinsson et sa vigilance avait été récompensée.) Il n'y avait plus place désormais dans le salon pour un autre adulte, mais la petite Martha — quand il l'aurait trouvée — pourrait s'asseoir sur un coussin, aux pieds de sa mère, et jouer avec une poupée qu'il lui offrirait ou se livrer à une occupation domestique à la fois enfantine et féminine. Jared la voulait plus jeune que Luke — disons sept ou huit ans : assez âgée pour apprécier déjà la conversation de son père, et dégagée de la petite enfance nécessitant des soins attentifs.

Chaque soir, dans son lit, avant de remonter le réveil et de placer son dentier dans un verre, Jared Sloane disait une petite prière silencieuse et reconnaissante qui s'adressait peut-être à lui-même. Il disait merci pour cette idée merveilleuse, inouïe, qui lui était venue dix ans plus tôt, alors qu'une nuit, s'agitant sans pouvoir dormir, il avait soudain trouvé le moyen de faire de Gussie sa femme et de la garder auprès de lui aussi longtemps qu'il vivrait. Ralph Stiegeler l'avait appelé dans l'après-midi et l'idée audacieuse, effrayante, avait jailli de nulle part, toute faite, comme Pallas Athéna de la tête de Zeus.

Jared avait risqué la ruine, le déshonneur, la prison pour réaliser son rêve le plus cher et le plus secret : avoir une famille, et il avait gagné. Après Gussie, le reste avait été facile. S'il n'avait pu prévoir, il avait pu choisir. Et il bénissait Middleton pour ses dimensions de petite ville où il n'y avait place que pour un seul membre de sa profession, qui récoltait toute la clientèle. Pourtant, il avait hésité lorsqu'il s'y était rendu pour la première fois au sortir de l'université; il avait craint que les habitants de la ville et des fermes avoisinantes ne suffisent pas à lui constituer une pratique. Mais il se contentait de peu, aimait la tranquillité et redoutait par-dessus tout la concurrence et l'agitation que l'on trouve inévitablement dans les grandes cités. A Middleton, il était assuré d'occuper seul le terrain. Aussi lorsqu'il avait appris par les petites annonces que le vieux M. Shallcross voulait céder son entreprise et sa clientèle afin de se retirer des affaires, Jared lui avait écrit.

Il avait alors découvert que le modeste pécule qu'il avait amassé en travaillant dur dans sa jeunesse (il avait été trop jeune pour une guerre, trop âgé pour l'autre, ce qui lui avait permis de se former dans la seule branche qui l'eût jamais attiré) couvrirait les prétentions fort limitées de M. Shallcross. Une semaine plus tard, l'affaire avait changé de mains. A présent, Jared faisait partie du paysage de Middleton et s'il ne se liait pas aisément, il était honorablement connu, respecté et, surtout, au-dessus de tout soupçon.

Dans son commerce, Sloane veillait toujours à satisfaire les désirs des parents du disparu. Selon le choix de la famille, les funérailles avaient lieu au domicile du défunt ou dans la chapelle que Jared avait joliment décorée. (Il avait eu terriblement peur, pour Gussie, mais tout s'était passé finalement comme il le souhaitait : Ralph avait immédiatement opté pour la chapelle. Par contre, Jared se souvenait toujours avec regret du splendide Ben qui lui avait échappé parce que la mère de Charles Holden avait insisté pour que le service funèbre eût lieu à la ferme.) La dépouille mortelle, préparée avec un talent digne d'un embaumeur de grande ville reposait dans le cercueil, entourée de bouquets et de couronnes. Lorsque le prêtre en avait terminé, Miss Hattie Blackstock se mettait à jouer de l'orgue en sourdine puis, au signal de Jared Sloane, parents et amis défilaient devant la bière pour l'ultime adieu, les parents proches venant en dernier. Tous sortaient ensuite de la chapelle pour se rendre au cimetière en voiture. (Bien évidemment, la procédure était différente en cas d'incinération mais nul défunt promis à la crémation n'avait une chance d'entrer dans la famille de Jared.)

C'était alors le moment crucial. Sloane conservait un souvenir vivace de la première fois, avec Gussie, quand tout avait été affaire de minutage précis, de détermination et de chance.

Les porteurs des cordons du poêle attendaient qu'il ferme le cercueil pour l'emmener jusqu'au corbillard. Dans une grande ville, les assistants de Sloane auraient alors commencé à emporter les fleurs mais Jared n'avait pas d'assistant. Dans cette petite bourgade où il connaissait tout le monde et où tout le monde le connaissait, il était naturel de dire : « Écoutez, les amis, je ne tiens pas à faire durer les choses, c'est déjà assez pénible comme ça pour les parents. J'ai enlevé toutes les cartes des couronnes et des bouquets. Si vous voulez bien les porter dans le fourgon, tous ensemble, pendant ce temps, moi je fermerai le cercueil. »

Il eût suffi, pour ruiner son plan, que quelqu'un réponde : « Je ne supporte pas les roses, elle me font éternuer », ou « Tu n'as pas besoin de nous tous, je vais rester ici avec toi pour reposer un peu ma mauvaise jambe », ou encore « Ce n'est pas une bonne idée, Jared : le cercueil écrasera les fleurs si nous les mettons en premier ». Il eût alors perdu la partie désespérée qu'il jouait, Gussie ne serait jamais devenue sa femme, les autres membres de la famille ne seraient jamais venus tricoter, jouer aux cartes et construire des maquettes de bateau dans le salon souterrain. Mais par bonheur, de Gussie à Grand-maman, la réussite avait couronné ses efforts.

Dès que le dernier dos disparaissait de la chapelle, Jared agissait avec promptitude. Vite, il soulevait le corps et le sortait du cercueil; vite, il l'allongeait sur le divan caché derrière les lourdes draperies de velours; vite, il le remplaçait dans la bière par le mannequin grandeur nature dont il avait soigneusement calculé le poids; vite, il fermait le couvercle et enfonçait les vis.

L'opération durait de deux à trois minutes et lorsque revenait le premier porteur, tout était terminé. Personne ne saurait jamais ce que contenait le cercueil qui allait être enterré.

Jared conduisait lui-même le corbillard, bien entendu, mais il prenait soin de fermer la chapelle à double tour avant de partir pour le cimetière. Après la dernière poignée de main émue, il se retrouvait seul, attendait l'heure de la fermeture et lorsque l'obscurité avait envahi son bureau, la salle d'exposition, le salon de repos et la chapelle, il se glissait derrière les tentures de velours, soulevait avec respect le nouveau membre de la famille et le portait avec tendresse jusqu'à la salle de préparation. Personne ne s'était jamais plaint du travail d'embaumement que Jared effectuait sur tous les défunts mais pour la famille, il faisait appel aux techniques les plus raffinées de son art afin d'apporter les touches finales : il utilisait des agents conservateurs spéciaux de son invention, modifiait le maquillage du visage pour accentuer la ressemblance avec les autres membres de la famille, passait au nouveau venu les vêtements qu'il avait achetés pour lui à McMinnville. Quant aux habits fournis par « l'ancienne famille » — c'était toujours l'expression dont il usait en pensée — il les mettait de côté pour le rembourrage du prochain mannequin. Si Sloane avait eu un côté frivole — ce qui n'était pas le cas — il eût trouvé quelque amusement à songer que les dessous de « l'ancienne » sœur Emma occupait une partie du cercueil de « l'ancien » papa. Enfin, l'entrepreneur donnait à son nouveau parent la posture qu'il lui avait choisie et le descendait au salon. Nul besoin de présentations : les membres de la famille Sloane étaient censés se connaître. Ces soirs-là, Jared se couchait tard car il ne parvenait qu'à grand-peine à s'arracher à la compagnie du cercle de famille agrandi et à monter dans sa chambre solitaire.

Avec les années, l'entrepreneur de pompes funèbres avait cessé de se tourmenter et d'avoir peur pendant des semaines, voire des mois, après la substitution comme il l'avait fait au début. Il avait en effet calculé qu'il organisait en moyenne une cinquantaine de funérailles par an en comptant les morts des environs et, à l'occasion, ceux qui, nés à Middleton, l'avaient quitté pour vivre ailleurs mais revenaient s'y faire enterrer. En dix ans, il avait donc prodigué ses services à quelque cinq cents défunts et n'avait risqué le grand coup que sept fois au total.

Un jour, évidemment, il mourrait lui aussi et l'on découvrirait immanquablement le « salon », mais il n'aurait plus à s'en soucier là où il serait : le scandale, le tumulte, les titres des journaux, tout cela ne le concernerait plus. A cinquante-huit ans, Sloane n'avait jamais été souffrant un seul jour de sa vie et pouvait espérer vivre vingt-cinq années de plus, paisible, seul de tout Middleton à ne pas redouter une vieillesse solitaire. Quand Jared se rappelait son enfance et sa jeunesse désolées, il remerciait le sort de lui avoir permis de trouver à l'âge adulte une compensation grâce à ses propres efforts. Il se félicitait aussi de ce que la privation d'amour maternel eût apparemment étouffé en lui toute une partie de la vie émotionnelle. Jamais il n'avait éprouvé ou même compris l'excitation sexuelle ressentie par les autres hommes, qu'il jugeait dégoûtante. Et même son patient amour pour Gussie Stiegeler n'avait été que tendresse, désir de compréhension et de protection, tout comme l'amour qu'il éprouvait pour elle maintenant qu'elle était devenue Gussie Sloane.

Ce qu'il avait lu un jour dans un ouvrage de psychologie d'une horrible perversion appelée nécrophilie l'avait fait frissonner d'écœurement. Dans un effort pour comprendre, cependant, il avait essayé de s'imaginer prenant Gussie dans ses bras, la portant en haut dans sa chambre, l'allongeant sur son lit étroit, l'enlaçant, l'embrassant... Il en avait eu la nausée. Pendant des jours, il n'avait plus regardé son épouse qu'avec gêne, rougissant à la pensée qu'elle aurait pu soupçonner les ignominies qu'il avait laissé se glisser dans son esprit.

Jared aimait sa famille parce qu'elle était à lui et à personne d'autre, parce qu'en son sein, il pouvait se laisser aller, être lui-même, et qu'elle lui appartiendrait toujours. Quel mal y avait-il à cela? Ni les « anciens » défunts ni les « anciennes » familles n'en pâtissaient. Jared aimait papa et maman en bon fils, il portait à Ben et Emma l'amour qu'un frère aîné doit à ses cadets, il adorait Gussie et le petit Luke. Pour que son bonheur soit parfait, il lui fallait à présent une jolie petite fille — ce n'était pas bon pour Luke de rester fils unique.

Bien sûr, Jared ne se permettait pas de passer en revue les éventuelles candidates et de spéculer sur leur sort. Grand Dieu! Seul un vampire aurait pu avoir de telles pensées! Il attendait, comme pour les sept autres, que l'occasion idéale se présente : une petite fille de sept ou huit ans, aux cheveux bruns (comme Gussie et lui), jolie, parce que sa mère l'était, et envoyée par la Providence comme le reste de la famille. Au demeurant, rien ne pressait : Luke aurait toujours dix ans, tout comme Grand-maman en aurait toujours quatre-vingt-dix. Pourtant, Jared n'aurait pu s'empêcher d'être dévoré de curiosité et d'impatience si on lui avait parlé d'une petite fille gravement malade. Certes, il pouvait attendre mais à chaque fois qu'on l'appelait d'une maison où il y avait des enfants, son cœur battait plus vite, jusqu'au moment où on lui apprenait que c'était pour le grand-père, pour l'oncle William ou pour la vieille cousine Sarah que l'on avait besoin de ses services. A deux reprises, il s'occupa des funérailles de petites filles mais ne se décida ni pour l'une, sale gamine laide et blondasse, ni pour l'autre, qu'un accident de voiture mortel avait affreusement mutilée.

Tôt dans la matinée du 31 mars, Jared Sloane fut tiré d'un profond sommeil par un coup frappé à sa devanture. Il ne s'en étonna pas outre mesure car il arrivait parfois qu'on se précipite chez lui au lieu de téléphoner. Habitué, comme les médecins, à être réveillé en pleine nuit, il enfila son peignoir, chaussa ses pantoufles et alla voir. Au moment où il donnait de la lumière, il entendit une voiture s'éloigner. Il ouvrit la porte, constata que la rue — principale artère commerçante de Middleton et portion d'une grand-route de l'État — était obscure et déserte. Baissant alors les yeux, il découvrit à ses pieds, posé sur le perron, un paquet enveloppé dans une couverture. Il se courba, le souleva, devina aussitôt ce que c'était, puis retourna à l'intérieur et enleva la couverture recouvrant le petit cadavre.

L'entrepreneur de pompes funèbres reconnut immédiatement l'enfant dont la tête pendait mollement sur la nuque brisée. Les journaux n'avaient cessé de publier des photos de la petite Manning, fille de millionnaire kidnappée, et dont les ravisseurs exigeaient une forte rançon. Jared se dit que le père avait dû enfreindre les consignes, prévenir la police, et que les ravisseurs avaient bestialement mis leur menace à exécution.

Pourquoi avaient-ils déposé leur victime devant le porche d'un croque-mort de campagne, à plus de trois cents kilomètres de la ville où la petite Diana Manning avait été enlevée? Jared n'en avait aucune idée. Peut-être avaient-ils aperçu par hasard son enseigne en traversant Middleton alors qu'ils s'enfuyaient avec la rançon, et avaient-ils décidé, plaisanterie plutôt macabre, d'abandonner le corps devant sa porte? Bien que la perspective de voir la police, le F.B.I. et les journalistes envahir sa vie privée lui fût odieuse, Jared savait où était son devoir : il fallait prévenir sur-le-champ le shérif de McMinnville.

Sloane contemplait le petit corps sans vie. Morte à neuf ans, Diana Manning était petite pour son âge. Elle avait été une enfant jolie et fragile, objet de soins attentifs. Des cheveux bruns longs et soyeux encadraient son visage dont les yeux marron semblaient plonger leur regard dans ceux de Jared.

Après avoir longuement réfléchi, il souleva Diana, l'emmena dans la salle de préparation, la déshabilla puis jeta tous ses vêtements ainsi que la mince couverture dans l'incinérateur situé près du garage. Il ne pouvait l'allumer à trois heures du matin sans éveiller les soupçons des voisins mais il s'en servait régulièrement pour brûler des détritus et profiterait de l'occasion le moment venu.

Le lendemain soir, pour la première fois depuis l'arrivée de Grand-maman, Jared ne passa avec la famille que le temps de lui apprendre la bonne nouvelle. Tout ému, il en réserva la primeur à Gussie qui, après tout, allait être la mère de Martha. Il remonta ensuite dans la salle de préparation, travailla tard puis dissimula avec soin sa petite fille. Aucun enterrement ne devant avoir lieu dans l'immédiat, il n'y avait dans le salon de repos aucun défunt attendant la dernière visite des parents et des amis. L'entrepreneur pourrait donc, le lendemain, laisser une pancarte sur la porte vers midi et se rendre à McMinnville afin d'acheter à Martha une garde-robe et une poupée. Jared faisait toujours les achats destinés à la famille dans cette ville assez grande pour qu'on ne l'y connût pas.

Ni dans le journal ni à la radio on ne donna ce jour-là de nouvelles informations sur l'affaire Manning. Le père, pauvre fou, croyait peut-être encore qu'il reverrait sa fille vivante et avait exigé — trop tard — le silence et le secret.

Le soir, Sloane s'assit dans son fauteuil couleur prune et contempla d'un air épanoui la petite Martha, perchée sur un coussin près de son frère et souriant à sa mère installée au piano. La famille était au complet, Jared se sentait le plus heureux des hommes.

Trois jours plus tard, alors qu'il travaillait à la comptabilité dans son bureau, la porte de devant s'ouvrit et un homme jeune, de haute taille, fit son entrée. Comme l'inconnu portait une serviette, Sloane le gratifia de l'expression qu'il réservait aux représentants.

— Monsieur Sloane? s'enquit aimablement l'arrivant. Auriez-vous un moment à me consacrer?

— Je crois que je n'ai besoin de rien pour l'instant, je vous remercie.

— Besoin? Oh non! Je ne suis pas représentant.

Et il ouvrit son portefeuille pour montrer à Sloane un insigne et une carte d'inspecteur portant son nom : Ennis. Jared se laissa tomber dans son fauteuil dont il agrippa les bras pour cacher le tremblement qui venait de s'emparer de ses mains. Ennis s'assit en face de lui sans attendre d'y être invité.

— C'est au sujet du corps de la petite Manning, précisa l'inspecteur avec le plus grand naturel.

— La petite Manning? L'enfant kidnappée? On l'a retrouvée?

Ennis parcourut des yeux le minuscule bureau soigneusement rangé, revint à l'entrepreneur si respectable d'allure dans son costume noir. Le policier semblait déconcerté.

— Il y a sans doute erreur, dit-il. Voilà : la nouvelle n'a pas encore été divulguée mais nous avons arrêté un individu que nous soupçonnons fortement d'être l'auteur de l'enlèvement.

— J'espère que vous le confondrez! La chaise électrique, c'est encore trop bon pour un homme capable d'assassiner une enfant!

— Je vous ai dit qu'on l'avait assassinée?

— Vous avez parlé du *corps* de la petite Manning.

— Ah! oui. Monsieur Sloane, je n'irai pas par quatre chemins. Cet homme, nous l'avons épinglé voici deux jours déjà et il a commencé à parler. En fait, pour être tout à fait franc avec vous, il a passé des aveux complets. Et il prétend que le 30 mars, en traversant Middleton, il s'est arrêté pour déposer le cadavre de l'enfant devant la porte d'une entreprise de pompes funèbres située en bordure de la grand-route : l'entreprise Sloane, d'après l'enseigne.

— Personne n'a déposé quoi que ce soit devant ma porte dans la nuit du 30 mars, affirma Jared.

C'était parfaitement exact : le ravisseur avait abandonné le cadavre à trois heures moins le quart, cette même nuit, mais dans la matinée du 31.

— Monsieur Sloane, comprenons-nous bien : nous ne vous accusons de rien. Bien sûr, cacher un cadavre constitue un délit puni par la loi mais nous n'avons pas l'intention de nous montrer pointilleux sur cette question. Je comprends fort bien que vous avez dû éprouver un choc et qu'il vous a fallu du temps pour vous ressaisir. De surcroît, ce n'est jamais agréable de se trouver mêlé à une affaire dont on ne porte absolument pas la responsabilité. Vous avez ma parole : si vous nous donnez le corps sans histoires, nous ferons tout pour ne pas révéler aux journalistes où nous l'avons retrouvé.

« Si tu étais venu le jour même, songeait Jared, je te l'aurais peut-être rendu... » Il vit Martha dans sa robe rose, ses cheveux bruns retenus par un ruban assorti, berçant sa poupée et souriant à sa mère.

— Cet individu vous ment, déclara-t-il en secouant la tête. Il a dû remarquer mon enseigne en passant par ici et vous a lancé sur une fausse piste. Voilà vingt ans que j'exerce à Middleton, tout le monde me connaît. Vous me croyez capable d'aider un criminel en faisant disparaître la preuve de sa culpabilité? En outre...

Jared faillit ajouter qu'il avait lui aussi une petite fille, mais il se reprit de justesse.

— En outre, nul ne sait mieux que moi que la loi interdit de se débarrasser en secret d'une dépouille mortelle. En qualité d'entrepreneur de pompes funèbres, c'est la dernière chose au monde que je ferais.

— Je veux bien vous croire, monsieur Sloane, concéda Ennis. Et nous allons cuisiner de nouveau notre homme sur ses déclarations. Mais, afin que le dossier soit en ordre, je vais vous demander la permission de jeter un coup d'œil chez vous, simplement pour pouvoir écrire que le cadavre de Diana Manning ne s'y trouve pas. Vous n'y verrez sans doute pas d'objection et je ne reviendrai plus vous importuner.

Sloane sentit le sang se retirer de son visage. Il imaginait déjà le policier inspectant le salon de repos, la salle de préparation, la chapelle; passant ensuite dans l'appartement et demandant, dans la cuisine : « Cette porte, où conduit-elle? »

— Et pourquoi ne pas retourner aussi mon jardin pour voir si je n'y ai pas enterré votre cadavre? fit l'entrepreneur, sarcastique. Oui, j'y vois une objection. Je suis chez moi et je connais mes droits. Je ne laisserai personne fouiller dans ma maison sans mandat de perquisition. Je suppose que vous n'en avez pas?

— Non, monsieur Sloane, je n'en ai pas.

D'amical, le ton de l'inspecteur était devenu froid.

— Si vous le prenez ainsi, poursuivit-il, je peux me rendre à McMinnville et revenir dans moins d'une heure avec le shérif et un mandat. Franchement, je ne comprends pas pourquoi un respectable commerçant comme vous fait obstruction à la justice et protège un meurtrier, mais je ne peux interpréter autrement votre attitude.

Devant le mutisme de Sloane, Ennis continua :

— Très bien. Je serai de retour dans une heure. Et si vous essayez de profiter de mon absence, j'aurai tôt fait de le découvrir.

Après avoir marqué une pause, le policier adopta un ton plus conciliant :

— Si vous voulez changer d'avis...

Jared fit non de la tête. Ennis empoigna sa serviette, sortit, monta dans sa voiture et effectua un demi-tour pour prendre la direction de McMinnville. L'entrepreneur de pompes funèbres resta immobile un long moment puis alla accrocher à la porte la pancarte « Fermé. Reviens dans un instant » et poussa le verrou. Il se rendit dans la cuisine, ouvrit la porte menant au « salon » et la referma cette fois à clef derrière lui puis descendit lentement rejoindre sa famille.

Pour la première fois, il tira les rideaux des deux lucarnes car, à présent, il pouvait bien prendre ce risque. A la lumière du jour, la scène familiale si chaude et intime d'ordinaire, avait quelque chose de lugubre, de désespéré. Papa lisait le journal, maman tricotait, Ben et Emma jouaient aux cartes, Luke montait sa maquette et Gussie, comme toujours, effleurait de ses doigts les touches du piano. Pourtant ils avaient tous l'air fané, flétri et même Gussie, dans sa nouvelle robe bleue, ressemblait davantage à un mannequin de cire qu'à un être vivant. Seule Martha, la dernière venue de la famille, parut à Jared aussi fraîche et pleine d'éclat qu'ils l'avaient tous été sous la chaude lumière de la lampe à gaz, pendant de si nombreuses soirées de bonheur.

Avec un soupir, l'entrepreneur se leva, ouvrit tout grand le robinet de la lampe puis se rassit dans son fauteuil.

Il les aimait tant ! Ils étaient à lui comme il était à eux. Orphelin, enfant trouvé, il avait à présent une famille; il n'avait pas traversé toute sa vie en solitaire puisqu'il avait aimé une femme et que, pendant dix ans, elle avait été son épouse bien-aimée.

Mû par une impulsion, il s'approcha du piano et, un peu embarrassé de sentir sur lui les regards des autres, il prit Gussie dans ses bras et l'embrassa sur la bouche pour la première fois. Les lèvres de sa femme se révélèrent froides et sèches, mais il ne les avait jamais connues chaudes et humides. Il regagna son fauteuil.

Au bout d'un moment, l'odeur du gaz lui devint perceptible et, lorsqu'il se sentit pris de vertiges, il sut que le salon en était rempli. Il ne fallait plus attendre à présent, sinon la tête lui tournerait trop.

Plongeant la main dans une poche de sa veste, il en sortit une allumette de cuisine qu'il frotta contre la semelle de sa chaussure.

A Death in the Family.
Traduction de Jacques Martinache.

Sans bruit *

par

DAMON KNIGHT

DIX mois après que le dernier avion fut passé, Rolf Smith acquit la certitude qu'en définitive un seul autre être humain avait survécu. Cet être s'appelait Louise Olivier et Rolf était installé en face d'elle à une table du salon de thé d'un grand magasin de Salt Lake City. Ils mangeaient des saucisses viennoises en conserve et buvaient du café.

* *C'est à un très beau poème de T. S. Eliot, grand écrivain anglais connu en France surtout pour sa pièce* Meurtre dans la cathédrale, *que Damon Knight a emprunté le titre de son récit. Ce poème s'intitule :* Le Pays Creux :

> Voici le Pays Creux
> Voici la dernière terre
> Ici les images de pierre
> Ricanent à tout jamais...

et on y trouve le passage suivant :

> Et c'est ainsi que le monde finit
> Non dans une explosion
> Mais sans aucun bruit.

« Sans aucun bruit... », si ce n'est celui d'une simple porte qui se ferme... mais chut!... n'en disons pas plus pour vous laisser goûter l'humour tragique dont Damon Knight fait preuve en nous montrant la pudibonderie anglo-saxonne venant parachever l'œuvre de destruction totale de l'humanité si bien accomplie déjà par la guerre bactériologique.

Le soleil, filtrant par une vitre brisée, pesait avec la lourdeur d'un jugement sur l'atmosphère embrumée de la pièce. On n'entendait pas le moindre bruit, ni à l'intérieur ni à l'extérieur. Il n'y avait qu'un silence étouffant. Jamais plus de cliquetis de vaisselle à l'office, jamais plus ce grondement sourd de la circulation. Il n'y avait que du soleil, du silence et les yeux humides, étonnés, de Louise Olivier.

Rolf se pencha en avant, essayant de retenir pendant un instant l'attention de ces yeux, pareils à ceux d'un poisson.

— Chérie, dit-il, je respecte naturellement vos opinions, mais permettez-moi tout de même de vous dire qu'elles ne sont pas du tout pratiques.

Elle le considéra, un peu perplexe, puis détourna une fois de plus les yeux. Elle secoua doucement la tête.

— *Non, non, Rolf, il m'est impossible de vivre dans le péché avec vous.*

Smith songea aux femmes de France, de Russie, du Mexique et des Mers du Sud. Il avait passé trois mois dans les ruines du studio d'une station de radiodiffusion à Rochester, écoutant les voix jusqu'à ce qu'elles se soient tues. En Suède, il y avait eu une grande colonie de survivants comprenant même un ministre du Cabinet britannique. Ils signalèrent que l'Europe avait disparu. Simplement disparu. Il n'existait pas un hectare n'ayant été ravagé par la poussière radio-active. Ils avaient deux avions et suffisamment de carburant pour les emmener n'importe où sur le continent européen, mais il n'y avait nulle part où aller. Trois d'entre eux moururent de la peste, puis onze, puis tous.

Il y avait eu également le pilote d'un bombardier qui s'était écrasé dans le voisinage d'un poste de la radio d'État en Palestine. Il n'avait pas vécu bien longtemps, s'étant fracturé plusieurs os dans sa chute. Il avait vu la vaste étendue de l'océan vide là où auraient dû se trouver les îles du Pacifique. Ce fut lui qui devina que la calotte glaciaire de l'Arctique avait été bombardée. Il ignorait si cela avait été fait intentionnellement ou par erreur.

Il n'y avait pas la moindre nouvelle de Washington, de New-York, de Londres, de Paris, de Moscou, de Tchong-King, de Sidney. Il était impossible de dire qui avait succombé à la maladie, qui avait été détruit par la poussière radio-active et qui avait été tué par les bombes.

Smith avait été assistant de laboratoire dans une équipe essayant de découvrir un antibiotique contre la peste. Ses chefs avaient réussi à en trouver un qui donnait parfois des résultats, mais cela arrivait un peu tard. En quittant le laboratoire, Smith avait emporté tout ce qui restait de ce remède... une quarantaine d'ampoules, de quoi le sauver pendant des années.

Louise avait été infirmière dans un hôpital du côté de Denver. D'après ce qu'elle disait, une chose plutôt étrange était arrivée dans cette clinique au moment où elle s'y rendait le matin de l'attaque. Louise avait été très calme en racontant ça, mais ses yeux avaient sombré dans le vague et son expression d'animal terrorisé s'était encore accentuée. Aussi Smith n'avait-il pas insisté pour avoir des détails.

Comme lui, elle avait trouvé un poste de radiodiffusion qui était encore en état de marche et, lorsque Smith découvrit qu'elle n'avait pas été contaminée par la peste, il accepta de la rencontrer. Elle paraissait être naturellement immunisée contre cette maladie. Il avait dû y en avoir d'autres comme elle, mais les bombes et la poussière radio-active ne les avaient pas épargnées.

Louise regrettait amèrement qu'aucun ministre du culte protestant n'eût survécu au désastre.

Le plus ennuyeux de l'histoire était qu'elle prenait cela vraiment très à cœur. Smith mit longtemps à s'en convaincre, mais dut se rendre à l'évidence. Elle refusait de dormir dans le même hôtel que lui. Elle exigeait le plus grand respect et s'attendait aux plus grandes marques de politesse. Elle les obtenait, car un jour elle l'avait remis vertement à sa place et il avait compris. Il marchait à l'extérieur, abandonnant à Louise le haut des trottoirs recouverts de gravats. Là où il y avait encore des portes, il les ouvrait pour elle et s'effaçait pour la laisser passer. Il se précipitait pour lui avancer un siège. Il s'abstenait de dire des gros mots. Il lui faisait la cour.

Louise devait avoir la quarantaine, au moins cinq ans de plus que Smith. Souvent il se demandait quel âge elle croyait avoir. Ce qu'elle avait vu à son hôpital, le souvenir des malades qu'elle avait soignés, l'avaient fait se replier mentalement au stade de ses dix-huit ans. Elle admettait que tout le reste du monde était mort, mais considérait qu'il n'était pas séant d'en parler.

Une centaine de fois, au cours de ces trois dernières semaines, Smith avait été pris d'une envie presque irrésistible de tordre ce cou maigre et de poursuivre son chemin tout seul. Mais il n'y avait pas le moindre doute : Louise était la seule femme sur cette terre et il avait besoin d'elle. Si elle mourait ou le quittait, il mourrait.

« *Sacrée vieille garce!* » pensait-il rageusement en évitant d'en rien laisser paraître sur son visage.

— Louise, mon amour, lui dit-il avec douceur. Vous savez bien que j'essaie de ménager vos susceptibilités dans la mesure du possible.

— Oui, Rolf, acquiesça-t-elle en fixant sur lui son regard de poulet hypnotisé.

Smith s'obligea à poursuivre :

— Cependant il faut que nous regardions les faits en face, aussi déplaisants qu'ils puissent être. Chérie, nous sommes le seul homme et la seule femme qu'il y ait au monde. Nous sommes comme Adam et Ève dans le jardin d'Eden.

Une expression légèrement dégoûtée apparut sur le visage de Louise. Visiblement ses pensées allaient vers les feuilles de vigne.

— Pensez aux générations pas encore nées, dit Smith avec un léger trémolo dans sa voix.

« Pour une fois pensez à moi. Peut-être résisterez-vous encore une dizaine d'années, peut-être pas. » Avec un frémissement il pensa au second stade de la maladie... cette rigidité, cette paralysie qui vous frappait sans le moindre avertissement, vous rendant absolument inerte. Une fois déjà il avait eu une attaque de ce genre et Louise l'avait aidé à la surmonter. Sans elle, il serait resté immobile jusqu'à ce que la mort vienne le frapper, la seringue hypodermique susceptible de le sauver se trouvant à quelques centimètres à peine de sa main paralysée. Il pensa désespérément : *« Avec un peu de chance je pourrais te faire au moins deux enfants avant que tu ne crèves et tout serait sauvé. »*

A haute voix il poursuivit :

— Dieu n'a certainement pas voulu que la race humaine s'éteigne ainsi. Il nous a épargnés, vous et moi, pour...

Il s'interrompit. Comment pourrait-il s'exprimer sans la scandaliser? « Faire des enfants » ne conviendrait certainement pas... c'était trop suggestif.

— « ... transmettre le flambeau de la vie, conclut-il. »

Et voilà. C'était assez bien enveloppé.

Louise regardait fixement par-dessus l'épaule de Rolf. Ses paupières cillaient régulièrement et à la même cadence sa bouche était agitée d'un petit mouvement, pareil à celui du museau d'un lapin.

Smith regarda ses cuisses décharnées sous la table.

« Non, je ne suis plus assez fort pour la violer, pensa-t-il, *Mon Dieu! si seulement j'avais encore assez de vigueur pour la prendre de force! »*

De nouveau il se sentit gagner par une rage futile, mais se domina. Il ne fallait pas qu'il perde la tête, car ceci pourrait bien être sa dernière chance. Ces jours derniers, Louise, dans ce langage imprécis qu'elle employait pour s'exprimer, avait parlé de partir dans les montagnes pour prier et demander à Dieu de la guider.

Elle n'avait pas dit « seule », mais il était facile de comprendre que telle était son intention. A tout prix il lui fallait la faire changer d'avis avant que cette résolution s'affirmât. Smith se concentra rageusement et essaya une fois de plus.

*

Le flot de paroles semblait être un roulement de tonnerre éloigné. Louise entendit une phrase par-ci, une autre par-là. Chacune de ces phrases provoquait un enchaînement de pensées, rendant la rêverie de Louise plus profonde.

« Maman avait fréquemment parlé de « Notre devoir envers l'humanité... » — c'était naturellement dans la vieille demeure de Waterbury Street avant que Maman ne tombe malade — elle avait également dit :

— « Mon enfant, ton devoir est d'être propre, polie et de vivre dans la crainte de Dieu. Être jolie ne compte pas. Bien des femmes laides ont trouvé de bons maris, excellents chrétiens. »

Des maris... unis jusqu'à la mort... des fleurs d'oranger et des demoiselles d'honneur... les grandes orgues. A travers un brouillard elle vit le visage émacié de Rolf : une face de loup. Naturellement, il était le seul qu'elle pourrait jamais avoir. Elle s'en rendait parfaitement compte. Après tout, lorsqu'une fille avait dépassé vingt-cinq ans il lui fallait bien prendre ce qu'elle trouvait.

« Parfois je me demande si c'est vraiment un homme bien », pensa-t-elle.

« ... par devant Dieu... » Elle se souvenait des vitraux de la vieille Église épiscopale et comme elle croyait toujours que Dieu l'observait à travers cette transparence lumineuse. Et maintenant Il la regardait encore, quoiqu'elle se demandât parfois s'Il ne l'avait pas oubliée. Naturellement elle se rendait compte que les usages du mariage étaient complètement modifiés et que si elle épousait cet homme, si l'on ne pouvait trouver un ministre du culte... Mais c'était une véritable honte, un outrage même, qu'il lui faille se passer de toutes ces belles choses... elle n'aurait pas le moindre cadeau de mariage... Même pas ça! Et, cependant, Rolf lui donnerait certainement tout ce qu'elle pourrait désirer. Elle vit de nouveau son visage, remarqua ses yeux noirs, étroits, la fixant avec une détermination féroce, la bouche fine, déformée par un tic lent, régulier, les lobes poilus de ses oreilles sous la masse de ses cheveux noirs, hirsutes.

« Il ne devrait pas laisser pousser ses cheveux aussi longs », pensa-t-elle. *« Ce n'est pas correct. »*

Si elle l'épousait elle lui ferait certainement changer ses habitudes; d'ailleurs c'était son devoir de femme.

A présent, Rolf parlait d'une ferme qu'il avait vue en dehors de la ville... une belle, grande maison et une grange. Il convint qu'il n'y avait pas de bétail, mais ils s'en procureraient plus tard. Et puis, ils planteraient toutes sortes de choses et pourraient ainsi s'alimenter sans aller tout le temps dans ce qui restait des restaurants.

Elle sentit un léger attouchement sur sa main pâle posée sur la table. Avec leurs poils noirs en dessous et en dessus des jointures, les doigts bruns, boudinés de Rolf, touchaient les siens. Pendant un instant il s'était arrêté de parler, mais le flot de paroles reprenait plus pressant, plus insistant. Elle retira ses mains.

Il disait :

— ... et puis vous aurez la plus belle robe de mariée que vous ayez jamais vue... et un bouquet. Tout ce que vous pourrez désirer, Louise, *tout*... »

Une robe de mariée! Et des fleurs!... même s'il ne pouvait y avoir de pasteur! Pourquoi cet imbécile n'en avait-il encore jamais rien dit?

*

Rolf s'interrompit au beau milieu d'une phrase, se rendant brusquement compte que Louise avait déclaré très distinctement :

— Oui, Rolf, si vous le désirez, je consens à vous épouser.

Étourdi il souhaitait qu'elle répétât ces paroles, mais n'osait lui demander : « Qu'avez-vous dit? » de crainte de recevoir une réponse fantaisiste quelconque ou même pas de réponse du tout. Il aspira une profonde bouffée d'air et demanda :

— Aujourd'hui, Louise?

Elle répondit :

— *Aujourd'hui*... ça, je ne sais pas trop... Naturellement, si vous croyez pouvoir prendre toutes les dispositions en temps utile... Mais il ne me semble pas...

Un sentiment de triomphe déferla à travers le corps de Smith. Maintenant il avait l'avantage et ne manquerait certainement pas d'en profiter.

— Dites oui, chérie, la pressa-t-il. Dites oui et faites de moi l'homme le plus heureux...

Il s'embrouilla dans le reste de sa phrase, mais cela n'avait aucune importance. Elle hocha la tête d'un air soumis.

— Tout ce que vous jugerez être le mieux, Rolf.

Il se leva et elle l'autorisa à poser sur sa joue desséchée un léger baiser.

— Nous allons partir immédiatement faire le nécessaire, dit-il. Cependant, je vous prie de m'excuser encore un petit instant.

Il attendit qu'elle lui réponde :

— Naturellement.

Et puis il la quitta.

Ses pas laissèrent des traces sur le tapis recouvert de poussière, des traces se dirigeant vers le bout de la pièce. Maintenant il n'avait plus que quelques heures à lui parler aussi simplement, aussi gentiment; ensuite elle serait enchaînée à lui pour toujours. Après il pourrait faire ce qu'il voudrait d'elle... même la battre s'il en avait envie, la soumettre à n'importe quelle marque de son dédain et de sa répulsion, en user à sa guise. Alors ça ne serait pas tellement désagréable d'être le dernier homme sur la Terre... pas désagréable du tout. Elle pourrait peut-être lui donner une fille...

Il trouva la porte des lavabos et entra. Il fit un pas à l'intérieur et se figea, sa jambe s'arrêtant dans son mouvement en avant; il était subitement et totalement paralysé. La crise!... cette satanée crise qui l'avait frappé une fois déjà aussi soudainement, et dont la piqûre faite par Louise l'avait heureusement tiré. La panique l'envahit lorsqu'il essaya de tourner la tête et n'y arriva pas... lorsqu'il essaya de pousser un cri et n'y parvint pas davantage... Derrière lui il avait entendu un léger déclic, lorsque la porte, poussée par le ferme-porte hydraulique, s'était refermée... pour toujours.

Cette porte n'était pas verrouillée, mais de l'autre côté, sur une plaque, elle portait l'indication : MESSIEURS.

Not with a Bang.

Jeux d'enfants

par

JOHN BURKE

LORSQU'ELLE ouvrit la porte d'entrée et vit Simon Potter sur le perron, Alice Jarman eut le sentiment que l'après-midi ne s'achèverait pas sans quelque drame.

Derrière elle, la réception devenait bruyante. On s'était déjà battu. Deux garçons s'injuriaient et, de temps à autre, on entendait le bruit du heurt lorsque l'un d'eux projetait l'autre contre le mur. Mais cela, c'était courant. Une fête de ce genre ne serait pas complète si des petits garçons ne s'y disputaient pas.

— Bonjour, madame Jarman, dit Simon Potter.

Il avait huit ans et n'était pas le genre de garçon porté à se battre. Très poli, soigné, tranquille et intelligent, il n'était pas aimé des autres. Son impopularité était telle qu'on préférait le laisser de côté plutôt que se battre avec lui. Il y avait quelque chose de froid, de glacé, chez Simon. Et même en cet instant où il se tenait devant elle en lui souriant avec déférence, Alice ne put réprimer un frisson.

Il avait un imperméable neuf, ses souliers étaient soigneusement cirés — sans doute par lui-même, pensa Alice — et ses cheveux châtain clair, bien lissés. Il tenait à la main un paquet-cadeau.

Alice s'effaça et Simon entra dans le vestibule.

Au même instant, la porte du salon s'ouvrit violemment et Ronnie survint en courant. Il s'immobilisa net à la vue de Simon et dit ce qu'Alice avait été sûre qu'il dirait :

— Je ne l'avais pas invité!

— Écoute, Ronnie...

— Joyeux anniversaire, Ronnie! dit Simon en tendant son paquet.

Ronnie ne put se retenir de regarder ce dernier et d'avancer une main pour le prendre, avant de secouer la tête en levant les yeux vers Alice :

— Mais, M'man...

Elle parla en même temps que lui et couvrit ainsi sa voix, aidée en cela par la bruyante exubérance dont le salon débordait. Ronnie fut dans l'impossibilité de se concentrer. Il voulait tout à la fois rester discuter, accepter le cadeau, et retourner jouer avec les autres. Les trois choses bouillonnaient et se mêlaient dans son esprit. Alice débarrassa Simon de son imperméable et le poussa en direction du salon. N'ayant pas eu besoin qu'on lui dise d'essuyer ses pieds, il n'ajouta pas aux traces boueuses que d'autres avaient laissées. Ronnie voulait dire quelque chose, mais en même temps il avait pris le paquet et commençait à le défaire tout en suivant Simon dans le salon.

Alice s'immobilisa une minute ou deux sur le seuil de la pièce et regarda.

— Oh!... dis donc... Super!

Jetant de côté le papier de l'emballage, Ronnie ouvrit la boîte et en sortit la grue miniature figurant sur le couvercle afin de la faire voir aux autres.

— Elle marche avec une pile, précisa Simon d'un ton uni.

Il n'en fallut pas plus pour effacer l'expression ravie qui s'était peinte sur le visage de Ronnie. Les autres, qui s'étaient agglutinés autour de lui, s'écartèrent et tournèrent la tête pour regarder Simon. Son cadeau était beaucoup plus coûteux qu'aucun de ceux qu'ils avaient apportés. Il avait fait ce qu'il ne fallait pas. Il faisait toujours ce qu'il ne fallait pas. Il lui suffisait de faire une chose, pour que ce soit la chose à ne pas faire.

Un gros garçon aux cheveux carotte bouscula Ronnie. Celui-ci posa la grue sur un fauteuil et repoussa le rouquin.

— Oh! vous n'allez pas recommencer! s'exclama une fillette avec un ruban bleu dans les cheveux en reculant vivement. Elle se trouva ainsi à côté de Simon, qui lui sourit. Il la regarda, puis aussitôt porta les yeux vers une autre fille qui se trouvait à proximité, comme pour les attirer toutes deux vers lui.

— Il est toujours à parler aux filles, avait dit un jour Ronnie à sa mère.

Observant Simon, Alice comprit qu'il parlait aux filles parce qu'il ne trouvait rien à dire aux garçons. Mais les filles n'étaient pas flattées de ses attentions. Au lieu de l'écouter, elles se mirent à pouffer en se regardant dans les yeux, puis lui faussèrent compagnie en se retournant et continuant de pouffer.

Alice s'en fut dans la cuisine, où elle ferma les rideaux. Bientôt il ferait complètement nuit. En été, la réception aurait pu avoir lieu dans le jardin, mais Ronnie ayant choisi de naître en hiver, la plupart de ses anniversaires avaient été marqués par un déferlement de chaussures mouillées dans la maison, et de grands déploiements de cache-nez, capuchons, gants, et imperméables lorsque les jeunes invités prenaient congé.

Dans une vingtaine de minutes, Tom rentrerait. Alice se réjouirait de l'avoir avec elle. Sa présence n'atténuerait pas le tapage mais, ainsi partagé, celui-ci deviendrait plus supportable. Et puis Tom organiserait des jeux, plaisanterait avec les enfants, pour la plus grande joie surtout des petites filles. Jusqu'à son retour, Alice n'arriverait pas à concentrer son attention sur la préparation du goûter ou quoi que ce fût. Il lui fallait sans cesse courir dans le salon s'assurer que personne ne s'était fait vraiment mal et que nul n'était laissé à l'écart. Elle avait voulu les faire jouer aux chaises musicales, mais elle n'était pas bonne pianiste, loin de là, et tandis qu'elle s'escrimait sur le clavier, derrière son dos le chahut allait croissant. Elle avait alors suggéré une chasse au trésor, se rendant aussitôt compte qu'il lui aurait fallu pour cela dissimuler le « trésor » avant l'arrivée des enfants.

Elle ne valait décidément pas grand-chose pour ce genre de réceptions. Elle était submergée par l'excitation des enfants. Elle avait beau se donner tout le mal possible durant les journées qui le précédaient, lorsque arrivait l'anniversaire, elle n'était jamais prête.

Tom lui assurait que ça n'avait aucune importance.

— Tu n'as qu'à ouvrir la porte pour qu'ils entrent, et ensuite tu les laisses se débrouiller. Quand tu as le sentiment que le mobilier va succomber sous leurs assauts, apporte sandwiches, confitures, gâteaux et glaces.

Il en parlait à son aise. Lui ne rentrait à la maison que lorsqu'elle avait subi la violence du premier choc. Vingt gosses réunis ensemble, ça n'était pas la même chose que vingt fois un gosse, car ils se fondaient ainsi en quelque chose de beaucoup plus important et terrifiant. Impossible d'imaginer de quoi ils étaient capables ou non dans une circonstance donnée.

Il y eut un « hou-hou » de dérision en provenance du salon. Alice fit appel à son courage pour aller de nouveau voir ce qui se passait.

Le temps d'arriver dans l'autre pièce, et il lui fut impossible de déterminer par quoi avait été provoqué ce tollé. Simon Potter était adossé à un mur, tandis que Ronnie et son meilleur copain ricanaient en secouant la tête d'un air idiot, tout en se tenant les côtes avec une exagération digne d'une mauvaise représentation théâtrale à leur école.

Ronnie s'aperçut que sa mère l'observait. Son ricanement se mua en un sourire affectueux; avant qu'elle ait pu froncer les sourcils ou l'interroger du regard, il fit volte-face et prit une brassée de cadeaux :

— Venez voir! Venez voir ce que mon papa m'a donné!

Quelqu'un émit un grognement théâtral, cependant qu'un garçon boutonneux faisait un bruit de pet avec sa bouche. Mais tous se rassemblèrent docilement, conscients de ne pouvoir faire moins puisque c'était l'anniversaire de Ronnie et qu'il les avaient invités; cela sous-entendait que, à un moment donné, il conviendrait d'admirer les présents.

— Mon papa m'a donné ça (Alice se sentit fondre intérieurement tant il y avait d'adoration dans la voix de Ronnie). Et ça... et ça aussi!

Si Tom lui avait simplement offert une boîte de crayons ou un sac de billes, cela n'eût fait aucune différence et Ronnie n'en aurait pas moins débordé d'affectueuse reconnaissance. Et elle l'aimait de tant aimer.

Simon regardait posément, ne manifestant ni excitation ni ennui. Il n'émettait aucun bruit approbateur, mais n'échangeait pas non plus avec quiconque de regards exprimant la lassitude. Il demeurait distant et impassible.

Pourtant derrière ce petit visage froid, il devait y avoir de l'envie ou, à tout le moins, de la tristesse. Cela faisait plusieurs années que le père de Simon était mort. Sa mère l'avait élevé avec une ferveur exclusive qui ne lui laissait aucun répit pour frayer avec les autres enfants, bien qu'il passât tant d'heures, de jours et de semaines avec eux à l'école. Elle travaillait dur comme secrétaire d'un avocat mais n'en réussissait pas moins à bien tenir son intérieur, résolue à ce que Simon ne ressentît pas trop l'absence d'un père. Chaque après-midi, il restait une heure à l'étude avec ceux de ses camarades qui habitaient trop loin pour rentrer seuls ou dont les parents travaillaient et ne pouvaient donc venir les chercher à la fin des cours. Quand il rentrait chez lui, Mme Potter était déjà de retour, l'attendant, prête à se consacrer entièrement à lui. Elle était fière de la vie qu'ils menaient tous deux, fière de leur petit appartement, fière de voir Simon témoigner de son intelligence, tout en restant toujours bien propre et bien poli.

Alice le vit plus qu'elle ne l'entendit s'éclaircir la gorge. Elle en eut conscience à la façon dont il releva le menton tout en déglutissant. Il se fraya un chemin en avant et, l'espace d'un instant, elle crut qu'il allait demander à voir de plus près un des cadeaux reçus par Ronnie, mais il proposa :

— Si on jouait?

Les têtes se tournèrent et on le regarda. Ce fut une petite fille qui rompit le silence brusquement établi, apparemment ravie de la diversion :

— Oh! oui... A quoi?

— Si nous pouvions avoir quelques feuilles de papier...

Simon jeta un coup d'œil à Alice, laquelle comprit qu'il avait constamment su qu'elle l'observait.

— ... nous inscririons dessus le nom de quelqu'un et puis...

— Oh! les « petits papiers », s'exclama quelqu'un d'un ton écœuré.

— On choisit un nom, insista Simon, que l'on inscrit en haut de la feuille. Puis on décide d'un ordre : noms de fleurs, d'arbres, de vedettes ou de footballeurs aussi bien, et l'on passe le papier à son voisin qui doit y inscrire un de ces noms commençant par la même lettre que celui placé en tête de la feuille.

Le garçon qui avait la spécialité d'émettre des bruits inconvenants avec sa bouche ne laissa point passer une telle occasion de récidiver, et la fillette avec le ruban bleu dans les cheveux demanda :

— Qu'est-ce qu'il raconte?

— C'est facile, dit Simon dont la voix s'éleva avec une intonation suppliante. On écrit un nom de personne en haut de la feuille et puis ensuite il suffit de trouver un nom avec la même initiale qui soit...

— Oh! la barbe!

Alice intervint. Il était temps qu'un adulte prenne la

situation en main et leur dise quoi faire. Elle entra dans la pièce en cherchant désespérément à se remémorer les jeux auxquels elle jouait lorsqu'elle était enfant, mais son esprit se refusait à lui en restituer le souvenir. Tout ce qu'elle pouvait se rappeler, c'était une petite fille qui avait hurlé lorsque le cannage d'une chaise s'était défoncé sous elle, et un gros garçon qui s'était taillé un franc succès en crachant dans le feu.

Elle dit « Écoutez-moi un peu » et tous se tournèrent vers elle avec reconnaissance.

— Si vous jouiez à « Qui c'est-y? » suggéra-t-elle.

Il y eut des haussements d'épaules et des moues, mais les filles poussèrent de petits cris d'excitation en se donnant des coups de coude et, en un rien de temps, ils s'organisèrent pour ce jeu. Alice les quitta donc et lorsque, sur le seuil de la cuisine, elle se retourna pour regarder de l'autre côté du hall, elle eut l'impression ridicule d'être un voyeur. Certains des garçons se comportaient avec une flamboyante assurance dénotant une étude prolongée de films qu'on n'aurait pas dû leur permettre de voir. Des filles se tortillaient, d'autres paraissaient extrêmement détendues et s'amuser beaucoup. Il y avait quelque chose d'effrayant à voir dans ces enfants de huit et neuf ans l'ébauche de ce qu'ils seraient à l'âge adulte.

C'était Simon qui attendait de l'autre côté de la porte, les yeux bandés. Il frappa. La fille qui vint lui ouvrir affectait tout en marchant une coquetterie hautaine. Lorsqu'ils se furent embrassés, elle s'essuya les lèvres d'un revers de main. Puis elle leva les yeux au plafond et fit « Beurk! » suffisamment haut pour être entendue aussi bien de Simon que des autres.

Ils se lassèrent vite de ce jeu, les garçons bien avant les filles.

— Jouons au meurtre! Faisons une *murder-party!*

Comme Ronnie sortait en courant du salon, Alice essaya de trouver de bonnes raisons pour les dissuader d'organiser une *murder-party*, mais elle ne fut pas assez prompte car ils montaient déjà au premier étage en courant. Deux garçons firent irruption dans la cuisine pour sortir par la porte de derrière, qui s'immobilisèrent à sa vue.

— Pas dehors, dit aussitôt Alice.

Ça, au moins, elle pouvait l'empêcher.

— Il y a trop de boue dans le jardin. Restez dans la maison.

Ils firent volte-face et partirent en courant. Elle entendit un bruit de galopade au-dessus de sa tête, puis de lointains claquements de portes. Ils avaient éteint les lumières. Ronnie apparut soudain dans la nappe de clarté provenant de la cuisine, chuchotant et riant avec le gamin boutonneux. Simon Potter passa près d'eux pour gagner l'escalier et, lorsqu'il les frôla, ils s'étreignirent le bras d'un air complice.

Avant qu'Alice eût pu faire un geste, Ronnie se précipita vers elle :

— Ça te fait rien qu'on ferme la porte, M'man?

Il n'attendit pas la réponse et ferma la porte, emprisonnant virtuellement Alice dans la cuisine, car elle savait qu'il y aurait des hurlements de protestation si elle rouvrait la porte.

Un silence suivit, inquiétant. Pour Alice, ce silence paraissait assourdissant, beaucoup plus pénible que le vacarme de l'heure précédente. On y sentait croître une tension. Quelque chose allait craquer...

Un bruit étouffé lui parvint du premier étage, et qui se répéta. Comme si quelqu'un frappait avec insistance le parquet, ou bien contre une porte, pour qu'on le laisse sortir. Alice pensa avec appréhension que s'ils avaient enfermé quelqu'un dans une des chambres ou l'un des placards situés à l'autre extrémité du palier... tout au fond de cette vieille maison glaciale... Quelqu'un. Simon.

Un hurlement à faire dresser les cheveux sur la tête.

D'un bond, Alice ouvrit la porte :

— Allumez!

— Non, c'est rien... (La voix de Ronnie sur le palier.) C'est fini!

Des pieds dévalèrent les marches. Partout les lumières se rallumèrent et des questions s'entre-croisèrent. Qui avait été tué? Qui était-ce?

Au vif soulagement d'Alice, la victime se révéla être Marion Pickering, une petite blonde froufroutante, dont le regard n'était déjà plus celui d'une enfant. Et, Alice pensa, peu charitablement, qu'il était en effet fort possible que l'existence de Marion s'achève à la première page des journaux du dimanche.

Garçons et filles surgissaient de toutes les cachettes imaginables. Durant quelques instants, ils tournoyèrent tous dans le vestibule, puis se bousculèrent pour entrer dans le salon, donnant l'impression d'être deux fois plus nombreux qu'au début de la petite fête.

Alice entendit Ronnie crier pour essayer de rétablir un peu d'ordre :

— Qui était dans l'escalier?... Voulez-vous vous taire!... Il nous faut établir qui était à l'étage et qui était au rez-de-chaussée. Asseyez-vous... Oh! bon sang, fermez-la une minute!

L'enquête s'annonçait désordonnée. Il eut fallu quelqu'un à poigne pour la conduire et obtenir un silence relatif. Au lieu de quoi, on criait et piaillait pour se détendre les nerfs après ces quelques instants passés dans le noir.

Car il faisait vraiment noir maintenant. Alice ne s'était pas rendu compte avec quelle rapidité la nuit avait fini de tomber. Vingt minutes plus tôt, la vague clarté qui subsistait eût été encore suffisante pour empêcher de jouer à la *murder-party;* mais à présent, de l'autre côté des fenêtres, c'était l'obscurité totale.

A travers le brouhaha des voix, Alice entendit un faible bruit qu'elle reconnut aussitôt : la clef de Tom ouvrant la porte de devant.

Elle était déjà au milieu du vestibule lorsqu'il entra.

— Mon chéri!

Il dut se pencher avec précaution pour l'embrasser, car il avait les bras chargés d'outils de jardin émergeant d'un sac de papier déchiré : un déplantoir, un sécateur et une hachette.

— Ça se passe bien? questionna-t-il avec un hochement de tête vers la porte du salon.

— Je suis contente que tu sois de retour.

— Ah... Ça signifie que tu étais sur le point de perdre le contrôle de la situation, hein?

— D'une minute à l'autre, oui!

C'était si bon de le voir là! Son visage mince, aux traits marqués, était si rassurant! L'odeur de pipe qui l'environnait, la tranquille assurance de son regard, ses capables mains... tout en lui revigorait Alice et l'apaisait en même temps.

Pourtant quelque chose n'allait pas, quelque chose revenait la tourmenter dont elle aurait dû s'occuper...

Comme Tom se détournait pour poser les outils contre le porte-parapluies, elle se rendit compte que le bruit continuait au premier étage... ces coups frappés de façon intermittente et qu'elle avait entendus un peu plus tôt.

— Je me débarrasse de ce fourniment et je plonge dans la bagarre! était en train de dire Tom.

Elle sursauta en voyant ce qu'il faisait des outils.

— Ne les laisse pas là! Pour l'amour du ciel! Avec tous ces petits monstres qui vont et viennent...

— Bon, bon, je vais les porter tout de suite dans l'appentis.

— Oh! le jardin est détrempé. Tu vas avoir tes souliers pleins de boue si tu...

Elle s'interrompit et éclata de rire, imitée par son mari.

— J'ai tout l'air d'une virago, non?

Fourrant les outils sous son bras, il se dirigea vers l'escalier :

— Je vais les déposer dans notre chambre, dit-il, avec décision.

Jaillissant brusquement du salon, Ronnie poussa un cri ravi :

— P'pa!

Il se jeta contre son père, essayant de l'entourer de ses bras, lui souriant :

— Viens! Viens voir! J'ai reçu encore un tas de cadeaux! Mais pas si beaux que les tiens!

— Dans une minute, mon fils. J'ai des choses à monter et je redescends tout de suite.

Le regard d'Alice se porta dans le salon, au-delà d'eux. Elle se rapprocha de la porte et demanda alors :

— Ronnie, où est Simon?

— Mmm?

— Simon. Où est-il?

Ronnie haussa les épaules et se remit à bourrer son père de coups de poing :

— Sais pas. Sans doute monté faire pipi...

— Ronnie, si tu as fait quelque chose... si tu l'as enfermé quelque part...

— Sois pas long, P'pa!

Ronnie fit volte-face et réussit à regagner le salon en esquivant sa mère. Celle-ci ne put se résoudre à le poursuivre au milieu de ce tourbillon de bras, de jambes, et de visages rayonnant de gaieté tapageuse.

— Quelque chose ne va pas? questionna Tom.

— Je n'en sais rien. Je me demande seulement s'ils n'ont pas joué quelque vilain tour à Simon Potter.

— Je ne pensais pas qu'il avait été invité?

— Il ne l'avait pas été, mais il est venu, le pauvre gosse. Ils n'ont cessé de le harceler et, maintenant, j'ai le sentiment qu'ils ont fait quelque chose...

Le vacarme en provenance du salon était tellement assourdissant qu'elle n'aurait pu jurer entendre frapper spasmodiquement à l'étage.

— S'ils l'ont enfermé dans un des placards ou une des pièces tout au bout du palier...

— Je vais voir, la rassura Tom.

Ce fut avec soulagement que la jeune femme s'en

retourna vers la cuisine après s'être déchargée de ce souci sur son mari. A présent, tout irait bien.

Deux garçons sortirent précipitamment du salon :

— Madame Jarman... Où c'est, je vous prie?

— En haut de l'escalier, la première porte à gauche.

Ils montèrent l'escalier deux marches à la fois derrière Tom. Lorsqu'elle se retrouva dans sa cuisine, Alice se sentit heureuse et détendue au lieu d'avoir l'impression d'être une sorte de proscrite infortunée. Elle entreprit de disposer des rangées de petits flans sur un grand plateau. Dans un quart d'heure, ils pourraient commencer à goûter. Ensuite, Tom s'occuperait d'eux tandis qu'elle débarrasserait et ferait la vaisselle.

Ronnie entra :

— M'man, où sont les machins pour jouer? Tu sais : les morceaux du cadavre?

En haut, le martellement sourd avait cessé. Mais il y eut un bruit plus marqué, comme si quelqu'un était tombé ou bien avait frappé le plancher avec quelque chose de lourd. Peut-être était-ce Tom qui avait dû exercer une forte pesée pour ouvrir la porte d'un des placards : elles étaient vieilles et se coinçaient sous l'effet de l'humidité.

— Ronnie, commença-t-elle, est-ce que tu...

Il n'attendit pas qu'elle eût achevé. Ayant repéré le petit plateau qu'il avait si soigneusement préparé au début de l'après-midi et que recouvrait une grande feuille de papier de soie, il s'éclipsa de nouveau.

Elle l'entendit crier de toutes ses forces :

— Ramenez-vous tous! Venez vous asseoir ici! Je m'en vais éteindre et...

— Hé! attends-nous!

Un bruit de dégringolade dans l'escalier et deux ou trois garçons rejoignirent en hâte le salon. Ils avaient dû faire la queue pour aller aux W.C. Quand un y allait, ça gagnait tous les autres. Bientôt, pensa Alice, ce sera le tour des filles. Ça les prenait toutes en même temps, par émulation plus que par besoin.

— Écoutez, criait Ronnie dont la voix était devenue si rauque à force de hurler qu'elle s'étranglait tous les trois ou quatre mots. Un meurtre vient d'être commis. Nous avons découvert qui était l'assassin, mais nous ne savons pas ce qu'est devenue la victime, hein?

— C'était moi! flûta la voix de Marion.

— Oui, ça, on le sait mais... Hé, ferme cette porte!

La porte claqua et la voix fut étouffée. Après quelques minutes, il y eut un cri aigu suivi de rires, puis un autre cri perçant. Alice disposa dans une assiette des sandwiches coupés en triangle. Les cris lui permettaient de suivre la progression du jeu. « Voici la main du cadavre! » annoncerait Ronnie en faisant passer dans l'obscurité un gant de caoutchouc bourré de chiffons. « Voici une partie de ses cheveux! » et ce serait du crin provenant du vieux canapé qui moisissait dans la cabane du jardin. « Et voici ses yeux! » Deux grains de raisin qu'on se passait en frémissant à leur contact.

Tout était prêt pour le goûter. Alice alla jusqu'à la porte. Il était temps que Tom descende. Ne l'entendant pas remuer à l'étage, elle marcha vers le pied de l'escalier et leva la tête :

— Tom!... Tu es bientôt prêt?

Pas de réponse. Peut-être avait-il attendu le dernier à la porte des W.C., ayant plus de maîtrise de soi que des petits garçons surexcités.

Alice décida de mettre provisoirement fin aux jeux. Elle se dirigea vers le salon et ouvrit la porte.

— Oh! M'man, ferme la porte!

— C'est l'heure de goûter, dit-elle en actionnant le commutateur.

Il y eut un cri. Puis un autre. Et brusquement le jeu sombra dans l'hystérie. Regardant ce qu'elle tenait dans sa main, une petite fille se mit à hurler, hurler.

Alice fit un pas à l'intérieur de la pièce, n'en croyant pas ses yeux.

Un garçon tenait une main tranchée, dont le sang gouttait sur ses genoux. La fillette qui n'arrêtait plus de hurler avait un œil dans sa main droite. Sa voisine tenait aussi, sur sa paume, un œil arraché et écrasé. A sa gauche, devenu tout pâle, le gamin boutonneux écarta les doigts et laissa tomber par terre une mèche de cheveux.

— Non... balbutia Alice en réussissant par miracle à ne pas s'évanouir. Non... Simon... Où est Simon?

— Je suis là, madame Jarman.

La voix était parfaitement calme. Alice se retourna et le vit debout contre un des murs. Elle essaya en vain de parler, mais il lui expliqua avec détachement :

— Ils m'avaient enfermé... Ronnie et celui qui est là près du fauteuil... Mais c'est fini. Je me suis libéré et, maintenant, tout va bien.

Le regard d'Alice était rivé à cette main hideusement tranchée, elle la reconnaissait, tout comme elle reconnaissait la teinte des cheveux qui étaient par terre.

Simon Potter ne broncha pas quand Alice Jarman se rua hors du salon et gravit l'escalier en courant.

Elle trouva son mari gisant devant le placard de la chambre à coucher, d'où il avait libéré l'enfant. Les outils de jardin étaient éparpillés autour de lui, tout maculés de rouge... La hachette qui lui avait fendu le crâne, avant de lui sectionner une main, le sécateur qui lui avait coupé une mèche de cheveux, et le déplantoir qui avait servi à lui arracher les yeux.

Très pâle mais content, Simon n'était plus dans cette pièce le seul petit garçon à n'avoir pas de père.

Party Games.

Traduction de Maurice Bernard Endrèbe.

Safari piétons

par

FRITZ LEIBER

LA petite vieille en guenilles avec le grand cabas se trouvait exactement au milieu du passage pour piétons quand elle s'aperçut que la grosse voiture noire fonçait sur elle.

Derrière les vitres épaisses à l'épreuve des balles, les sept occupants du véhicule semblaient enveloppés de brume, comme des plongeurs sous leur cloche.

La vieille dame comprit qu'elle n'aurait pas le temps de se réfugier sur le trottoir, que la voiture, obliquant à droite ou à gauche, la rattraperait dans le caniveau. Il ne servirait à rien non plus de tenter une feinte de corps et de repartir prestement en arrière, manœuvre que tout enfant à l'esprit aventureux exécutait une dizaine de fois par jour : elle avait des réflexes trop lents.

Un rire creux s'éleva dans le haut-parleur de la voiture par-dessus le rugissement du moteur et les piétons alignés sur le trottoir poussèrent un cri d'horreur.

Plongeant la main dans son cabas, la petite vieille en sortit un gros automatique bleu-noir qu'elle empoigna à deux mains, les jambes écartées pour résister au recul, tel un cow-boy de rodéo sur un bronco retors.

Elle visa la base du pare-brise, comme un chasseur de gros gibier vise la colonne vertébrale d'un buffle en pleine charge par-dessus le bouclier cornu de la tête baissée de l'animal, et appuya trois fois sur la détente avant que la voiture ne l'écrase.

Au coin de la rue, une jeune infirme en fauteuil roulant hurla une obscénité aux occupants du véhicule.

Smythe-de Winter, le chauffeur, n'était pas content car le dernier coup de feu de la vieille dame avait liquidé deux de ses compagnons. Fracassant le verre blindé, la balle à enveloppe d'acier avait traversé la nuque de Phipps-McHeath avant de s'enfoncer dans le crâne de Horvendile-Harker.

D'un coup de volant rageur, Smythe-deWinter fit monter sa voiture sur le trottoir. Les piétons se réfugièrent en courant sous les porches et les arcades étroites; un jeune estropié lui échappa de justesse en sautillant sur ses béquilles, mais il réussit à avoir la fille au fauteuil roulant.

Smythe-de Winter se hâta alors de quitter la Ceinture de Taudis pour regagner la banlieue avec, en guise de trophée, un bout de rotin accroché au rebord de son aile avant droite. En dépit du score nul — deux morts partout — il se sentait furieux et déprimé. Naguère sûr et sans surprise, le monde qui l'entourait paraissait sur le point de s'écrouler.

Ses compagnons chantonnaient à mi-voix une marche funèbre pour Horvy et Phipps en épongeant tranquillement le sang répandu sur le plancher du véhicule.

— On ne devrait pas laisser les petites vieilles se promener avec un magnum, marmonna Smythe en secouant la tête.

— On devrait pas les laisser se promener tout court, renchérit Witherspoon-Hobbs en se penchant pardessus le cadavre affalé sur la banquette avant.

Baissant les yeux vers ses jambes atrophiées, il ajouta :

— Bon Dieu, je peux pas souffrir les Pieds. Vive les Roues!

L'incident eut des répercussions immédiates dans toute la ville. Lors de la veillée funèbre organisée conjointement pour la vieille dame et la fille au fauteuil roulant, un orateur invectiva avec véhémence les Fascistes de Banlieusie et parla avec flamme de l'âge d'or de l'ancien Los Angeles où les piétons étaient sacro-saints, même en dehors des passages cloutés. Il appela l'assistance à une marche en souliers ferrés sur la pelouse de bowling la plus proche ainsi qu'à une caravane de voitures d'enfant à travers les terrains de golf des automobilistes.

Au crématorium de Beau Séjour, où avaient été amenés les corps de Phipps et Horvy, un orateur tout aussi enflammé mais moins fâché avec la grammaire évoqua la justice légendaire régnant jadis à Chicago, où l'on interdisait le port d'arme aux piétons et où quiconque posait le pied sur la chaussée devenait gibier autorisé. En conclusion, il laissa entendre qu'un gigantesque incendie, provoqué au besoin par quelques bidons d'essence, constituait le seul remède à apporter aux Taudis.

A la nuit tombée, des bandes de jeunes garçons squelettiques se glissèrent hors de la Ceinture et pénétrèrent jusqu'au cœur de la Banlieue pour y lacérer des pneus sans défense, abattre de coûteux chiens de garde et barbouiller de gros mots les volets des voiturettes de matrones qui ne se risquaient jamais à plus de cinq cents mètres de chez elles.

Pendant ce temps, des escadrons de jeunes banlieusards chevauchant motos ou scooters sillonnaient en grondant les zones les plus reculées de la Ceinture, harcelaient les enfants aventurés sur la chaussée, jetaient des boules puantes dans les fenêtres des taudis et éclaboussaient de peinture leurs façades.

On signala même quelques incidents (une brique lancée dans un carreau, une roue avant mordant sur un trottoir, l'entrée de l'Auto-Club saccagée) dans le centre de la ville, traditionnellement considéré comme territoire neutre.

Le Gouvernement réagit promptement en interdisant toute circulation entre le Centre et la Banlieue, et en décrétant un couvre-feu de vingt-quatre heures dans la Ceinture de Taudis. Les représentants de l'autorité ne se déplacèrent qu'en voiture centipode et en échasse sauteuse afin de bien montrer qu'ils ne favorisaient aucune des parties en conflit.

Cette journée d'immobilité forcée pour Pieds et Roues fut mise à profit pour préparer en secret les représailles. Derrière les portes closes des garages, les automobilistes montèrent sous le capot de leur voiture des mitrailleuses tirant par la calandre, soudèrent aux enjoliveurs des lames de faux et affilèrent comme des rasoirs les rebords d'acier des garde-boue.

Tandis que des gardes nationaux nerveux sautillaient sur les trottoirs déserts de la Ceinture de Taudis, des hommes et des femmes aux visages sinistres, portant un brassard noir, se faufilaient à travers un labyrinthe de tunnels secrets, de portes dérobées, distribuaient des armes légères de gros calibres et des dalles hérissées de pointes, entassaient des pierres sur les toits aux points stratégiques et minaient certaines galeries souterraines pour les transformer en pièges à voiture. Quant aux enfants, ils attendaient l'obscurité pour aller passer les croisements au savon noir. Le Comité de Salut Public des Piétons, appelé parfois les Rats de Robespierre, s'apprêtait à utiliser les deux canons antichars qu'il avait soigneusement cachés et entretenus.

Le soir venu, répondant enfin aux demandes pressantes du Gouvernement, les représentants des Piétons et des Automobilistes acceptaient de se rencontrer dans une zone neutre tracée à la limite de la Ceinture de Taudis et de la Banlieue.

Les sous-fifres des deux délégations entamèrent aussitôt une discussion orageuse sur les circonstances de l'incident : Smythe-de Winter avait-il omis de corner courtoisement avant de charger, comme l'exigeait la loi? La vieille dame avait-elle ouvert le feu avant que la voiture ne fût à distance de faire entendre son klaxon? Combien de roues se trouvaient sur le trottoir lorsque le véhicule avait heurté le fauteuil roulant? et ainsi de suite. Au bout de quelques instants, le Grand Piéton et le Chef Automobiliste échangèrent un clin d'œil discret et s'éloignèrent des autres membres des deux délégations pour se rencontrer seuls.

Les flammes rouges et dansantes de cent feux de kérosène, les pulsations jaunâtres d'un millier de lampes-tempête, lucioles accrochées aux chevaux de frise entourant l'îlot de neutralité, éclairaient deux visages tendus, tragiques.

— Un mot avant de nous mettre au travail, murmura le Chef Automobiliste. A combien s'élève le Q.S. moyen de vos adultes?

— A quarante et un seulement, et il ne cesse de baisser, répondit le Grand Piéton en scrutant la pénombre à la recherche d'éventuelles oreilles indiscrètes. Je n'arrive même plus à me trouver des collaborateurs qui soient à moitié sains d'esprit.

— Chez nous, le Quotient de Santé mentale n'atteint pas trente-sept, révéla le Chef Automobiliste en haussant les épaules en signe d'impuissance. Les roues qui tournent dans la tête de mes concitoyens ralentissent et je ne crois pas que je les verrai repartir à vive allure de mon vivant.

— On prétend que les membres du Gouvernement n'ont qu'un Q.S. de cinquante-deux, reprit le piéton.

— Eh bien, essayons une fois de plus de parvenir à un compromis, proposa l'automobiliste sans enthousiasme. J'ai parfois l'impression, je vous l'avoue, que nous faisons tous partie d'une fiction née d'un cerveau paranoïaque.

Deux heures d'intenses délibérations permirent de déboucher sur un nouvel Accord Roues-Pieds limitant, entre autres clauses, le calibre et la vitesse à la bouche des armes des piétons et enjoignant aux automobilistes de corner trois fois, à un pâté de maisons de distance, avant de foncer sur un piéton traversant dans un passage clouté. En outre, tuer un piéton en engageant plus d'une roue sur le trottoir transformait un simple accident ayant entraîné la mort en homicide au troisième degré, tandis que les piétons aveugles avaient droit au port de grenades à main.

Le Gouvernement se mit aussitôt à la besogne et le nouvel accord Roues-Pieds fut diffusé par affiches et haut-parleurs. Des détachements de la police et de l'aide sociale psychiatrique centipédalèrent et sautillèrent à travers la Ceinture, confisquant les armes interdites par la nouvelle législation et injectant des tranquillisants aux contrevenants. Des équipes d'hypnothérapeutes et de mécaniciens perquisitionnèrent dans chaque habitation, chaque garage de la Banlieue, insufflant aux automobilistes une sérénité nouvelle et dépouillant leurs voitures des armements illégaux. Sur le conseil d'un psychiatre astucieux qui croyait avoir trouvé le moyen de canaliser l'agressivité des uns et des autres, on annonca une course de taureaux mais on dut finalement l'annuler face à la vigoureuse protestation de la Ligue de Bienséance, qui comptait dans ses rangs nombre de Roues et de Pieds.

Le lendemain à l'aube, on leva le couvre-feu dans la Ceinture et la circulation reprit entre la Banlieue et le Centre. Après quelques moments de flottement, il apparut que le *statu quo ante* avait été restauré.

Smythe-de Winter conduisait son engin noir étincelant le long de la Ceinture. Un gros boulon et une rondelle d'acier bouchaient proprement le trou que la balle de la petite vieille avait percé dans son pare-brise. Une brique rebondit sur le toit du véhicule, des balles crépitèrent contre les vitres.

Smythe-de Winter sourit en épongeant de son mouchoir son cou moite. A un pâté de maisons de distance, des enfants détalaient en le huant et lui adressant des pieds-de-nez. Un chien trop gras portant au cou un collier à pointes boitait derrière eux. Smythe-de Winter écrasa l'accélérateur : il ne toucha aucun des enfants mais ne manqua pas l'animal.

Une lumière s'alluma au tableau de bord pour lui signaler que son pneu avant droit se dégonflait, crevé par les pointes du collier. Winter appuya sur le bouton « gonflage de secours » correspondant et le voyant s'éteignit. Se tournant vers Witherspoon-Hobbs, il déclara avec une satisfaction pensive :

— J'aime vivre dans un monde équilibré, où l'on remporte de petits succès, qui ne vous grisent pas, où l'on essuie de petits revers, qui ne font que vous retremper.

Witherspoon-Hobbs lança un coup d'œil furtif à la tache brunâtre s'étalant au centre du passage clouté, aux traces de pneus qui en partaient.

— C'est là que tu as écrasé la petite vieille, observa-t-il. Il faut reconnaître qu'elle avait du cran.

— Oui, c'est là, acquiesça Smythe-de Winter d'une voix morne.

Il se souvint avec un vague regret du visage de sorcière grandissant rapidement dans son pare-brise, des épaules recouvertes de bombasin noir tressautant sous le choc, des yeux terrorisés, et se prit soudain à trouver la journée très ennuyeuse.

X marks the Pedwalk.
Traduction de Jacques Martinache.

La curieuse aventure de M. Bond

par

NUGENT BARKER

ÉMERGEANT des profondeurs boisées de la vallée, M. Bond se retrouva au grand jour. Sa cape d'Inverness, qui faisait paraître encore plus grande sa haute silhouette se détachant sur cet arrière-plan de frondaisons, était constellée de piquants, de brindilles et de feuilles; il eut pour premier souci de l'en débarrasser. Lorsque ce fut fait, il rééquilibra le havresac sur son dos puis, clignant des yeux, considéra le paysage qui s'ouvrait devant lui.

Au loin, par-delà l'étendue herbeuse du plateau, il vit une maison d'où montait une fumée et qui, à l'orée d'une forêt, avait ses fenêtres éclairées.

Une maison qui, il en eut immédiatement la certitude, devait être une *auberge!* Du coup, il sentit de nouveau sa faim mais il en éprouva une sorte de plaisir anticipé et, tirant son chapeau sur ses yeux, il repartit péniblement vers ces lumières qui devenaient peu à peu plus grandes et plus vives. Quand il se trouva enfin sous l'enseigne, il ne put retenir un cri de joie en constatant qu'il ne s'était pas trompé et que la chance était avec lui.

La Fin des Faims put-il lire. Et, en dessous, il y avait le nom du propriétaire : Crispin Sasserach.

La nuit était tombée et le silence était tel que M. Bond hésita presque à toquer au carreau. A peine l'eut-il fait qu'il sentit brusquement tout le poids de sa fatigue.

Regardant fixement le porche obscur, il s'imagina enfin étendu dans un lit, dormant tout son saoul, entraîné vers l'oubli par un estomac bien plein. Fermant les yeux, il se voûta un peu sous la cape écossaise et lorsqu'il les rouvrit, Crispin Sasserach était sur le seuil, tenant une lampe entre leurs visages. M. Bond était un homme replet, avec un fort menton, des bajoues et des yeux qui reflétaient à peine la clarté de la lampe, alors que le visage de l'autre, ovale, robuste et glabre, avait des lèvres minces qui esquissaient un sourire.

— Entrez, entrez, dit-il, entrez donc, je vous en prie. Ce soir, ma femme a justement préparé un *broth* délicieux [1] !

Il émit un gloussement et se détourna en élevant la lampe au-dessus de sa tête.

Derrière le dos du colosse, M. Bond entra dans cette auberge perdue. Le couloir s'épanouit en un hall où, à mesure que la lampe progressait, des ombres se mouvaient hors des encoignures; l'aubergiste s'immobilisa et étendit la main en la penchant de côté, pour inciter son hôte à prêter l'oreille. Alors M. Bond troubla le silence ambiant en reniflant et exhalant un soupir : non seulement il sentait déjà ce *broth* délicieux, mais il en avait la saveur sur la langue... une saveur complexe et subtile, épicée, onctueuse comme du miel mais en même temps légère comme un souffle... une saveur qui lui chatouillait l'estomac en lui faisant venir les larmes aux yeux.

De Crispin Sasserach le regard de M. Bond se porta vers les ombres au fond du hall, puis revint à Crispin Sasserach. L'aubergiste était toujours immobile, recevant la clarté de la lampe en plein sur son énorme visage. Puis, impulsivement, presque comme s'il avait regret d'abréger le plaisir de l'anticipation, il tira le voyageur par le bord de sa cape et le conduisit ainsi dans

1. Soupe d'orge et de légumes agrémentée d'une tête de mouton. *(N. du T.)*

la salle commune joyeusement éclairée. Du geste, il le présenta à sa jeune femme, Myrtle Sasserach, qui, active et menue, se tenait à cet instant précis près d'une grande table ronde, sous la massive suspension centrale dont les nombreuses bougies faisaient luire ses cheveux noirs cependant que sa main potelée plongeait une louche dans une soupière fumante.

Tout à son occupation, elle gardait les yeux baissés, ses longs cils ombrant son visage; le regard de M. Bond se porta un instant vers Sasserach puis revint suivre le manège de la louche tournant dans la soupière. Alors, avec des gestes vifs et décidés, l'aubergiste le fit asseoir à la table et prenant la louche des mains de sa femme, il s'en servit pour remplir une grande assiette que Myrtle alla porter, toute fumante, à M. Bond.

Joignant les mains, il plongea son regard dans les yeux graves de la jeune femme et murmura avec extase :

— Oh! quel délicieux *broth!*

Crispin Sasserach en sourit de contentement et déclara :

— Je me plais à dire qu'il est unique au monde!

Sur quoi il éclata d'un long rire de fausset et, du bout des doigts, envoya un baiser à sa femme. Un moment plus tard, penchés au-dessus de leurs assiettes, les deux époux mangeaient en discutant à mi-voix de leurs affaires domestiques, comme s'il n'y avait eu personne d'autre assis à leur table. Mais à peine l'assiette de M. Bond fut-elle vide que Crispin Sasserach éleva le ton pour proposer :

— Alors, monsieur... Vous en reprendrez bien encore?

Tandis qu'il plongeait de nouveau la louche dans la soupière, Myrtle se leva pour aller chercher l'assiette.

Ayant acquiescé avec plaisir, M. Bond rapprocha un peu plus sa chaise de la table. Dans tout son corps, la vie revenait avec deux fois plus de vigueur et il se sentait maintenant les pieds aussi légers que s'il les avait fait tremper dans un bain d'aiguilles de pin.

— Voilà, monsieur... Myrtle vous apporte ça tout de suite! Ah! que je voudrais être à votre place et goûter ainsi cette merveille pour la première fois!

Campant ses coudes de part et d'autre de sa propre assiette, il gloussa :

— Ce *broth,* c'est comme un vin, un véritable vin! Il vous grise littéralement!

L'excitation empourprait son visage dont l'ovale paraissait plus impressionnant que jamais, cependant que les boucles belliqueuses de ses cheveux auburn semblaient s'aviver comme des braises sur lesquelles on eût soufflé.

Ragaillardi par le *broth,* M. Bond se lança dans un récit minutieux de la randonnée qui l'avait amené jusque-là. Son récit devint vite aussi monotone et filandreux que s'il avait été chez lui, parlant aux siens. « Voyons... Où en étais-je? » disait-il de temps à autre; enfin il conclut : « Je vous prie de croire que j'ai été rudement heureux quand j'ai vu vos fenêtres éclairées! ».

Sur quoi, Crispin se leva en partant de nouveau d'un grand éclat de rire.

On s'installa alors près de la cheminée. Crispin Sasserach déposa de nouvelles bûches dans les flammes, au milieu de craquements pareils à des coups de pistolet. Le voyageur ne pouvait vraiment souhaiter mieux que se retrouver ainsi au coin du feu, parlant avec Crispin tout en observant furtivement Myrtle occupée à desservir la table. Bien que chez lui M. Bond passât pour faire peu de cas des femmes, il trouvait son regard baissé d'une exquise modestie. Elle souffla une à une les bougies de la suspension et à chacune qui s'éteignait, sa silhouette devenait plus éthérée dans le même temps qu'elle se révélait davantage dans la clarté païenne du feu.

« Viens donc t'asseoir et causer un peu avec nous », pensa M. Bond.

Et ce fut ce qu'elle fit.

Ils se montrèrent aux petits soins pour M. Bond. Un feu de bois brûlait dans la cheminée de sa chambre et un bol de *broth* attendait sur la table de nuit.

— Oh! mais ils en font trop! s'exclama le voyageur avec pétulance. Ils se conduisent vraiment comme des enfants!

Et saisissant le bol, M. Bond alla le vider dans le bout de jardin couvert de broussailles qui se trouvait sous sa fenêtre. Le mur noir de la forêt semblait n'être qu'à quelques pas de lui, cependant que se confondaient dans la chambre les clartés du feu, de la chandelle et de la lune.

Désireux de s'abandonner enfin au sommeil sans rêve, au profond repos du voyageur, M. Bond se retourna pour détailler la pièce où il allait passer la nuit. Il considéra avec plaisir le lit à colonnes qui était à lui seul comme une petite pièce, les lourdes chaises et l'armoire de chêne, les hauts chandeliers contournés avec leurs bougies à demi consumées, sans doute par un précédent client, et le plafond qu'il pouvait toucher de la main.

Dans la brume du lendemain matin, M. Bond ne distingua plus la forêt et, au bas du petit escalier, la salle commune sentait le *broth*. Les Sasserach y étaient déjà installés pour le petit déjeuner, comme deux enfants ayant hâte de commencer la journée en dégustant leur plat préféré. Crispin soufflait sur sa cuiller pleine tandis que Myrtle, les yeux baissés, tournait la louche dans la soupière; la chevelure sombre et lustrée de la femme émut M. Bond qui remarqua aussi la peau blanche et lisse des Sasserach. On ne décelait pas la moindre tache, le plus petit défaut sur leurs deux visages et leurs quatre mains. Il mit cette perfection au compte des vertus spécifiques du *broth* et de l'air des hautes terres puis, de sa voix monotone, il se mit à discourir sur la santé en général. Au milieu de cet exposé, Crispin Sasserach déclara soudain avec excitation que son frère tenait aussi une auberge, quelques lieues plus loin le long de la forêt.

— Oh! fit M. Bond en pointant les oreilles. Vous avez donc un frère?

— Oui, murmura Crispin, et c'est bien commode.

— Bien commode pour quoi?

— Pour notre commerce, parbleu. Avec Martin, nous nous aidons l'un l'autre et nous partageons les clients... très fraternellement!

M. Bond considéra son assiette d'un œil irrité.« Ils se partagent les clients... Mais quel rapport avec moi? » pensa-t-il avant de dire à voix haute :

— Je ferai peut-être sa connaissance un de ces jours.

— Aujourd'hui même! s'exclama Crispin en plaquant sa cuiller sur la table. Je vais vous y conduire aujourd'hui! Mais soyez sans inquiétude, ajouta-t-il en voyant le changement d'expression de son hôte et se flattant de lire dans ses pensées, vous nous reviendrez! Ne vous faites pas de souci! Vous serez de retour après-demain ou le jour d'après... un de ces jours... N'est-ce pas, Myr? N'est-ce pas? répéta-t-il en sautant sur sa chaise comme un grand enfant.

— Bien sûr, confirma Myrtle Sasserach à M. Bond dont le regard était fixé sur elle avec une pesante attention.

Un moment plus tard, l'aubergiste se leva et se dirigea vers le hall en criant à Myrtle de lui préparer ses bottes. Au milieu de ce brouhaha, M. Bond s'inclina avec raideur devant Myrtle Sasserach puis gagna dignement le jardin de derrière, qui se révéla beaucoup plus à l'abandon qu'il ne l'avait cru. Dans l'enclos, il n'y avait guère que de hautes herbes lui arrivant au-dessus du genou, parsemées de glouterons qui s'accrochaient à ses vêtements. Il franchit la petite porte de l'enclos et continua d'avancer à travers les broussailles qui le séparaient de la forêt. Le soleil brillait dans un ciel sans nuage; la journée serait très belle et M. Bond promenait son regard sur le mur végétal de la forêt lorsque, dans le calme ambiant, il entendit la voix de l'aubergiste l'appeler : « Monsieur Bond! Monsieur Bond! ». Il s'en revint à regret et traversa le jardin avec précaution pour éviter de récolter d'autres piquants de bardane après ses vêtements. Il trouva Crispin Sasserach prêt au départ, un robuste cheval attelé à une carriole et sa femme se haussant vers lui pour être embrassée.

— Oui, oui, je vais avec vous! cria M. Bond, mais les Sasserach ne semblèrent pas l'entendre. Il s'immobilisa sous le porche, considérant d'un air renfrogné le dos de Myrtle, le cheval qui secouait la tête dans sa direction avec une insolence presque humaine. Puis, avec un soupir, il endossa son havresac et prit place à côté du conducteur. En parfaite condition, le cheval s'agitait entre les brancards et, sans même que Crispin eût émis un bruit de bouche, il partit aussitôt sur le chemin creusé par les roues.

Durant ce second stade de l'aventure de M. Bond au-dessus de la vallée, les deux hommes demeurèrent quelque temps sans parler. Le voyageur se tenait très droit sur son siège, se forçant à rejeter les épaules en arrière, respirant bien à fond, ce qui l'amena à parler de l'air de la montagne, sans recevoir aucune réponse. A sa droite, le mur de la forêt s'étendait aussi loin que portait le regard, tandis qu'à sa gauche, à deux kilomètres environ, courait le bord de la vallée jalonnée çà et là de sorbiers.

La monotonie du paysage et le mutisme de son compagnon finirent par lasser M. Bond qui aimait à converser et s'ennuyait vite si son regard n'était pas distrait par des choses à découvrir autour de lui. Même le cheval faisait preuve d'une sorte de régularité mécanique.

Il n'y eut que le ciel pour retenir l'attention du voyageur. Surgis de nulle part, des nuages se firent de plus en plus nombreux et, vers midi, ils masquaient presque continuellement le soleil auparavant si brillant, faisant alterner l'ombre et la lumière sur le paysage. En dépit de quoi, Crispin Sasserach ne fit aucun commentaire, n'ouvrant guère la bouche que pour cracher sur le côté de la voiture. L'aubergiste avait emporté avec lui un pot de *broth;* à un moment où le soleil se montrait, il arrêta le cheval et, sans prononcer un seul mot, en versa dans deux écuelles qu'il fit ensuite chauffer patiemment sur un réchaud à alcool.

Plus tard, dans la clarté déclinante de l'après-midi, alors que le cheval menait bon train, que Crispin Sasserach sifflotait entre ses dents et que le voyageur luttait contre le sommeil, une forme sombre apparut en avant d'eux accompagnée par un bruit grandissant de grelots. Du coup, M. Bond se redressa. Dans un endroit aussi perdu, il ne s'attendait pas à croiser une autre voiture. Comme il s'en rapprochait, il vit que c'était un cabriolet à quatre roues tiré par deux fringants coursiers que conduisait un homme en culotte de cheval dont le visage maigre était coiffé d'un chapeau melon. Les deux conducteurs se saluèrent au passage en levant leur fouet, mais sans ralentir le moins du monde.

— Qui était-ce? s'enquit M. Bond après un léger temps.

— Le domestique de mon frère Martin.

— Où va-t-il?

— A *la Fin des Faims* avec du nouveau.

— Vraiment? Et quoi donc de nouveau? insista M. Bond.

— Du nouveau pour ma Myrtle, répondit l'autre en le gratifiant d'un clin d'œil appuyé.

M. Bond esquissa un haussement d'épaules en pensant : « A quoi bon s'efforcer de parler avec un tel ours? » et s'abandonna de nouveau à une douce somnolence cependant que la lune de septembre progressait lentement dans le ciel. L'aubergiste, lui, continuait à cracher de temps à autre en direction de la forêt, mais il ne prononça plus une seule parole avant d'arriver à destination.

Là, il reprit vie.

— On descend! cria-t-il. Pst! Monsieur Bond! Réveillez-vous! Descendez : nous sommes arrivés à *l'Homme sans Tête*.

Quelque peu ahuri par ce réveil soudain, M. Bond mit pied à terre avec l'impression d'avoir la tête grosse comme la lune. Il entendait le cheval haleter doucement et vit monter dans l'air froid la vapeur qui sortait de ses naseaux. Sautillant autour de la voiture, Crispin Sasserach appelait avec enthousiasme : « Mar-tin! Mar-tin! Il est là! »

Le mur de feuillage compact dressé par la forêt renvoyait le nom qui semblait retentir indéfiniment sous la lune. M. Bond guettait avec curiosité l'apparition de ce Martin dont l'enseigne se balançait au-dessus de sa tête. Après encore quelques appels de Crispin, le propriétaire de l'auberge se manifesta et M. Bond qui s'attendait à voir un autre colosse, fut surpris de constater qu'il s'agissait d'un petit homme à lunettes.

« Vous allez faire connaissance », chuchota Crispin à l'oreille de M. Bond avant de le pousser vers son frère d'un air extasié. L'instant d'après, il avait repris place dans la carriole et le cheval repartit en direction de *La Fin des Faims*.

M. Bond demeura sur place, écoutant le bruit de la voiture se perdre au loin. En face de lui, les yeux gris de l'aubergiste clignèrent derrière les verres des lunettes :

— Quiconque se présente de la part de mon frère Crispin est le bienvenu chez moi. Et il en va de même pour toute personne que m'envoie mon frère Stephen.

La voix était aussi calme que le clair de lune et, ces paroles prononcées, Martin Sasserach regagna l'auberge. M. Bond le suivit et détailla avec curiosité le hall brillamment éclairé, deux fois plus haut et plus vaste que chez Crispin. Des lampes à pétrole aux verres opalescents étaient disséminées un peu partout, et Martin s'engageait dans un escalier qui semblait à M. Bond être le même qu'il avait gravi chez Crispin Sasserach... La clarté des lampes projeta sur les murs une ombre monstrueuse du petit homme quand celui-ci se retourna pour voir si son client suivait. Il ouvrit ensuite la porte d'une chambre, claire et spacieuse où, avec beaucoup de courtoisie mais un regard absent, comme perdu dans de lointaines pensées, il invita son hôte à se laver les mains avant le dîner.

Martin Sasserach fit faire à M. Bond, le soir de son arrivée, un repas raffiné, composé de petits plats froids de différentes sortes mais tous exquisement préparés et présentés, ce qui, tout comme l'étincelante propreté de la chambre et de la table, s'accordait bien avec cet air presque de chimiste qu'avait Martin Sasserach. Une bouteille de vin fut débouchée pour M. Bond qui, chez lui, était connu pour ne boire jamais rien de plus alcoolisé que le cidre. Au cours du dîner, ce vin échauffa un bref instant Martin qui manifesta alors un soudain intérêt à son hôte.

— *L'Homme sans Tête?* L'auberge doit ce nom à une histoire... si l'on peut appeler ça une histoire...

Il esquissa un vague sourire, tapota la table du bout d'un doigt et se mit à examiner le support d'ivoire sculpté où était fiché le menu :

— Ravissant, n'est-ce pas?... Oh! des histoires, il y en a des quantités, conclut-il, comme si leur abondance suffisait à expliquer qu'il n'en contât même pas une.

Peu après le dîner, il se retira, sur une allusion brumeuse à du travail qui l'attendait.

Ce soir-là, M. Bond monta se coucher de bonne heure, souffrant de dyspepsie et déplorant de n'être pas chez lui pour la soigner avec ses habituels remèdes.

Les oiseaux l'éveillèrent par une matinée fraîche et automnale. Respirant bien à fond cet air vif, il se rappela avoir toujours eu un faible pour les oiseaux, les arbres et les fleurs. Aussi se trouva-t-il bientôt dans le jardin de Martin Sasserach, où les massifs et les plates-bandes soigneusement entretenus le ravirent. Heureux d'être au monde, il arpenta avec une obèse dignité les allées qui se coupaient à angle droit.

Au bas du jardin, M. Bond remarqua une porte verte, mais sachant qu'elle lui donnerait seulement accès à des broussailles puis à la forêt, dont il pouvait voir les cimes immobiles par-dessus la haie bien taillée, il préféra rester où il était, respirant le parfum des fleurs et ayant ainsi la satisfaction de sentir se dissiper un peu plus à chaque pas les relents du *broth* de Crispin.

La faim le ramena à l'intérieur de la maison où il se mit à circuler dans la pénombre des pièces. Il constata que Martin Sasserach avait une passion pour les ivoires. Il en avait tout un tas, très joliment sculptés : des coupe-papier, pièces d'échecs, couverts à salade, minuscules statuettes représentant souvent des personnages grotesques, fragiles coffrets, etc.

Le bruit de ses pas sur le parquet ciré faisait ressortir encore davantage le silence qui régnait à *l'Homme sans Tête,* mais ce silence intérieur paraissait cependant moins intense que celui s'épandant au-delà des fenêtres sans rideaux. Les touffes d'herbe n'étaient pas encore directement éclairées par les rayons du soleil et le voyageur considéra les sorbiers disséminés qui marquaient le bord de la vallée. Après eux, s'étendait un tapis de brouillard qui mettait le reste du monde au niveau du plateau où se dressait l'auberge. Pensant à la maison et la ville qu'il avait laissées derrière lui, M. Bond en vint à se demander s'il déplorait ou se réjouissait que ses aventures l'eussent amené dans cette région perdue. « Il fait assez frais pour que je mette ma cape », se dit-il en réprimant un frisson. L'ayant prise dans le hall où elle était accrochée, il sortit d'un pas décidé, avec l'idée de parcourir les deux kilomètres environ qui le séparaient du bord de la vallée. Enveloppé dans sa cape et perdu dans ses pensées, il avait couvert déjà une certaine distance lorsqu'un gong retentit derrière lui, dont la vibration s'étendit comme un fil à travers l'espace.

— Allons bon ! fit-il en regardant la ligne déchiquetée

des sorbiers qu'il s'était fixé pour but. Puis avec un haussement d'épaules, il s'en revint à *l'Homme sans Tête,* où il trouva l'aubergiste, l'air absent, debout près de la table sur laquelle il y avait encore des miettes de la veille.

— Ah! c'est vous... Oui... Vous avez bien dormi?

— Assez bien.

— Nous prenons le petit déjeuner de bonne heure, afin de disposer d'une plus longue journée. Stennet va revenir un peu plus tard. Il est allé chez mon frère Crispin.

— Avec du nouveau? fit M. Bond.

Martin Sasserach opina courtoisement, encore qu'avec une certaine raideur. Du geste, il invita M. Bond à prendre place. Le petit déjeuner fut bref et silencieux. Dans cette atmosphère cristalline, il était délicat d'élaborer des propos. La peau flasque de Martin avait la couleur des vieux ivoires. De temps à autre, il levait les yeux vers son client, ces yeux gris qui semblaient voir au-delà des apparences et sonder profondément M. Bond. A l'une de ces occasions, le voyageur affecta d'avoir grand appétit.

— C'est l'air des hautes terres, déclara-t-il, en se frappant la poitrine.

Le soleil atteignait maintenant le bord du plateau. L'aubergiste s'éclipsa en murmurant quelque excuse et le silence reprit possession de *l'Homme sans Tête.*

Quand le gravier de l'allée crissa de nouveau sous les pieds de M. Bond, la caresse du soleil faisait ronronner le jardin. « Du nouveau pour Myrtle » se rappela-t-il, comme il revivait sa randonnée. Il continua de se partager ainsi entre le jardin et l'auberge où, dans les pièces à présent gorgées de soleil, les ivoires étaient partout, au point d'obséder sa vue comme le *broth* de Crispin avait obsédé son odorat.

Le déjeuner fut aussi un repas froid, à l'exception du café que l'aubergiste fit chauffer sur une lampe à alcool au bout de la table. Il fut également silencieux hormis une question posée par M. Bond, à laquelle, après avoir brossé un peu de poussière sur sa manche et le devant de sa veste, Martin répondit collectionner les ivoires depuis des années et ajouter toujours de nouvelles pièces à sa collection. Après quoi, il quitta la pièce ensoleillée pour s'en retourner à ce travail qui n'était jamais terminé.

— Ma dyspepsie qui fait encore des siennes, pensa M. Bond tandis que l'après-midi semblait s'assoupir au soleil. Chez lui, il serait monté s'étendre dans sa chambre, qui avait des rideaux roses et était tapissée d'un papier à fleurs.

Il se traîna dans le jardin, d'où il considéra l'arrière de la maison. Laquelle de ces fenêtres perçant le mur soigneusement crépi éclairait l'aubergiste à son travail? Il prêta l'oreille, guettant le ronflement d'un tour, le grattement d'un couteau... et se demanda, tout surpris, pour quelle raison il s'attendait à percevoir de tels bruits. Sentant la présence de la forêt dans son dos, il se retourna et la vit dominant la haie. Impulsivement, il sortit du jardin et franchit l'espace découvert brûlant de soleil, mais lorsqu'il se fut avancé de quelques mètres dans la forêt, le courage lui manqua au milieu de tous ces arbres et, avec un faible cri, il repartit en courant vers l'auberge où il prit sa cape d'Inverness.

A présent, son regard portait bien au-delà des sorbiers et, tout en marchant parmi les touffes d'herbe, il s'imaginait en bas, dans la vallée, à des comtés et des comtés de là, chez ses voisins, les Allcard, prenant le café ou le thé avec eux tout en leur racontant ses aventures et principalement celle-ci. Ce n'était pas souvent qu'un homme de son âge et occupant dans le monde la position qu'il avait, s'en allait seul au-devant d'imprévus, agréables ou non. Les yeux sur la ligne des sorbiers, il se dit : « Mais j'entends en rester là. » Et il conclurait en déclarant : « Les choses que j'aurais pu voir si j'étais resté! Oui, Allcard, je vous avoue que j'ai été bien soulagé de me retrouver en bas, dans la vallée.

Je n'ai aucune honte à vous le dire : je commençais à avoir un peu peur! »

En marchant, il sentait le mouvement de sa cape lui caresser les épaules comme une main amie.

M. Bond n'était pas encore à mi-chemin des sorbiers quand, regardant derrière lui, il vit se détacher sur le fond sombre de là forêt, une voiture qui se rapprochait rapidement de l'auberge. En un éclair, il se rappela les yeux de Stennet, le domestique qui faisait le va-et-vient entre les deux auberges Sasserach.

Il sentit sur lui le regard de Stennet et le bruit dû aux sabots des chevaux lui faisait l'effet d'un ballon rebondissant dans l'herbe. Haussant les épaules, M. Bond caressa ses bajoues, puis se remit en marche vers *l'Homme sans Tête,* conscient que ces deux chevaux rapides l'eussent rejoint bien avant qu'il eût atteint les sorbiers.

« Mais pourquoi donc », s'interrogea-t-il avec dignité, « suis-je en train d'imaginer que ces gens s'attendent à ce que je prenne la fuite? Et pourquoi cette soudaine panique dans le jardin? C'est ce silence qui finit par me rendre nerveux. »

Le cabriolet avait disparu depuis un bon moment déjà quand le voyageur regagna l'auberge, dont le toit moussu commençait à s'empourprer au soleil couchant. Et M. Bond eut l'impression que quelque chose émanait de la maison, qui se précipitait pour l'accueillir dès le seuil. Un feu de bois pétillait dans la cheminée de la salle à manger, aux flammes duquel il alla présenter ses mains, se sentant soudain heureux et las. Son intention avait été de faire preuve d'autorité, d'appeler Martin Sasserach et de demander qu'on l'escortât sur-le-champ jusqu'à la vallée... Mais à présent il ne souhaitait rien d'autre que rester devant ce feu, en attendant que Stennet lui serve le thé.

Des profondeurs de la maison, un homme se mit à chanter. Stennet? Dans le feu, M. Bond vit les yeux du domestique et son nez en bec d'aigle. Après avoir crû en force, la voix qui chantait se tut discrètement et fit place à un bruit de pas dans le hall.

— Laissez-moi vous débarrasser de votre manteau, monsieur, dit Stennet.

Du coup, M. Bond se retourna, les joues frémissantes de colère.

Pourquoi voulaient-ils lui imposer leur hospitalité, lui donner le sentiment d'être prisonnier? Avec humeur, il détailla les larges culottes de cheval, les épaules musclées, le visage qui semblait s'être aiguisé davantage au vent de la course en voiture. Il faillit crier : « Où est votre chapeau melon? »

La peur?... Peut-être... Mais si la peur s'était un instant emparée de lui, elle l'avait maintenant quitté et il sut avoir plaisir à entendre cette voix lui parler avec déférence, briser le silence écrasant de *l'Homme sans Tête*. La cape avait déjà quitté ses épaules et était soigneusement pliée sur le bras de Stennet qui, Dieu soit loué, lui annonça que le thé serait bientôt prêt. Du coup, M. Bond se sentit en confiance avec le domestique et s'enhardit.

— Du Chine? Oui, monsieur, nous en avons.

— Et un toast beurré, ajouta M. Bond en se caressant le menton.

Après le thé, il fut tiré de son petit somme par une main se posant sur son épaule tandis que la voix de Stennet l'informait qu'un broc d'eau chaude l'attendait dans sa chambre.

Quelque chose disait à M. Bond que ce soir-là le dîner serait particulièrement remarquable, et ce fut le cas. Il rougissait de plaisir à mesure qu'on lui apportait les plats. De la soupe à l'oignon! Comment avaient-ils pu savoir que c'était sa soupe préférée? Relevé, entrée... Ses mains s'activaient comme elles ne l'avaient pas fait depuis bien des jours. Le poulet était rôti à la perfection. Oh! et des champignons au gratin! La perdrix lui mit les larmes aux yeux, la charlotte aux poires le fit à nouveau déborder d'éloges.

Martin Sasserach s'inclina en retour, avec une courtoisie un peu distante.

— Une partie d'échecs? proposa-t-il quand le repas fut terminé. Mon dernier adversaire était un homme comme vous, un voyageur qui faisait une tournée des auberges. Nous avions commencé une partie, mais il a dû nous quitter. Peut-être accepterez-vous de prendre sa place?

Martin Sasserach souriait et déjà il s'était assis devant l'échiquier, sa main osseuse planant au-dessus des pièces.

— C'était à moi de jouer, murmura-t-il en faisant aussitôt le mouvement auquel il réfléchissait depuis une semaine. Mais bien que M. Bond mît tout en œuvre pour se concentrer sur le problème auquel il se trouvait soudain confronté, sa dyspepsie l'en empêcha et il dut se lever avec force excuses.

— Je suis désolé, lui dit Martin avec un sourire. Vraiment désolé. Ce sera pour un autre soir.

La perspective de passer une autre journée à *l'Homme sans Tête* troublait et réjouissait tout à la fois M. Bond tandis que, avec un sifflement d'asthmatique, il se hissait vers sa chambre.

— Ah, Stennet! dit-il tristement en apercevant le domestique en haut de l'escalier. Avez-vous jamais souffert de dyspepsie?

Stennet eut un claquement de doigts, dévala les marches et, un moment plus tard, il se présentait à la porte de la chambre, avec un bol du fameux *broth* de Crispin.

— Oh! ça... fit M. Bond en regardant le bol.

Puis il se rappela l'heureux effet qu'avait eu l'ingestion du *broth* chez Crispin. Quand il s'étendit enfin dans le lit, il se sentit bien à l'aise et dormit d'une traite jusqu'au matin.

Pendant qu'ils prenaient ensemble le petit déjeuner, Martin Sasserach dit soudain :

— Tantôt, Stennet vous conduira chez mon frère Stephen.

M. Bond écarquilla les yeux :

— Encore une autre auberge Sasserach? Combien êtes-vous donc?

— Crispin... Martin... Stephen. Trois seulement... Mais trois n'est-ce pas le nombre parfait pour peu qu'on y réfléchisse?

Le voyageur s'en fut au jardin. Dans la clarté du matin, les asters étaient luisants de rosée. Vers dix heures, le soleil était de nouveau dans tout son éclat et,à midi, une chaleur torride s'appesantissait sur le plateau, pénétrant jusque dans la chambre de M. Bond que le silence de la forêt attira près de la fenêtre, lui faisant lever la tête et fermer les yeux face à cette monstrueuse masse d'arbres. La peur était à nouveau sur le point de l'assaillir. Il ne voulait pas aller chez Stephen Sasserach, mais le temps s'écoulait rapidement maintenant que l'auberge avait été arrachée au silence.

Pendant le déjeuner, au cours duquel son hôte se montra particulièrement disert, M. Bond sentit croître en lui l'impatience d'entamer la troisième étape de son voyage, si tant était que ce dût être une étape. Se levant de table sans même murmurer une excuse, il gagna le jardin. A présent, les asters baignaient dans le soleil. M. Bond ouvrit la porte verte et se dirigea vers la forêt. Comme il marchait, il entendit un bruit d'ailes derrière lui et vit un pigeon s'élancer hors d'une fenêtre sur le toit. L'oiseau passa au-dessus de sa tête en direction de la forêt et disparut; alors, pour la première fois, M. Bond se rappela avoir vu un pigeon faire de même quand il se trouvait dans le jardin de Crispin.

Il suivait par la pensée le pigeon survolant le plancher sans fin des cimes de la forêt, lorsqu'une voix s'éleva dans le silence : « Monsieur Bond! Monsieur Bond! » Aussitôt il s'en retourna vers la porte, traversa le jardin, rentra dans la maison, enfila sa cape, jucha le havresac sur ses épaules et, quelques instants plus tard, il était assis à côté de Stennet dans le cabriolet, regardant les oreilles des deux chevaux en pleine course et se rappelant que, au dernier moment, au lieu de venir lui dire au revoir, Martin s'en était retourné à son travail.

Bien que sa peur de Stennet subsistât, M. Bond trouva que le domestique constituait un agréable compagnon de voyage, toujours prêt à parler quand on lui adressait la parole et capable même de susciter l'intérêt du voyageur tandis qu'ils roulaient à travers le toujours monotone paysage :

— Vous voyez ces sorbiers là-bas? dit-il avec un mouvement de menton vers la gauche. Ils appartiennent à M. Martin. Il en est propriétaire jusqu'à mi-chemin de chez M. Crispin et jusqu'à mi-chemin de chez M. Stephen. Et réciproquement.

— Et la forêt?

— C'est la même chose, déclara Stennet en agitant la main vers la droite. Elle est ronde, figurez-vous. Et ils en possèdent chacun un tiers, comme une énorme part de tarte.

Le domestique fit claquer sa langue et les chevaux dressèrent les oreilles, bien que pour eux comme pour lui ce fût là simple formalité, étant donné la vitesse à laquelle roulait déjà le cabriolet.

— C'est beaucoup plus rapide que la carriole de Crispin! haleta le passager, que le vent de la course suffoquait quelque peu.

Le soir automnal s'épaississait et la lune montait lentement de la vallée.

A un moment donné, M. Bond posa une question touchant les enseignes des trois auberges et Stennet rit :

— Je vous prie de croire que ces messieurs n'en sont pas peu fiers! Pour ma part, je les trouve romantiques et savoureuses... *La Fin des Faims*... Vous goûtez le jeu de mots? Qui aurait aussi bien pu être *la Faim des Fins,* comme l'on dit *la Faim des Gourmets*... Je ne crois pas que ce soit M. Crispin qui en ait eu l'idée... Plutôt M. Martin ou Mme Crispin, ce sont les plus intelligents. On aurait tort en revanche de chercher un jeu de mots pour *l'Homme sans Tête;* ça ne peut avoir qu'une signification : un homme décapité; ce jour-là, M. Martin devait être porté à l'humour noir. En revanche, l'auberge où vous allez maintenant, continua Stennet en sifflant les chevaux dont les mouvantes croupes luisaient au clair de lune, a pour enseigne *la Tête du Client*. En un sens, ça peut paraître irrévérencieux, mais il y a, ici et là, des auberges à l'enseigne de *la Tête du Roi*, qui ont été ainsi nommées en l'honneur du Roi. Eh bien, M. Stephen a tout simplement voulu faire de même en l'honneur du Client et il lui a dédié son auberge.

Tandis que le domestique parlait, un point lumineux était apparu au loin, sur lequel M. Bond avait rivé son regard. Quand cette lumière disparut un instant, il imagina que Stephen venait de passer devant la lampe éclairant la salle commune. Cette évocation l'emplit d'une soudaine colère et il se demanda avec stupeur pourquoi il se pliait avec tant de docilité aux ordres — il ne pouvait appeler ça autrement — de ces frères qui avaient une si bizarre conception de l'hospitalité. Comme attisé par sa colère, le point lumineux ne cessa de croître en grosseur et en intensité jusqu'à devenir finalement une fenêtre éclairée derrière laquelle un homme regardait en souriant.

— Hé là! Qu'est-ce que tout ceci? cria M. Bond en se redressant brusquement.

— *La Tête du Client,* monsieur, répondit Stennet en indiquant l'enseigne.

Ils demeurèrent un moment à la considérer, puis le regard de M. Bond se promena sur la masse trapue de l'auberge et ce qui l'environnait. La nuit silencieuse avait quelque chose de vibrant et, sous la lune, la forêt sans fin dressait un mur d'un bleu blanchâtre. Le voyageur allait élever la voix pour exprimer son courroux à l'égard des frères Sasserach, lorsque se produisit un remue-ménage sous le porche et, à travers l'herbe baignée de lune, s'avança en balançant les bras une haute silhouette dégingandée, suivie de petites créatures trébuchantes et agitées.

— Voici M. Stephen, murmura Stennet tout en observant l'approche.

Le propriétaire de *la Tête du Client* souriait aimablement, découvrant des dents d'une blancheur éclatante et, lorsqu'il eut rejoint M. Bond, il porta une main à son front en un geste déférent qui n'était cependant pas sans quelque hauteur.

— Monsieur Bond?

Le voyageur acquiesça en s'inclinant et considéra les enfants de l'aubergiste. Tous avec une grosse tête et le ventre rond, s'agitant autour de leur père ou s'accrochant à sa cape d'Inverness, ils ne lui semblèrent pas avoir une intelligence particulièrement éveillée.

Entouré par les enfants et leur père, le voyageur se retrouva très vite devant le porche de l'auberge et son nouvel hôte le prit par le bras pour l'y faire entrer, tandis que deux des gosses se faufilaient entre eux pour courir vers les profondeurs du hall. L'endroit était mal éclairé, mal aéré. Fort de ses précédentes expériences, M. Bond savait exactement où serait située la salle commune, mais lorsqu'il pénétra dans cette dernière, il ne lui trouva aucune autre ressemblance avec celles où il avait passé deux étapes de son étrange aventure. La lampe à pétrole posée au centre de la grande table ronde, était dépourvue d'abat-jour et un papillon de nuit se cognait au verre de lampe noirci, projetant des ombres rapides un peu partout sur le plafond et les murs tapissés d'un papier à personnages. Les enfants reparurent, dans le même temps qu'un harmonium se mettait à pousser grognements et soupirs de façon saccadée.

— Laissez-moi vous débarrasser de votre manteau... de votre cape, monsieur Bond, dit le propriétaire avant d'aller étendre avec beaucoup de soin le vêtement sur l'un des grands canapés qui paraissaient encore plus énormes parce que leurs ressorts saillaient et que du capiton sortait de leurs multiples déchirures. Mais les enfants s'en emparèrent aussitôt et ils eussent mis la cape en pièces si M. Bond ne la leur avait aussitôt reprise, geste qui les fit se replier dans un coin de la salle d'où ils ne le quittèrent plus des yeux.

Au milieu de cette confusion de meubles et de gens, Stephen Sasserach se mouvait en souriant, géant voûté à qui seul M. Bond obéissait. C'était exactement comme cela que ce dernier imaginait l'exécuteur des hautes œuvres, le bourreau à la hache du Moyen Age : fruste et loyal, avec un front bombé, des sourcils broussailleux et des bras musclés prêts à l'action. Stephen n'arrivait pas à maintenir l'ordre dans sa maison, où l'on faisait beaucoup de bruit mais apparemment peu de travail. Les enfants appelaient leur père Steve et lui tiraient la langue. Eux-mêmes n'avaient rien d'attirant et leur mauvaise nature semblait sourdre par les pores de leur peau. Les prénoms de trois d'entre eux étaient déjà familiers à M. Bond : Crispin, Martin et Stephen, tandis que les deux filles — qui n'avaient pour elles que leur mutuelle dévotion — étaient Dorcas et Lydia.

A *la Tête du Client,* les plats étaient simples mais savoureux. C'était Stephen le père qui les cuisinait et en servait de généreuses portions dans des assiettes ébréchées. Assis à table, ses bras noueux se révélaient extrêmement hâlés contre le bleu de sa chemise constellée de taches. A la surprise de M. Bond, il n'arrêtait pas de parler avec volubilité, presque pour lui seul, d'une voix basse et rude mais plaisante à entendre. Quand il se taisait un instant, il fermait les yeux et, au-dessus des sourcils broussailleux, le front bombé semblait luire encore davantage sous l'effort de la pensée. Dorcas et Lydia mettaient ces moments à profit pour se ruer vers l'harmonium auquel elles arrachaient un gémissement tandis que Crispin et Martin sautaient à pieds joints des canapés sur le sol.

Alors l'aubergiste tressaillait et, frappant du poing sur la table, se tournait pour crier aux enfants : « Fichez-moi le camp! Allez vous exercer, au lieu de faire les diables! » Sur quoi, les enfants se rassemblaient devant une haute planche percée de trous dans lesquels chacun d'eux, sauf Dorcas et Lydia, jetait des billes avec une étonnante adresse. Mais bientôt l'aubergiste leur dit : « La lune brille! » En entendant cela, ils se précipitèrent hors de la pièce et M. Bond ne les revit jamais plus.

Le bruit continuel, les motifs répétés du papier tapissant les murs et le manège du papillon de nuit contre le verre de lampe inclinaient le voyageur à une certaine somnolence. Sa tête se fit encore plus lourde après le dîner lorsque, assis au coin du feu avec Sasserach, il écouta parler cet homme si curieusement attirant dans sa chemise bleue tachée.

— Vous aimez les enfants, monsieur Bond?

— Les enfants et les animaux..., acquiesça le voyageur d'une voix endormie.

— On est obligé de les laisser faire ce qu'ils veulent, soupira Stephen Sasserach.

La voix rauque parvenait douce et apaisante aux oreilles de M. Bond jusqu'à ce que, s'élevant soudain, elle lui intimât d'aller se coucher. M. Bond réagit aussitôt en se mettant debout; il dit bonsoir en souriant et le papillon vint cogner contre sa joue. « Où sont les enfants? » se demanda le voyageur, en n'entendant plus leurs voix. Peut-être s'étaient-ils brusquement endormis comme le font les animaux. Mais M. Bond avait peine à imaginer ces yeux fermés dans un lit.

Quelques minutes plus tard, après avoir soufflé la bougie sur la table de chevet, il se trouva lui-même étendu dans le grand lit qui lui avait été dévolu à la troisième des auberges Sasserach. Regardant la fenêtre ouverte, dont il avait tiré de côté un des lourds rideaux brodés, M. Bond eut l'impression d'entendre de lointains cris de triomphe accompagnés de bruits de coups en provenance de la forêt. Il n'en fallut pas plus pour qu'il se sentît complètement réveillé et il alla jusqu'à la fenêtre regarder la forêt qui s'élevait en face de lui. Quand il eut mis une main en cornet derrière son oreille, ces bruits lui parurent ressembler à ceux que font des enfants lorsqu'ils jouent, mais en plus fort, comme si le jeu, lui aussi, était plus intense. C'était peut-être le fait d'animaux inconnus de lui. Quelle qu'en fût la cause, ils provenaient du profond de ces arbres dont l'immobilité était encore soulignée par le clair de lune.

— Oh! j'en ai soupé du clair de lune! pensa M. Bond en fermant les doubles rideaux sans réussir pour autant à étouffer les bruits de la forêt, ni à chasser l'image de l'herbe glacée sous la lune. Ces bruits et cette image faisaient naître en lui un pressentiment, et ses joues tremblaient tandis que sa main cherchait la bougie à tâtons. Il lui fallait descendre chercher sa cape, le faire tout de suite et prendre le large avant que ce ne fût trop tard. Il trouva son hôte encore assis près de la lampe, dans la salle commune. Le poing fermé de Stephen reposait sur la table; il l'ouvrit et le papillon de nuit en jaillit.

— Il croit s'être sauvé, dit Stephen en le suivant du regard et découvrant ses dents en un sourire. Mais il n'y parviendra jamais!

— Je suis venu chercher ma cape, expliqua M. Bond.

Elle l'attendait sur l'un des grands canapés. Le feu s'était éteint et il faisait froid dans cette pièce aux profondeurs obscures. Cela donna une idée à M. Bond qui dit, en prenant la cape :

— Je vais l'étendre sur mon lit.

Et il simula un frisson pour montrer combien il avait froid. Des plis du vêtement, le papillon s'envola et, comme pris de démence, se mit à tourbillonner par la salle.

— C'est très bien, monsieur Bond. Très bien.

L'homme paraissait s'être abstrait dans ses pensées et le voyageur quitta la pièce, la cape d'Inverness sur le bras, s'efforçant à la dignité dans sa robe de chambre.

Comme il abordait l'escalier, une voix lui parla doucement à l'oreille, lui souhaitant une bonne nuit.

Stennet! Que faisait-il là? Élevant sa bougie, M. Bond regarda avec étonnement le visage du domestique dont la silhouette se fondit aussitôt dans l'ombre, tandis que le tic-tac de l'horloge du hall faisait paraître encore plus profond le silence pesant sur la maison et appréhender les moments qui allaient suivre.

M. Bond regagna sa chambre presque en courant, s'y enferma et se déshabilla. Sa dyspepsie revenait le tourmenter. Si seulement il avait été de nouveau chez Crispin! Entrouvrant les rideaux, il regarda au-dehors. L'ombre de l'auberge recouvrait le jardin, débordant sur le terrain découvert au-delà de l'enclos, et celle d'une des cheminées, démesurément allongée, atteignait même la forêt. Mais, sous le clair de lune, celle-ci demeurait compacte comme un mur; il n'en provenait plus aucun bruit et ce silence fit de nouveau trembler M. Bond.

— Je m'enfuirai à l'aube, murmura-t-il, quand la lune sera couchée.

N'ayant plus du tout sommeil, il prit un livre dans le havresac et, s'étant rhabillé, s'installa dans un fauteuil après avoir de nouveau fermé les doubles rideaux, la chandelle brûlant près de lui. De temps à autre, levant les yeux de sur son livre, il fronçait les sourcils et promenait son regard sur le motif de trois pagodes en rouge pâle que le papier mural répétait indéfiniment autour de lui. Cela finit par l'inciter à la somnolence et il s'endormit, se mit à ronfler tandis que la chandelle brûlait toujours.

A minuit, il fut réveillé par des coups frappés à sa porte, si violents que la chandelle en était toute secouée. Pris de panique, M. Bond se mit debout :

— Oui? Qu'est-ce que c'est? s'écria-t-il d'une voix mal assurée.

Comme les coups devenaient encore plus violents, il balbutia en proie à une terreur croissante :

— Mon Dieu, qu'est-ce donc? Que veulent-ils faire?

Un éclat de bois vola à travers la pièce et M. Bond comprit en un éclair que c'était la fin de son voyage. Qui était derrière la porte? Stephen ou Stennet? Affolé, il tournait dans la chambre, n'ayant plus le loisir de penser ni le temps d'agir. S'immobilisant, il regarda la lame d'une hache agrandir la fente de la porte.

— Sauvez-moi! Sauvez-moi! murmura-t-il tandis que ses mains saisissaient la cape d'Inverness, la lui faisaient enfiler.

Sous un nouveau coup de hache, la chambre tout entière frémit. M. Bond se précipita souffler la bougie. A travers la soudaine obscurité, un rai lumineux allait de la brèche dans la porte aux rideaux de la fenêtre.

M. Bond se souvint alors de la vigne vierge qui tapissait le mur sous la fenêtre et, l'instant d'après, il s'y cramponnait pour descendre tant bien que mal jusque dans le jardin que recouvrait l'ombre de la maison. Gonflant ses joues et soufflant, il se mit à courir tandis que les coups de hache ne parvenaient plus que faiblement à ses oreilles. Sur son chemin, il trouva des morceaux de briques, un tub en zinc accrocha un pan de sa cape et y fit une déchirure, il se prit le pied dans un arceau de jardin et, les bras étendus devant lui, recouvra de justesse son équilibre. A présent, s'il courait toujours dans l'ombre portée de la maison, il avait atteint l'espace herbeux, gémissant entre ses dents, luttant contre le désir qu'il avait de regarder par-dessus son épaule, et tendant désespérément vers la forêt baignée par le clair de lune. Il s'efforçait de rassembler ses idées, mais la seule pensée qui lui venait à l'esprit, c'était combien grande lui semblait l'ombre de la maison. Il en atteignit enfin le toit et fit un écart afin de continuer sa course le long de la monstrueuse projection de la cheminée, ne pensant plus qu'à la proximité de la forêt. Illuminée par le clair de la lune, une avenue s'ouvrait devant lui, au bord de laquelle s'arrêtait l'ombre de la cheminée et M. Bond fut comme une bouffée de fumée jaillissant de cette dernière vers les profondeurs de la forêt. Son ombre, portée par les ailes monstrueuses de la cape, le conduisit à un espace découvert, au bout de l'avenue. Les arbres qui encerclaient étroitement l'endroit y faisaient régner un silence comme M. Bond n'en avait encore jamais connu. S'arrêtant brusquement et plaquant ses mains sur sa poitrine rendue douloureuse par l'essoufflement, M. Bond n'eut plus d'yeux que pour le tableau s'offrant à lui au centre de la clairière : des piquets ou des pieux, disposés en demi-cercle et projetant de longues ombres, sommés chacun d'un crâne humain. « *La Tête du Client... L'Homme sans Tête* » murmura M. Bond, frappé de terreur et tournant aussitôt le dos à l'horrible spectacle. Mais il vit alors accourir dans l'avenue la silhouette de Stephen Sasserach, brandissant sa hache comme un bûcheron pris de démence qui fût venu abattre des arbres.

Dans l'esprit du fugitif continuaient à tournoyer les noms des trois auberges : *La Tête du Client... L'Homme sans Tête... La Fin des Faims*. Il se rappela le pigeon voyageur qui l'avait précédé d'auberge en auberge, il revit Martin avec de la poussière sur le devant de sa veste...

Il regarda la silhouette de l'homme à la hache. Elle était maintenant d'une immobilité d'arbre, au bord de la clairière baignée par la lune mais les pensées tourbillonnantes de M. Bond étaient au bord, elles, d'une clarté beaucoup plus aveuglante. Terrifié, il se mit à fuir derrière les pieux, cherchant en vain où se cacher parmi les arbres.

Alors Stephen s'élança dans son sillage, en poussant un cri qui se répercuta contre les troncs serrés.

M. Bond y fit écho à son tour. Se démenant et se contorsionnant il réussit à se dégager de sa cape d'Inverness, qu'il empoigna avec l'énergie du désespoir en faisant face à son poursuivant. Il allait se servir de sa cape comme autrefois, dans l'arène, les gladiateurs se servaient de leur filet. La cape et la hache engagèrent le combat; l'une protégeant et entravant, l'autre accrochant et déchirant. Haletants, les deux hommes s'affrontaient autour des crânes, tantôt dans l'obscurité, tantôt dans l'éclatante lumière provenant de l'avenue. Et leurs ombres dessinées par la lune se livraient à un autre combat, encore plus sauvage.

Puis Stephen cria : « Ça suffit! » et, pour la première fois depuis le commencement de cette lutte, découvrit ses dents en un sourire.

— Mais... Mais vous êtes mon ami! chevrota M. Bond en regardant le fil aiguisé de la hache.

— Le meilleur que vous ayez jamais eu, monsieur Bond! répondit Stephen Sasserach et, reculant d'un pas, le propriétaire de *la Tête du Client* coupa la tête du client.

La chute du crâne sur le sol herbeux de la clairière jonché de brindilles et de feuilles fut le premier bruit à retentir dans la nouvelle et paisible existence de M. Bond qui ne l'entendit pas. Mais pour les frères Sasserach, c'était une promesse de vie en soi, le signal que tout était maintenant prêt pour qu'ils pussent dans l'avenir immédiat trouver à employer joyeusement leurs talents respectifs.

Stephen prit la tête de M. Bond et s'employa à en faire un crâne. Lorsque ce fut terminé, il eut un sourire satisfait en contemplant son œuvre qu'il disposa ensuite de façon à ce que ses primitifs rejetons pussent jouer à qui enverrait la bille dans les orbites. A son frère Martin, le propriétaire de *l'Homme sans Tête*, il envoya par le truchement de Stennet le corps décapité. Et Martin, par une douce journée d'automne, réduisit le corps sans tête à l'état de squelette; après quoi, pendant des jours et des nuits il fut au travail, usant du tour, de la lime et du couteau pour créer statuettes, coupe-papier, couverts à salade, coffrets et pièces d'échecs tandis que le devant de sa veste se poudrait dans l'ardeur de ce travail. Et à son frère Crispin, propriétaire de *La Fin des Faims,* Martin expédia ce qui restait du client, les parties ne pouvant être sculptées et tout ce qui avait rempli la peau de l'homme des Midlands en contribuant, au fil des années, à en faire une proie de la dyspepsie. Crispin eut une moue expressive en recevant l'envoi et, de son fausset suraigu, il cria à Myrtle :

— Stennet est arrivé!

De la cuisine, elle lui répondit : « Merci, Cris! » tout en récurant la marmite. Le soleil qui entrait par la fenêtre faisait luire sa chevelure sombre.

— La saison est maintenant trop avancée, déclara-t-elle à l'heure du thé. Je ne pense pas qu'il nous en vienne un autre avant le printemps.

En quoi elle se trompait. Ce même soir, alors que la lune émergeait de la vallée, Myrtle murmura : « En voici un » tout en continuant de tourner la louche dans la soupière.

Son mari s'en fut dans le hall remonter l'horloge. Puis il prit la lampe et se dirigea vers la porte, qu'il ouvrit toute grande au clair de lune avant d'élever la lampe au-dessus de sa tête.

— Entrez, entrez, je vous en prie, dit-il au voyageur arrêté devant le seuil. Ce soir, ma femme a justement préparé un *broth* délicieux!

Curious Adventure of Mr. Bond
Traduction de Maurice Bernard Endrèbe.

La cage

par

RAY RUSSELL

— ON dit, reprit la comtesse en jouant rêveusement avec la broche qui ornait sa jeune gorge, on dit que c'est le diable en personne.

Son époux émit un reniflement de mépris.

— Et qui le dit? Des bavards et des sots. Ce garçon est un bon régisseur. Il s'occupe très bien de mes terres. Peut-être est-il un peu, comment dire, brutal? froid? mais je doute fort qu'il soit l'incarnation de l'Ennemi.

— Brutal, certes, répondit la comtesse dont les yeux ne quittaient pas la silhouette en hauts-de-chausses noirs, capuchon noir et gants noirs qui s'éloignait dans l'allée. — Mais froid? Il semble qu'il remporte tous les suffrages féminins. Ses conquêtes, dit-on, sont légion.

— On dit. Encore des racontars. Voyons, ma chère, l'archange Lucifer séduirait-il des êtres de chair?

Satisfait de son accablante démonstration de logique, le comte renifla de nouveau.

— Il le pourrait, répliqua sa femme. Pour parcourir le monde, il lui faut prendre l'apparence d'un homme. Ne pourrait-il en avoir aussi les appétits?

— Je n'en sais vraiment rien. Ce sont de bien subtiles questions théologiques. Je vous suggère d'en débattre avec votre directeur de conscience.

La comtesse sourit :

— Que voulait-il?

— Rien. Il venait pour affaires. Rentrons-nous dîner?

— Oui.

Le comte offrit son bras à sa femme et tous deux traversèrent lentement les salles tendues de tapisseries.

— A un moment donné, il m'a semblé particulièrement insistant, reprit la comtesse après un instant de silence.

— Qui donc?

— Votre efficient régisseur.

— Il me pressait de prendre des mesures plus rigoureuses avec nos serfs. Il me disait que son autorité n'est rien sans l'étai d'un châtiment sévère. Du temps de mon père, disait-il, la seule pensée de la chambre de torture du château suffisait à les tenir.

— Du temps de votre père? Mais qu'en sait-il?

— La dureté de mon père, ma chère, a toujours été la souillure de notre blason. Elle nous vaut des ennemis innombrables. C'est la raison pour laquelle je m'attache à être indulgent. Je ferai tout pour que l'Histoire ne se souvienne pas de nous comme de tyrans impitoyables.

— Je crois toujours que c'est le diable en personne.

— Vous êtes une oie, répondit le comte en riant à part soi. Une ravissante petite oie.

— Vous voilà donc un jars, mon cher seigneur.

— Un vieux jars.

Ils prirent place à table.

— Mon cher seigneur..., commença la comtesse.

— Oui?

— Cette ancienne chambre de torture... Comme c'est étrange... Je ne l'ai jamais vue.

— Il est impossible qu'en trois mois vous ayez visité le château tout entier. De plus on y accède par une porte dérobée qui donne sur un escalier secret. Nous y descendrons après le dîner, si vous le désirez, bien qu'il n'y ait là rien qui puisse intéresser une charmante petite oie de votre espèce.

— Trois mois..., murmura la comtesse, si bas que

son mari put à peine l'entendre, et ses doigts jouaient de nouveau avec sa broche.

— Vous semble-t-il que nous soyons mariés depuis plus longtemps? lui demanda le comte.

— Plus longtemps? (Elle lui sourit, d'un sourire trop éclatant.) Mon cher seigneur, il me semble que c'était hier.

— On dit, reprit la comtesse en brossant sa longue chevelure, on dit que vous êtes le diable en personne.

— Vous en souciez-vous?

— Le devrais-je? Comptez-vous m'entraîner en enfer?

— D'une façon ou d'une autre.

— Est-ce une métaphore?

— Peut-être.

— Vous êtes bien ambigu.

— Comme le diable.

— Et, comme lui, vertigineux.

— Pourquoi? Parce que je me trouve dans votre boudoir et que vous êtes fort peu vêtue?

— A cause de cela, oui, et parce que vous conseillez à mon cher époux de se comporter en tyran comme son père.

— Vous a-t-il dit cela? Vraiment?

— Oui. Il m'a aussi montré la chambre de torture que vous lui suggérez de rouvrir. Que c'est mal à vous! C'est un lieu horrible. Si sombre, si humide, et si profond... Un pauvre diable pourrait hurler jusqu'à en perdre le souffle sans qu'on l'entende jamais du château.

— Vos yeux brillent. Je présume que cette chambre vous a fascinée.

— Fascinée! oh, non! C'était affreux! Cet horrible chevalet... Oh! songer aux membres étirés, aux tendons qui se déchirent!...

— Vous frissonnez de plaisir. C'est vous que vous imaginez sur ce chevalet.

— Et cette roue terrifiante, et le bottillon de fer... N'ai-je pas un joli pied?

— La perfection même.

— Une telle cambrure; de si petits orteils, et si réguliers. Je déteste les grands orteils. Les vôtres ne sont pas ainsi, n'est-ce pas?

— Vous oubliez que je n'ai pas d'orteils. Seulement des sabots.

— Prenez garde. Je pourrais vous croire. Où sont vos cornes?

— Elles sont invisibles. Comme celles que votre mari portera sous peu.

— Vraiment? Vous avez une bien haute opinion de vos charmes.

— Tout comme vous. Des vôtres.

— Savez-vous ce qui m'a paru le plus horrible?

— Pardon? De quoi parlez-vous?

— De la chambre de torture évidemment.

— Oh! évidemment. Qu'est-ce qui vous a paru le plus horrible?

— Il y avait une cage. Une petite cage. Elle ressemblait à celles où l'on enferme des singes. Elle était trop petite pour contenir quoi que ce soit d'autre. Savez-vous ce que l'on y enfermait, d'après ce que m'a dit mon mari?

— Quoi donc?

— Des gens.

— Est-ce possible?

— On y enfermait des gens, reprit-elle. Ils ne pouvaient ni se tenir debout, ni s'étendre; ils ne pouvaient même pas s'asseoir car ils se seraient assis sur des pointes. Ils se tenaient accroupis pendant des jours et des jours. Parfois des semaines. Jusqu'à ce qu'ils hurlent pour qu'on les délivre. Jusqu'à ce qu'ils deviennent fous. J'aurais préféré être désarticulée sur le chevalet...

— Ou voir ce joli pied broyé dans le bottillon?

— Taisez-vous. J'en frissonne...

— Je l'espérais bien.

— Partez maintenant. Le comte peut entrer d'un instant à l'autre.

— A demain alors, madame...

Restée seule, la comtesse frotta rêveusement le bout des doigts qu'il venait de baiser. Un léger sourire errait sur ses lèvres. Elle avait entendu parler de baisers brûlants, ce lieu commun des mauvais troubadours, mais n'y avait vu jusque-là qu'un excès poétique. Il la désirait, oh, comme il la désirait! Et il la posséderait. Mais pas tout de suite. Il lui faudrait attendre. Se consumer. La contempler dans sa chemise de nuit diaphane. Admirer, quand elle lèverait les bras pour se brosser les cheveux, l'incomparable beauté de ses seins. Parfois, elle lui permettrait un baiser. Oh, pas sur la bouche, non, pas encore, — sur le pied, le bout des doigts, le front. L'un de ses fameux baisers brûlants. Il lui faudrait implorer et gémir. Il lui faudrait souffrir. Comme elle se mettait au lit, elle soupira de plaisir. Qu'il était doux d'être femme, d'être belle et de pouvoir distiller ainsi de petites faveurs comme on jette des miettes, de regarder les hommes les attraper au vol, haleter, mendier, puis leur rire au nez et les laisser sur leur faim. Celui-ci haletait déjà. Il mendierait bientôt. Et il ne se rassasierait pas avant longtemps. Puis, une nuit, quand elle jugerait qu'il avait assez souffert, elle lui permettrait de se repaître. Avec quelle gloutonnerie il se jetterait sur elle! Il tenterait de rattraper le temps perdu, d'oublier ces mois de jeûne, il festoierait trop vite, ce serait fini trop tôt et il lui faudrait l'affamer encore avant de lui permettre d'assouvir à nouveau ses désirs. Ce serait vraiment très amusant...

— Si je suis vraiment le diable, comme le veut la rumeur publique, à ce que vous dites, pourquoi n'usé-je point de mes pouvoirs infernaux pour vous posséder? Pourquoi me traîné-je ainsi à vos pieds?

— Peut-être cela vous amuse-t-il, mon Prince des Ténèbres. Là : un baiser.

— Non. Je veux vos lèvres.

— Vraiment? Vous devenez bien présomptueux. Peut-être devriez-vous partir.

— Non... non...

— Voilà qui est mieux. Je peux donc vous accorder une faveur.

— Ah! Mon amour! Alors...

— Asseyez-vous. Il ne s'agit pas de ce que vous appelez « mes faveurs ». Simplement d'une *petite* faveur. Bien que je ne sois pas sûre que vous la méritiez. Vous voulez tout, mais vous ne donnez rien.

— Tout ce que vous voudrez. Tout.

— Voilà un bien grand mot. Quoique *vous*, il se pourrait que vous puissiez tout me donner.

— Tout.

— Mais on dit que vous demandez des choses terribles en échange. J'endurerais des tourments sans fin, des tourments éternels... Ah! vous ne le niez pas. Je crois vraiment que vous êtes bien le diable.

— Je vous donnerai tout ce que vous demanderez. Vous n'avez qu'à parler.

— Je suis jeune. Les hommes — et mon miroir — me disent que je suis belle, adorable de la tête aux pieds. Vous voulez tout cela?

— Oui! Oui!

— Alors, faites que cette beauté ne se fane jamais. Faites qu'elle résiste aux assauts du temps et aux affronts de la violence. Quoi qu'il puisse en résulter, faites que je vive éternellement.

— Éternellement...

— Ah! Je vous ai bien eu, n'est-ce pas? Si je vis éternellement, alors qu'en est-il des tourments éternels? M'accordez-vous cette faveur, Démon?

— Je ne peux pas.

— Merveilleux! Quel excellent comédien vous faites! Je commence à vous admirer! A votre place, d'autres auraient dit « oui ». Mais vous... vous êtes beaucoup plus intelligent.

— Je ne peux pas vous accorder ce que vous demandez.

— Taisez-vous, vous me faites mourir de rire! Ce jeu est si drôle! Il donne un tel piquant à ce marivaudage! Je veux le jouer jusqu'au bout. Voyons, Satan, ne pouvez-vous vraiment exaucer mon vœu, même si en échange je vous donne... tout ceci?

— Bourreau!

— Tout ceci, mon cher démon? En échange de la seule faveur que je vous demande? Tout ceci?

— La fureur des Puissances de l'Ombre ébranlera la terre et les cieux, mais... oui, oui, vous aurez tout ce que vous voudrez!

— Ah! Brigand irrésistible, prenez mes lèvres, prenez tout!

— Vous disiez que c'est le diable en personne, et voici que j'incline à vous croire. Le perfide coquin! Séduire ma propre femme, dans mon propre château!

— Mon cher seigneur, comment pouvez-vous imaginer...

— Silence, stupide créature, nierez-vous encore? Il est parti à la faveur de la nuit, sans un mot, sans un adieu. Pourquoi donc? On a trouvé votre broche, — la broche de ma mère! — dans sa chambre; et dans votre propre chambre, un de ses gants noirs. Misérable!

— C'est vrai, je suis une misérable...

— Pleurer ne vous servira de rien. Vous méritez d'être punie dans votre orgueil infernal, et vous le serez. Remerciez le Ciel que je ne sois pas mon père. Lui vous aurait laissé écraser votre nudité dans cette petite cage jusqu'à ce que votre raison se décompose et votre corps à la suite. Mais je ne suis pas un tyran. Vous tremblerez et vous vous tordrez ici toute la nuit à jeun pour votre châtiment, mais au matin je viendrai vous délivrer. Maintenant, je m'en vais. Dans quelques heures, vous commencerez sans doute à hurler pour qu'on vous libère. Épargnez votre souffle. Je ne vous entendrai pas. Considérez vos péchés! Repentez-vous!

— On disait que c'était le diable en personne, mais je n'en crois rien. Tout ce que je sais, c'est qu'il est venu tout droit du château du vieux comte où il avait travaillé comme régisseur ou je ne sais quoi d'autre, et qu'il m'a livré un plan d'attaque des remparts. Il m'a dit où se trouvait le canon, quelles étaient les portes les moins bien barricadées, les murs les plus faibles, les dimensions et l'emplacement des salles, l'effectif exact de la garde et les heures de relève... tout ce dont j'avais besoin. Mes troupes étaient sur le pied de guerre depuis des mois. J'ai attaqué la nuit même. Grâces soient rendues à mon informateur, la bataille était terminée avant l'aube.

— Tous mes compliments, duc. Et où est-il maintenant?

— Disparu. Envolé. Je l'ai payé généreusement, et, tout à fait entre nous, baron, je songeais déjà au moyen de me débarrasser de lui. Beaucoup trop dangereux pour que je le garde à mon service. Mais ce coquin est rusé. Il a disparu peu après la victoire.

— Et la tête que l'on voit sur cette pique, avec sa barbe grise qui flotte au vent, elle appartenait au défunt comte?

— Oui. Puissent tous les ennemis de ma famille sans exception finir de la sorte.

— Je boirai à cette intention. Et qu'avez-vous fait de la femme de ce vieil imbécile?

— La comtesse? Ah! C'est la seule ombre sur mon triomphe. J'aurais aimé forcer ce joli corps avant de le séparer de sa jolie tête. Mais on a dû la prévenir. Nous avons fouillé le château de fond en comble cette nuit. Elle était introuvable. Elle s'est enfuie. Mais... où qu'elle soit, j'espère qu'elle aura vent de ce que je compte faire du château de son mari.

— Le raser, c'est bien cela?

— Jusqu'aux fondations. J'en laisserai juste assez pour qu'on puisse le reconnaître et je ferai bâtir un monument en pierre de taille qui rappellera sa chute et ma victoire. A jamais.

— Où croyez-vous que soit la comtesse maintenant?

— Seul le diable le sait. Puisse la putain hurler pour l'éternité dans les flammes de l'enfer.

The Cage.
Traduction de Nathalie Dudon.

Ça

par

THEODORE STURGEON

ÇA marchait dans les bois. Ce n'était pas né. Ça existait. Sous les aiguilles de pin les feux couvent, foyers ardents qui se consument sans fumée dans la terre. La chaleur, l'obscurité, la décomposition provoquent la croissance. La vie est une chose, la croissance une autre. Ça grandissait mais ce n'était pas vivant. Ça marchait sans respirer à travers bois et ça pensait, voyait, c'était hideux et fort mais ce n'était pas né et ne vivait pas. Ça grandissait et se déplaçait sans vivre.

Ça émergea en rampant de la pénombre et du terreau humide et chaud dans la fraîcheur d'un matin. C'était énorme. C'était tout couvert de bosses et de croûtes faites de sa propre horrible substance, et des fragments s'en détachaient à mesure que ça avançait, tombaient à terre et se tordaient, puis s'immobilisaient et s'enfonçaient tout pourrissants dans l'humus forestier.

Ça n'avait ni pitié, ni rire, ni beauté. Ça possédait de la force et une grande intelligence. Et... peut-être était-ce impossible à anéantir. Ça sortit en rampant de son tumulus sylvestre et resta étendu palpitant au soleil pendant un long moment. Dans la clarté dorée, ça brillait par endroits comme si c'était humide; d'autres endroits étaient bossués et squameux. Et quels ossements lui avaient-ils donné l'apparence d'un homme?

Ses mains à demi formées s'agitèrent laborieusement, martelèrent le sol et le tronc d'un arbre. Ça roula sur soi et se souleva sur ses coudes qui s'effritaient, ça arracha une grosse poignée d'herbes et les déchiqueta contre sa poitrine, puis s'arrêta pour contempler avec calme leur jus gris-vert. Ça se mit debout en vacillant, saisit un jeune arbre et le détruisit, pliant et repliant sur lui-même le tronc élancé, considérant avec attention les éclats de bois fibreux. Et ça couina en saisissant une bestiole des champs paralysée par la terreur, la broya avec lenteur, laissant la chair pulpeuse, le sang et la fourrure sourdre entre ses doigts, couler et pourrir sur ses avant-bras.

Ça commença à chercher.

Kimbo filait à travers les hautes herbes comme une bouffée de poussière, sa queue touffue recourbée pressée contre son dos, sa longue gueule béante. Il courait à petites foulées, jouissant de sa liberté et de la puissance de ses flancs et de ses épaules fourrées. Sa langue pendait nonchalamment sur ses babines. Ses babines étaient noires et dentelées, et chaque minuscule dentelure oscillait au rythme de son galop de chien. Kimbo était un chien dans toute l'acception du terme, un animal en pleine force.

Il sauta haut par-dessus un rocher et glapit de surprise en touchant terre car un lapin aux longues oreilles jaillit de sa cachette sous le roc. Kimbo se précipita à sa suite, grognant à chaque détente puissante de ses pattes. Le lapin bondissait juste devant lui, maintenant sa distance, les oreilles couchées sur son dos arrondi et ses petites pattes grignotant avidement le terrain. Il s'arrêta, Kimbo lui fonça dessus; le lapin fila et plongea dans un tronc d'arbre creux. Kimbo glapit de nouveau et se précipita pour flairer le soliveau; conscient de son échec, il ne bondit qu'une fois autour de la souche et poursuivit son chemin en courant dans la forêt. La chose qui observait dans le bois leva ses bras croûteux et attendit Kimbo.

Kimbo sentit sa présence immobile au bord du sentier. Pour lui, c'était une masse sentant la charogne où il ne faisait pas bon se rouler; il renifla avec dédain et continua de courir pour aller plus loin.

La chose attendit qu'il soit à sa hauteur et laissa choir sur lui un lourd poing tordu. Kimbo vit venir le coup et, tout en courant, se replia sur lui-même; la main s'abattit avec une force étourdissante sur son derrière, l'envoyant bouler en glapissant le long de la pente. Kimbo se remit sur ses pattes, secoua la tête, secoua son corps avec un grognement sourd, revint à la chose silencieuse, le meurtre dans les yeux. Il avança à pas comptés, les pattes raides, la queue aussi basse que la tête et les poils hérissés de fureur autour du cou. La chose leva de nouveau les bras, attendit.

Kimbo ralentit, puis se projeta en l'air vers la gorge du monstre. Ses mâchoires se refermèrent sur cette gorge; ses dents traversèrent une masse immonde et s'emboîtèrent en claquant, et il tomba suffoquant et grondant aux pieds de la chose. Celle-ci se pencha et frappa à deux reprises puis, quand le dos du chien fut rompu, elle s'assit à côté de lui et commença à le dépecer.

— « A dans une heure, à peu près », dit Alton Drew en prenant son fusil dans le coin derrière la caisse à bois.

Son frère rit.

— « Ce vieux Kimbo te mène par le bout du nez, Alton », dit-il.

— « Ah! je connais ce vieux brigand », répliqua Alton. « Quand je le siffle pendant une demi-heure sans qu'il réponde, c'est qu'il est en difficulté ou qu'il est en arrêt devant quelque chose qui vaut la peine d'être abattu. Cette espèce de vieux malin m'appelle en ne me répondant pas. »

Cory Drew poussa un verre plein de lait vers sa fille de neuf ans et sourit. « Tu tiens autant à ce chien que moi à ma Babe. »

Babe se glissa à bas de sa chaise et courut vers son oncle. « Tu vas m'attraper le vilain bonhomme, oncle Alton? » s'écria-t-elle de sa voix aiguë.

Le « vilain bonhomme » était une invention de Cory : c'était celui qui se cache dans les coins pour sauter sur les petites filles qui pourchassent les poulets, jouent autour des faucheuses mécaniques, projettent d'un jeune bras vigoureux des pommes vertes sur le dos des porcs pour entendre le « clac » et le grognement synchronisés; les petites filles qui jurent avec l'accent autrichien d'un journalier naguère employé à la ferme, qui creusent des tunnels dans les meules de foin jusqu'à ce qu'elles s'écroulent, qui installent des écrevisses dans les seaux à lait préparés pour le lendemain et qui font galoper dans la pâture les chevaux de labour jusqu'à ce qu'ils soient en nage.

— « Reviens ici et ne t'approche pas du fusil d'oncle Alton! » dit Cory. « Si tu vois le vilain bonhomme, Alton, renvoie-le par ici. Il a rendez-vous avec cette petite fille pour son exploit d'hier soir. »

La veille, Babe avait charitablement versé du poivre sur le salègre des vaches.

— « Ne t'en fais pas, fillette », dit son oncle en souriant, « je te rapporterai la peau du vilain bonhomme s'il ne m'attrape pas le premier. »

Alton Drew monta la sente qui menait au bois en songeant à Babe. C'était un phénomène : une enfant de fermiers archi-gâtée. Ah! dame... c'était fatal. Ils avaient été tous deux amoureux de Clissa Drew, et elle avait épousé Cory; ils ne pouvaient qu'aimer l'un et l'autre l'enfant de Clissa. Drôle de chose, l'amour. Alton était un homme, un vrai, et il analysait les choses en homme. Il réagissait à l'amour avec force et effroi. Il savait ce qu'est l'amour car il en éprouvait pour la femme de son frère et en éprouverait pour Babe aussi longtemps qu'il vivrait. Cela le guidait dans sa vie et pourtant il était embarrassé quand il y pensait. Aimer un chien est facile, parce que ce vieux brigand et vous-même pouvez vous aimer sans parler. Alton Drew ne demandait pas de parfums plus plaisants que l'odeur de la fumée d'un fusil et celle de la fourrure mouillée sous la pluie, il ne trouvait rien de plus poétique qu'un grognement de satisfaction et le cri de la bête que l'on chasse et que l'on atteint. Ce n'était pas comme l'amour pour un être humain, qui lui serrait si bien la gorge qu'il était incapable de dire des mots auxquels il n'aurait d'ailleurs pas pensé. Donc Alton aimait son chien Kimbo et sa Winchester au vu et au su de tous mais laissait son amour pour les femmes de son frère, Clissa et Babe, le ronger tout doucement sans qu'il en soit fait mention.

Son regard perçant vit les empreintes fraîches dans la terre molle derrière le rocher, qui indiquaient où Kimbo avait tourné et bondi d'un même élan à la poursuite du lapin. Sans s'occuper des traces, il chercha l'endroit le plus proche pouvant servir de refuge à un lapin et avança jusqu'à la souche. Kimbo était venu là, il le constata, et était arrivé trop tard. « Quel vieil idiot tu fais », marmotta Alton. « Tu n'attraperas jamais un lapin en le pourchassant. Il faut que tu t'arranges pour lui couper la route. » Il émit un bizarre sifflement cadencé, persuadé que Kimbo était en train de creuser frénétiquement sous quelque souche voisine en quête d'un lapin qui se trouvait maintenant à trois comtés de là. Pas de réponse. Un peu surpris, Alton retourna au sentier. « Il n'a encore jamais fait ça », dit-il à mi-voix. Il y avait quelque chose qui ne lui plaisait pas.

Il arma sa 32-40 et la plaça au creux de son bras. A la foire du pays, quelqu'un avait dit un jour qu'Alton Drew était capable de tirer sur une poignée de poivre et de sel lancée en l'air et d'atteindre seulement le poivre. Un jour, il avait fendu une balle sur la lame d'un couteau et éteint deux chandelles. Il n'avait rien à redouter de tout ce qu'on peut abattre d'un coup de fusil. Du moins il en était persuadé.

La chose dans les bois considéra avec curiosité ce à quoi elle avait réduit Kimbo et gémit comme Kimbo avait gémi avant de mourir. Elle resta une minute à enregistrer les faits dans son immonde esprit impassible. Le sang était chaud. Le soleil était chaud. Les choses qui remuaient et portaient de la fourrure avaient un muscle qui forçait le liquide épais à couler dans des tubes minuscules à travers leur corps. Le liquide se coagulait au bout d'un certain temps. Le liquide des choses vertes enracinées était moins épais et pour elles la perte d'un membre ne signifiait pas la perte de la vie. C'était très intéressant mais la chose, la pourriture qui avait un esprit, n'était pas satisfaite. Elle n'était pas non plus mécontente. Son impulsion accidentelle était une soif de connaissance et elle était seulement... intéressée.

L'heure s'avançait et le soleil rougeoyant s'arrêta un moment sur l'horizon accidenté, transformant les nuages en flammes renversées. Le monstre releva la tête subitement en remarquant le crépuscule. La nuit a toujours été étrange même pour ceux d'entre nous qui l'ont connue dans la vie. Elle aurait été effrayante pour le monstre s'il avait été capable de peur, mais il ne pouvait être que curieux; il ne pouvait raisonner que d'après ce qu'il avait observé.

Que se passait-il? Voir devenait plus difficile. Pourquoi? Il projeta de part et d'autre sa tête informe. C'était vrai : les choses étaient indistinctes et devenaient de moins en moins discernables. Les choses changeaient de forme, prenaient une couleur nouvelle et plus sombre. Que voyaient les créatures qu'il avait écrasées et déchiquetées? Comment voyaient-elles? La plus grosse, celle qui avait attaqué, s'était servi de deux organes dans sa tête. Ce devait être ça parce qu'après avoir arraché deux des pattes du chien le monstre avait frappé le museau velu — et le chien, voyant venir le coup, avait abaissé des replis de peau sur ces organes, avait fermé les yeux. Donc le chien voyait avec ses yeux. Mais ensuite, une fois le chien mort, son corps devenu immobile, des coups répétés n'avaient eu aucun effet sur les yeux. Ils étaient restés ouverts et fixes. La déduction logique, donc, c'était qu'un être qui a cessé de vivre, de respirer et de bouger perd l'usage de ses yeux. Ce devait être, en somme, que perdre la vue c'est mourir. Les choses mortes ne se promènent pas. Elles gisent par terre et ne remuent plus. Par conséquent le monstre du bois conclut qu'il devait être mort, et il s'étendit le long du sentier, non loin du cadavre démembré de Kimbo, il s'étendit et se crut mort.

Alton Drew atteignit le bois au crépuscule. Il était vraiment inquiet. Il siffla de nouveau, puis appela; aucune réponse encore ne se fit entendre et il répéta : « Cette espèce de sac à puces n'a encore jamais fait ça » et secoua sa lourde tête. L'heure de la traite était passée et Cory avait besoin de lui. « Kimbo! » rugit-il. L'appel se répercuta dans l'ombre. Alton remit en place le cran de sûreté de sa carabine et posa la crosse sur le sol à côté du sentier. Il s'appuya dessus, enleva son chapeau et se gratta la nuque, pensif. La crosse s'enfonça dans ce qu'il prit pour de la terre meuble; il trébucha et posa le pied sur la poitrine de la chose qui gisait le long du sentier. Son pied s'enfonça jusqu'à la cheville dans sa masse molle en décomposition, et il jura et sauta en arrière.

— « Pouah! Y a là quelque chose de crevé! » Il nettoya sa botte avec une poignée de feuilles tandis que le monstre gisait dans l'obscurité grandissante, avec dans la poitrine la profonde empreinte de pied que les bords comblaient en s'effondrant. Le monstre gisait là, le contemplant vaguement de ses yeux boueux, se pensant mort à cause de l'obscurité, observant l'articulation des jointures d'Alton Drew, intrigué par cette nouvelle créature sans méfiance.

Alton prit d'autres feuilles pour nettoyer la crosse de sa carabine et poursuivit sa route sur le sentier en sifflant Kimbo avec anxiété.

Clissa Drew s'encadra sur le seuil de la laiterie, très séduisante dans sa robe à carreaux rouges et son tablier bleu. Ses cheveux dorés étaient séparés par une raie au milieu et tirés en arrière pour former un épais chignon natté. « Cory ! Alton ! » appela-t-elle un peu sèchement.

— « Quoi ? » répondit Cory avec humeur depuis l'étable où il trayait l'Ayrshire. Les jets de lait qui allaient s'amenuisant giclaient avec un bruit agréable dans l'écume d'un seau plein.

— « J'ai appelé trente-six fois », dit Clissa. « Le dîner est froid et Babe ne veut pas manger avant que vous veniez. Voyons... où est Alton ? »

Cory grommela, souleva le tabouret pour l'ôter du passage, rejeta de côté l'attache et appliqua une tape sur la croupe de l'Ayrshire. La vache oscilla comme un remorqueur qui tâte le vent et sortit dans la cour en longeant bruyamment les stalles. « Pas encore rentré. »

— « Pas rentré ? » Clissa vint dans l'étable à côté de lui qui s'asseyait près de la vache suivante, appuyait le front contre son flanc chaud. « Mais, Cory, il a dit qu'il serait... »

— « Oui, oui, je sais. Il a dit qu'il serait rentré pour la traite. Je l'ai entendu. Eh bien, il n'est pas là. »

— « Et tu es obligé de... Oh ! Cory, je vais t'aider à finir. Alton serait rentré s'il l'avait pu. Peut-être qu'il... »

— « Peut-être qu'il est à l'affût d'un geai », coupa son mari. « Lui et ce sacré chien. » Il fit un large geste d'une main pendant que l'autre continuait à traire.

« J'ai vingt-six vaches à traire. J'ai des cochons à nourrir et des poules à rentrer. J'ai du foin à donner à la jument et il faut que je mette les chevaux au pré. J'ai des harnais à réparer et du fil de fer à poser dans le pacage. J'ai du bois à fendre et à ranger. » Il continua à traire en silence pendant un moment, se mordant la lèvre. Clissa se tordait les mains, cherchant quelque chose à dire pour endiguer le flot. Ce n'était pas la première fois que les chasses d'Alton perturbaient l'accomplissement du travail de la ferme. « Alors il faut que je m'en accommode. Je ne peux pas empêcher Alton de suivre ses pistes. Chaque fois que son chien lève un écureuil, je me passe de souper. J'en ai assez et... »

— « Oh! je vais t'aider! » dit Clissa.

Elle songeait à ce printemps où Kimbo avait tenu en respect deux cents kilos d'ourse noire en furie jusqu'à ce qu'Alton lui loge une balle dans le crâne, le jour où Babe, ayant trouvé un ourson et entrepris de le rapporter à la maison, était tombée dans une ravine et s'était blessée à la tête. On ne déteste pas un chien qui vous a sauvé votre enfant, pensait-elle.

— « Tu ne feras rien de pareil! » grommela Cory. « Retourne à la maison. Tu y trouveras bien assez de travail. Je te rejoindrai quand je pourrai. Bon Dieu, Clissa, ne pleure pas! Je ne voulais pas... » Il se leva et l'entoura de son bras. « Je suis à bout de nerfs », dit-il. « Rentre, maintenant. Je ne devrais pas te parler sur ce ton. Je suis désolé. Retourne auprès de Babe. Je mettrai un terme à ces façons dès ce soir. J'en ai assez. Il y a du travail ici pour quatre fermiers, et en tout et pour tout je suis seul avec ce... ce chasseur. Va vite, Clissa. »

— « Bon » répliqua-t-elle contre son épaule, « mais, Cory, écoute d'abord ce qu'il a à dire quand il rentrera. Il n'a peut-être pas pu revenir cette fois-ci. Peut-être qu'il... »

— « Rien qu'une balle puisse abattre n'est en mesure de faire du mal à mon frère. Il est de taille à se défendre.

Il n'a aucune excuse valable cette fois. Rentre, maintenant. Fais manger la gamine. »

Clissa retourna à la maison, des rides d'inquiétude sur son jeune visage. Si Cory se disputait maintenant avec Alton et le poussait à partir, avec la sécheresse, la coopérative qui était sur le point de fermer et le reste, ils ne pourraient pas s'en tirer. Louer un journalier était hors de question. Cory devrait se tuer au travail et il n'arriverait quand même pas à tout faire. Aucun homme n'y parviendrait. Elle soupira et entra dans la maison. Sept heures et la traite pas finie. Oh! pourquoi fallait-il qu'Alton...

Babe était couchée et il était neuf heures quand Clissa entendit dans l'appentis Cory qui lançait les tenailles dans un coin. « Alton est rentré? » questionnèrent-ils tous les deux en même temps quand Cory pénétra dans la cuisine; et comme elle secouait la tête il marcha d'un pas lourd vers la cuisinière, souleva un des ronds et cracha dans les braises. « Viens te coucher », dit-il.

Elle posa sa couture et regarda son large dos. Il avait vingt-huit ans, marchait et agissait comme s'il avait dix ans de plus, avec l'apparence d'un homme qui en a cinq de moins. « Je monterai dans un instant », dit Clissa.

Cory jeta un coup d'œil dans le coin, derrière la caisse à bois où était généralement le fusil d'Alton, puis émit un son dégoûté, indéfinissable, et s'assit pour enlever ses lourds souliers boueux.

— « Il est plus de neuf heures », avança timidement Clissa.

Cory ne dit rien, tendit la main vers ses pantoufles.

« Cory, tu ne vas pas... »

— « Je ne vais pas faire quoi? »

— « Oh! rien. Je pensais seulement que peut-être Alton... »

— « Alton! » s'exclama Cory avec fureur. « Le chien s'en va chasser le mulot. Alton s'en va chasser le chien. Maintenant, tu veux que j'aille chasser Alton. C'est ça que tu veux? »

— « C'est seulement que... Il n'a jamais été si en retard. »

— « Non, je n'irai pas! Partir à sa recherche à neuf heures du soir? Il n'a pas le droit de nous faire marcher comme ça, Clissa. »

Clissa ne répondit rien. Elle alla vers la cuisinière, jeta un coup d'œil dans la lessiveuse, la poussa de côté aù bout du fourneau. Quand elle se retourna, Cory avait remis sa veste et ses souliers.

— « Je savais bien que tu irais », dit-elle. Son visage était grave mais sa voix joyeuse.

— « Je ne traînerai pas longtemps dehors », répliqua Cory. « Je ne pense pas qu'il se soit beaucoup éloigné. Il est tard. Je n'ai pas peur pour lui mais... » Il ouvrit son fusil de chasse de calibre douze, inspecta les canons, glissa deux cartouches dans la culasse et une boîte de cartouches dans sa poche. « Ne veille pas pour m'attendre », jeta-t-il par-dessus son épaule en sortant.

— « Je n'attendrai pas », répliqua Clissa à la porte refermée, et elle se remit à coudre près de la lampe.

Le sentier qui gravissait la pente jusqu'au bois était très sombre quand Cory s'y engagea, scrutant l'ombre et appelant. L'air était frais et immobile, et un relent fétide de pourriture s'y faisait sentir. Cory en expira impatiemment l'odeur par les narines, l'aspira avec la bouffée suivante et jura. « Invraisemblable », marmotta-t-il. « Un chien de chasse, ça ne chasse pas à dix heures du soir. Alton! » appela-t-il d'une voix forte. « Alton Drew! » Les échos lui répondirent et il entra dans le bois. La chose ramassée sur elle-même à côté de laquelle il passa dans l'obscurité l'entendit, sentit les vibrations de ses pas et ne bougea pas parce qu'elle se croyait morte.

Cory continuait à avancer, regardant devant et autour de lui, mais pas à terre puisque ses pieds connaissaient le sentier.

— « Alton! »

— « C'est toi, Cory? »

Cory Drew se figea sur place. Ce coin du bois était touffu et aussi noir qu'un caveau de cimetière. La voix qu'il avait entendue était étouffée, calme, pénétrante.

— « Alton? »

— « J'ai trouvé Kimbo, Cory. »

— « Où diable étais-tu? » cria Cory avec fureur. Il détestait cette obscurité de four; il était effrayé par le désespoir contenu qu'il sentait dans la voix d'Alton et il craignait de ne pas être capable de garder de la colère contre son frère.

— « Je l'ai appelé, Cory. Je l'ai sifflé et ce vieux brigand ne répondait pas. »

— « Je peux en dire autant de toi, espèce de... de salaud. Pourquoi n'étais-tu pas là pour la traite? Où es-tu? Tu es coincé dans un piège? »

— « Le chien n'avait jamais manqué de me répondre jusqu'à présent, tu sais », poursuivit la voix étranglée, monotone, dans la pénombre.

— « Alton, qu'est-ce qui te prend? Qu'est-ce que ça peut me faire que ton cabot n'ait pas répondu? Où... »

— « Je pense que c'est parce qu'il n'était jamais mort avant », continua Alton, refusant de se laisser interrompre.

— « *Quoi?* » Cory fit claquer ses lèvres par deux fois, puis dit : « Alton, tu es devenu fou? Qu'est-ce que tu racontes? »

— « Kimbo est mort. »

— « Kim... Oh! » Cory revoyait la scène — Babe gisant sans connaissance dans la ravine et Kimbo attaquant et harcelant une ourse monstrueuse, la tenant en respect jusqu'à l'arrivée d'Alton. « Qu'est-ce qui s'est passé, Alton? » questionna-t-il plus calmement.

— « C'est ce que je veux découvrir. Quelqu'un l'a déchiqueté. »

— « *Déchiqueté?* »

— « Il ne lui reste pas une seule partie du corps

intacte, Cory. Pas une malheureuse jointure qui ne soit disloquée. Les tripes lui sont sorties du corps. »

— « Bon Dieu! Un ours, tu penses? »

— « Pas un ours, ni rien qui se déplace à quatre pattes. Il est là tout entier. Rien n'a été mangé. Celui qui a fait ça l'a tué et l'a... mis en morceaux. »

— « Bon Dieu », répéta Cory. « Qui est-ce qui a pu... » Il y eut un long silence, puis : « Reviens avec moi à la maison », dit-il presque avec douceur. « Il n'y a pas de raison que tu passes la nuit à le veiller. »

— « Si. J'ai l'intention d'être là à l'aube. Je veux repérer la piste et je veux la suivre jusqu'à ce que j'aie trouvé celui qui a fait ça à Kimbo. »

— « Tu es ivre ou fou, Alton. »

— « Je ne suis pas ivre. Tu peux penser ce que tu veux pour le reste. Je ne bouge pas d'ici. »

— « Nous avons une ferme là-bas, tu te rappelles? Je ne veux pas recommencer à traire vingt-six têtes de bétail demain matin comme je viens de le faire, Alton. »

— « Il faut bien que quelqu'un le fasse. Je ne peux pas être là-bas. Je pense qu'il faudra bien que tu t'en charges, Cory. »

— « Espèce de vaurien! » hurla Cory. « Tu vas revenir avec moi maintenant. »

La voix d'Alton était toujours blanche, presque ensommeillée. « N'approche pas plus, mon gars. »

Cory continua à avancer vers la voix d'Alton.

— « Je t'ai dit... » (la voix était très calme maintenant) *« reste où tu es »*. Cory continua à approcher. Un cliquetis sec annonça que la 32-40 n'était plus au cran de sécurité. Cory s'arrêta.

— « Tu me braques ton fusil dessus, Alton? » chuchota Cory.

— « Exact, gars. Je ne veux pas que tu me piétines ces empreintes. J'en aurai besoin à l'aube. »

Une minute entière s'écoula, et le seul bruit dans le noir était celui de la respiration oppressée de Cory. Finalement :

— « Moi aussi, j'ai mon fusil, Alton. Rentre. »
— « Tu ne vois pas assez pour me tirer dessus. »
— « Nous sommes à égalité. »
— « Non. Je sais exactement à quel endroit tu te tiens, Cory. Il y a quatre heures que je suis là. »
— « Mon plomb se disperse. »
— « Mon plomb tue. »
Sans un mot de plus, Cory Drew tourna les talons et repartit à grandes enjambées vers la ferme.

Noire et déliquescente, la chose gisait dans le noir, pas vivante, ne comprenant pas la mort, se croyant morte. Les choses qui vivaient, voyaient et se déplaçaient. Les choses qui n'étaient pas vivantes ne pouvaient faire ni l'un ni l'autre. Elle posait son regard fangeux sur la ligne des arbres à la crête de la colline, et tout au fond d'elle-même suintaient des pensées. Elle était ramassée sur elle-même, passant en revue les faits qu'elle venait d'acquérir, les disséquant comme elle avait disséqué des choses vivantes quand il y avait eu de la clarté, comparant, concluant, classant.

Les arbres au sommet de la pente étaient juste visibles, car leurs troncs étaient à peine un peu plus clairs que le ciel sombre derrière eux. A la fin, eux aussi disparurent et, pendant un moment, les arbres et le ciel se confondirent. La chose sut alors qu'elle était morte et, comme beaucoup d'êtres avant elle, elle se demanda combien de temps elle devrait rester dans cet état. Puis le ciel au-delà des arbres devint un peu plus clair. C'était un événement manifestement impossible, songea la chose, mais elle pouvait le voir et cela devait donc être. Les choses mortes revivaient-elles donc? C'était curieux. Et les choses mortes qui avaient été démembrées? Elle attendrait pour voir.

Le soleil escalada un fil de lumière. Un oiseau lança quelque part en bâillant un pépiement aigu et, tandis qu'un hibou tuait une musaraigne, un putois sautait sur une autre, afin qu'aux équipes de nuit qui dispensaient la mort succèdent sans interruption celles de jour. Deux fleurs se saluèrent altièrement, comparant leurs belles parures. Une nymphe de libellule décréta qu'elle était lasse de son air grave et fit craquer son dos pour ramper au-dehors et devenir diaphane en séchant. Le premier rayon doré plongea entre les arbres, à travers les herbes, passa sur la masse dans les buissons pleins d'ombre. « Je revis », songea la chose qui ne pouvait pas matériellement vivre. « Je vis à nouveau, car je vois clair. » Elle se dressa sur ses jambes épaisses, debout dans la lumière blonde. En quelques instants, les écailles humides qui avaient poussé pendant la nuit séchèrent au soleil et, quand la chose fit ses premiers pas, elles se desquamèrent et tombèrent comme une petite pluie. La chose gravit la pente pour chercher Kimbo, pour voir si lui aussi était de nouveau vivant.

Babe laissa le soleil entrer dans sa chambre en ouvrant les yeux. L'oncle Alton était parti — c'est la première chose qui lui traversa l'esprit. Quand papa était rentré la veille au soir, il avait crié pendant une heure après maman. Alton était fou à lier, il avait braqué un fusil sur son propre frère. Si jamais Alton faisait seulement trois mètres sur la terre de Cory, Cory le percerait de tant de trous qu'il ressemblerait à une vieille feuille sèche. Alton était paresseux, futile, égoïste et une ou deux autres choses d'un goût douteux mais d'un pittoresque certain. Babe connaissait son père. L'oncle Alton ne serait jamais en sécurité dans ce pays.

Elle bondit hors de son lit à la façon enviable des tout jeunes enfants et courut à la fenêtre. Cory se dirigeait d'un pas lourd vers la pâture avec deux brides sur le bras, pour aller chercher l'attelage. D'en bas montaient des bruits de casseroles.

Babe plongea la tête dans la cuvette et secoua l'eau

comme un terrier avant de s'essuyer. Traînant après elle chemise et salopette propres, elle se dirigea vers le haut de l'escalier, enfila la chemise et commença le rite matinal du pantalon. La descente d'une marche équivalait à l'enfilage de la jambe droite. Une autre et elle enfilait la gauche. Puis, sautant à pieds joints de marche en marche, boutonnant un bouton par marche, elle arriva en bas tout habillée et courut dans la cuisine.

— « L'oncle Alton n'est pas rentré du tout, m'man? »

— « Bonjour, Babe. Non, chérie. » Clissa était trop silencieuse, et souriait trop, songea finement Babe. Elle n'était pas heureuse.

— « Où est-il allé, m'man? »

— « Nous ne savons pas, Babe. Assieds-toi et mange ton petit déjeuner. »

— « Qu'est-ce que c'est, un bâtard, m'man? » questionna soudain la petite Babe. Sa mère faillit en lâcher l'assiette qu'elle essuyait.

— « Babe! Ne prononce jamais ce mot-là! »

— « Oh!... bon. Pourquoi est-ce qu'oncle Alton l'est, alors? »

— « Est quoi? »

La bouche de Babe s'affaira vigoureusement à articuler malgré l'énorme cuillerée de bouillie d'avoine engouffrée. « Un bâta... »

— « Babe! »

— « Oui, m'man », répliqua Babe, la bouche pleine. « Alors pourquoi? »

— « J'avais dit à Cory de ne pas crier hier soir », murmura Clissa à demi pour elle-même.

— « En tout cas, je suis sûre qu'il n'en est pas un », déclara Babe d'un ton catégorique. « Est-ce qu'il est encore allé à la chasse? »

— « Il est allé chercher Kimbo, chérie. »

— « Kimbo? Oh! maman, Kimbo est parti aussi? Il ne rentrera pas non plus? »

— « Non, chérie. Oh! je t'en prie, Babe, cesse de poser des questions! »

— « Bon. Où crois-tu qu'ils sont allés? »

— « Dans les bois du nord. Laisse-moi tranquille. »

Babe engloutit son déjeuner. Une idée la frappa; tout en y réfléchissant, elle mangea de moins en moins vite et regarda de plus en plus souvent sa mère par-dessous les cils de ses yeux baissés. Ce serait affreux si papa faisait du mal à l'oncle Alton. Il fallait que quelqu'un le prévienne.

Babe était à mi-chemin des bois quand la 32-40 d'Alton déclencha une cascade d'échos du haut en bas de la vallée.

Cory se trouvait dans le champ du sud, juché sur son cultivateur et jurant après son attelage gris, quand il entendit les coups de fusil. « Hoa! » dit-il aux chevaux, et il écouta les détonations. « Un-deux-trois. Quatre », compta-t-il. « Il a vu quelqu'un et lui a tiré dessus. Il a eu la possibilité de viser et de lui en envoyer un autre, bien placé. Mon Dieu! » Il releva les socs du cultivateur et conduisit l'attelage dans l'ombre de trois chênes. A gestes vifs, il entrava le hongre avec une courroie de rechange et se dirigea vers les bois. « Alton est un meurtrier », murmura-t-il, et il repartit en sens inverse pour prendre son fusil à la maison. Clissa était plantée juste devant la porte.

— « Donne-moi des cartouches! » lança-t-il en se précipitant dans la maison. Clissa le suivit. Il bouclait sur lui l'étui de son couteau de chasse avant qu'elle eût descendu une boîte de l'étagère.

— « Cory... »

— « Tu as entendu ces détonations, non? Alton a perdu la tête. Il ne gâche pas de plomb. Il vient de tirer sur quelqu'un, et il n'avait pas l'intention de tuer des perdrix la dernière fois que je l'ai vu. Il voulait la peau d'un homme. Passe-moi mon fusil. »

— « Cory, Babe... »

— « Garde-la ici. Bon Dieu, quelle gabegie! Ça ne peut pas durer! » Cory franchit le seuil en courant.

Clissa le rattrapa par le bras. « Cory, je voulais t'avertir. Babe n'est pas ici. J'ai appelé, et elle n'est pas ici. »

Le lourd visage de Cory, à l'expression vieille et jeune à la fois, se tendit. « Babe... quand l'as-tu aperçue en dernier? »

— « Au petit déjeuner. » Clissa pleurait, maintenant.

— « Elle a dit où elle allait? »

— « Non. Elle a posé un tas de questions à propos d'Alton et de l'endroit où il était parti. »

— « Tu le lui as dit? »

Les prunelles de Clissa se dilatèrent et elle hocha la tête en se mordant le dos de la main.

— « Tu n'aurais pas dû faire ça, Clissa », dit-il entre ses dents serrées. Puis il courut vers les bois. Clissa le regarda partir et, à cette minute, elle se serait volontiers suicidée.

Cory courait tête haute, forçant au maximum ses jambes et ses poumons, les yeux sur le long sentier. Il monta en haletant la pente jusqu'aux bois, chercha douloureusement à retrouver son souffle après ces quarante-cinq minutes de course harassante. Il n'était même pas en mesure de remarquer l'odeur moite de pourriture déliquescente dans l'air.

Il eut conscience d'un mouvement dans un buisson à sa droite et se plaqua au sol. Luttant pour retenir sa respiration, il avança en rampant jusqu'à ce qu'il eût une vision nette. Il y avait bien quelque chose là-bas. Quelque chose de noir qui ne bougeait pas. Cory détendit complètement ses jambes et son buste, puis il leva lentement son calibre 12 jusqu'à ce que le canon fût braqué sur la chose cachée dans le buisson.

« Sortez de là! » ordonna Cory quand il put parler.

Rien ne se produisit.

« Sortez ou je tire! » s'exclama Cory d'une voix rauque.

Il y eut un long moment de silence, et son doigt se crispa sur la détente. « Vous l'aurez voulu », dit-il. Comme il tirait, la chose déboula par le côté hors du couvert en hurlant.

C'était un mince petit bonhomme vêtu de noir sépulcral, et Cory n'avait jamais vu personne arborant pareil petit visage de poupon rose. Ce visage était crispé par la terreur et la souffrance. Le petit homme se releva tant bien que mal et se mit à sautiller en répétant : « Oh! ma main! Ne tirez plus! Oh! ma main! » Il s'arrêta au bout d'un instant, quand Cory se fut redressé, et il contempla le fermier avec des yeux d'un bleu de porcelaine plein de tristesse. « Vous m'avez tiré dessus », dit-il d'un ton de reproche en levant une petite main ensanglantée. « Oh! mon Dieu. »

Cory s'écria : « Qui diable êtes-vous donc? »

L'homme perdit aussitôt le contrôle de ses nerfs, lâchant un tel flot de phrases hachées que Cory recula d'un pas et leva à demi son fusil pour se protéger. Il distinguait au passage des choses, comme : « J'ai perdu mes papiers », « Ce n'est pas moi qui ai fait ça », « C'était horrible. Horrible. Horrible », « Le mort » et « Oh! ne tirez plus. »

Cory tenta par deux fois de le questionner, puis il s'avança et le frappa, le jetant à terre. Le bonhomme resta sur le sol en se tordant, gémissant, balbutiant et portant sa main ensanglantée à sa bouche, à l'endroit où Cory l'avait touché.

Il se retourna et s'assit sur son séant. « Ce n'est pas moi qui ai fait ça! » dit-il dans un sanglot. « Ce n'est pas moi! Je marchais quand j'ai entendu le fusil, puis j'ai entendu un juron et un hurlement affreux, je suis allé jeter un coup d'œil et j'ai vu le mort, alors je me suis sauvé en courant et vous êtes arrivé, alors je me suis caché et vous m'avez tiré dessus, et... »

« *Taisez-vous!* » L'homme obéit comme si on avait

tourné un commutateur. « Voyons », reprit Cory en désignant le sentier, « vous dites qu'il y a un mort là-haut? »

L'homme hocha la tête et commença à pleurer à chaudes larmes. Cory l'aida à se lever. « Suivez ce sentier jusqu'à ma ferme », ordonna-t-il. « Dites à ma femme de vous panser la main. *Ne lui dites rien d'autre*. Et attendez là-bas que je revienne. Compris? »

— « Oui merci. Oh! merci. »

— « Allez-y, maintenant. » Cory lui donna une petite poussée dans la bonne direction et remonta seul le sentier, glacé de peur, jusqu'à l'endroit où il avait trouvé Alton la veille au soir.

Il l'y trouva effectivement, avec Kimbo. Kimbo et Alton avaient vécu plusieurs années ensemble dans la plus profonde amitié; ils avaient chassé, combattu et dormi ensemble, et leurs vies étaient maintenant terminées. Ils étaient morts ensemble.

Ce qui était terrible, c'est qu'ils étaient morts de la même façon. Cory Drew était un homme fort, mais il eut un haut-le-cœur et s'évanouit quand il vit ce que la chose née de la pourriture avait fait à son frère et au chien de son frère.

*

Le petit homme en noir se hâta le long du sentier, geignant et tenant sa main blessée comme s'il eût aimé pouvoir boiter avec. Au bout d'un moment, le gémissement cessa et l'allure précipitée se modéra, à mesure que s'estompait la terreur panique de l'heure précédente. Il aspira profondément coup sur coup, dit : « Mon Dieu! » et se sentit presque rasséréné. Il noua un mouchoir autour de son poignet, mais la main continua à saigner. Il essaya autour du coude, et cela lui fit mal. Alors il remit le mouchoir dans sa poche et se contenta d'agiter bêtement sa main en l'air jusqu'à ce que le sang coagule.

Ce n'était pas une blessure bien terrible. Deux grains de plomb l'avaient atteint, l'un traversant la partie charnue de son pouce et l'autre éraflant le bord du même doigt. En y réfléchissant, il ne se sentit pas peu fier d'avoir essuyé un coup de feu. Il avançait à petits pas dans le soleil matinal, éprouvant un vague sentiment de communion avec les soldats du front. « *Le sifflement plaintif des balles et des obus...* » Où avait-il lu ça? Ah! quel récit cela ferait! « *Et à côté* » — que disait donc le vers? — « *se dressait le fermier armé* ». Vraiment, les choses les plus affreuses n'arrivaient-elles pas dans les endroits les plus délicieux? Cette forêt était charmante. Pas de cris perçants, de serpents ou de sombres menaces mystérieuses. Rien d'une forêt de contes de fées. Blessé d'un coup de fusil. Comme c'était excitant! Il était maintenant — il se rengorgea — un gentilhomme aventurier. Il ne vit pas la grande horreur humide qui le suivait d'un pas lourd, bien que sa pestilence lui fît froncer légèrement les narines.

Le monstre avait trois petits trous rapprochés sur la poitrine et un petit trou au milieu de son front visqueux. Il avait trois perforations identiques les unes à côté des autres dans le dos et une derrière la tête. Ces marques indiquaient l'endroit où les balles d'Alton Drew étaient entrées puis ressorties. La moitié de la face informe du monstre avait été emportée, et il y avait une profonde marque en creux sur son épaule. Elle avait été faite par la crosse du fusil d'Alton Drew quand il l'avait saisie comme une massue pour frapper la chose qui ne voulait pas tomber alors qu'il lui avait logé ses quatre balles dans le corps. Quand ces choses s'étaient produites, le monstre n'avait ressenti ni souffrance ni colère. Il s'était demandé seulement pourquoi Alton Drew agissait ainsi. Maintenant, il suivait le petit homme sans se presser, calquant pas à pas son allure et laissant choir après lui des particules de pourriture.

Le petit homme continua à marcher jusqu'à ce qu'il fût sorti du bois, puis il s'adossa contre un gros arbre à la lisière de la forêt et réfléchit. Il lui était arrivé assez de choses ici. A quoi bon rester et affronter une horrible enquête sur un meurtre juste pour continuer cette vague et sotte recherche? La rumeur prétendait qu'il y avait un vieux, vieux pavillon de chasse en ruine quelque part au cœur de cette forêt, et peut-être y aurait-il trouvé la preuve qu'il cherchait. Mais c'était une rumeur vague — assez vague pour être négligée sans regret. Se laisser embringuer dans les tracasseries administratives de ce trou de province qui suivraient certainement cette effroyable affaire du bois serait le comble de la stupidité. Donc il serait ridicule de suivre le conseil de ce fermier, d'aller à sa maison et de l'attendre. Il retournerait en ville.

Le monstre était adossé de l'autre côté du gros arbre.

Le petit homme flaira avec dégoût l'odeur insupportable de putréfaction qui l'assaillait subitement. Il voulut prendre son mouchoir, le saisit avec maladresse et le laissa choir. Comme il se penchait pour le ramasser, le bras du monstre fendit lourdement l'air à l'endroit où s'était trouvée sa tête — un coup qui aurait certainement annihilé cette protubérance au visage poupin. L'homme se redressa et aurait porté le mouchoir à son nez s'il n'avait pas été si ensanglanté. La chose derrière l'arbre releva les bras au moment précis où le petit homme jetait le mouchoir et s'engageait dans le champ, coupant à travers la campagne en direction de la route lointaine qui le ramènerait à la ville. Le monstre bondit sur le mouchoir, le ramassa, l'examina, le déchira à plusieurs reprises et inspecta les bords déchiquetés. Puis il regarda machinalement la silhouette du petit homme qui s'amenuisait et, ne lui trouvant plus d'intérêt, retourna dans le bois.

Babe se mit à courir au pas de gymnastique en entendant les coups de feu. Il était important d'avertir l'oncle Alton de ce qu'avait dit son père, mais il était encore plus intéressant de savoir ce qu'il avait attrapé. Oh! il avait sûrement fait mouche. Oncle Alton ne tirait jamais sans tuer. C'était bien la première fois qu'elle l'entendait tirer coup sur coup comme ça. Ce doit être un ours, songea-t-elle avec excitation, se prenant le pied dans une racine, s'étalant et se relevant d'un bond sans s'apercevoir de sa chute. Ce serait formidable d'avoir une autre peau d'ours dans sa chambre. Où la mettrait-elle? Peut-être qu'on pourrait la doubler et qu'elle pourrait s'en servir comme couverture. L'oncle Alton s'assiérait dessus pour lui faire la lecture le soir... Oh! non. Non. Pas avec cette dispute entre lui et papa. Oh! si seulement elle pouvait arranger les choses! Elle s'efforça de presser l'allure, inquiète et réjouie d'avance, mais elle était hors d'haleine et n'avança au contraire que plus lentement.

Au sommet de la pente, à la lisière des bois, elle s'arrêta et regarda en arrière. Tout au fond de la vallée, il y avait le grand champ du sud. Elle l'examina avec soin, cherchant son père. Les nouveaux sillons se détachaient nettement des anciens et son regard perçant vit aussitôt que Cory avait quitté la ligne avec le cultivateur et avait conduit l'attelage à l'ombre des arbres sans finir son sillon. Cela ne lui ressemblait pas. Elle apercevait maintenant les chevaux, mais nulle part la combinaison bleu pâle de Cory n'était visible.

La maison était plus rapprochée; quand son regard tomba dessus, Babe s'écarta du sentier. Son père venait; elle avait vu son fusil et il courait. Il abattait un chemin fou quand il s'y mettait. Il devait lui donner la chasse, pensa-t-elle aussitôt. Il avait dû deviner qu'elle se précipiterait vers l'endroit des détonations et il allait suivre sa piste jusqu'à l'oncle Alton et lui tirer dessus. Elle savait que son expérience d'homme des bois égalait celle d'Alton; il repérerait certainement sa piste. Eh bien, elle allait lui jouer un tour de sa façon.

Elle suivit au pas de course la lisière du bois, en ayant soin d'enfoncer profondément ses talons dans la terre meuble. Au bout de cent mètres elle partit à angle droit dans la forêt et courut jusqu'à ce qu'elle eut trouvé une futaie particulièrement dense. Grimpant à un arbre comme un écureuil, elle se faufila d'un tronc à l'autre en direction du sentier qu'elle approcha d'aussi près que les arbres serrés le lui permettaient, puis elle sauta à terre avec légèreté et continua furtivement son chemin, marchant maintenant à pas de loup. Cela lui prendrait bien une heure de battre le bois pour retrouver sa trace, songea-t-elle avec fierté, et d'ici là elle rejoindrait sans peine l'oncle Alton. Elle rit toute seule en pensant à la façon dont elle s'était jouée de son père. Et le petit bruit du rire noya pour elle le bruit rauque du hurlement d'agonie que poussait au même moment Alton.

Elle rejoignit le sentier qu'elle traversa, se glissa dans les broussailles de l'autre côté. Les détonations étaient parties de quelque part par là. Elle s'arrêta pour écouter à plusieurs reprises, puis elle entendit quelque chose venir vers elle, très vite. Elle plongea sous le couvert, terrifiée, et un petit homme poupin vêtu de noir, les yeux bleus écarquillés d'horreur, passa précipitamment près d'elle, fonçant comme un aveugle; la serviette de cuir qu'il avait à la main s'accrocha aux branches. Elle tournoya un instant, puis tomba aux pieds de Babe. L'homme ne s'en aperçut même pas.

Babe resta figée là un long moment, puis elle ramassa le porte-documents et s'enfonça dans les bois. Les choses se succédaient trop vite pour elle. Elle voulait l'oncle Alton mais elle n'osait pas l'appeler. Elle s'arrêta de nouveau et tendit l'oreille. Derrière elle, vers la lisière du bois, elle entendit la voix de son père et une autre voix — probablement celle de l'homme qui avait perdu le porte-documents. Elle n'osa pas y aller. Remplie d'une délicieuse terreur, elle réfléchit profondément, avant de faire claquer ses doigts d'un air triomphant. Elle et Alton avaient joué bien souvent aux Indiens dans le coin; ils avaient tout un répertoire de signaux secrets. Elle s'était exercée aux cris d'oiseaux jusqu'à devenir meilleure que les oiseaux eux-mêmes. Qu'est-ce qu'elle allait lancer? Ah!... le cri du geai. Elle rejeta la tête en arrière et, par quelque jeune alchimie, émit un cri à vous hérisser les cheveux sur la tête qui aurait fait honneur à n'importe quel geai sous le soleil. Elle le répéta, puis le redit encore par deux fois.

La réponse fut immédiate — le cajolement du geai, l'appel proféré à quatre reprises, groupées deux par deux. Babe hocha la tête joyeusement. C'était le signal qu'ils devaient se retrouver tout de suite à l'Endroit. L'Endroit était une cachette qu'il avait découverte et partageait avec elle, et dont âme qui vive n'avait connaissance à part eux deux : un angle de rocher à côté d'un ruisseau non loin de là. Ce n'était pas tout à fait une caverne mais presque. Juste assez pour être enchanteresse. Babe s'éloigna en trottinant joyeusement vers le ruisseau. Elle savait bien que l'oncle Alton se rappellerait l'appel du geai, et ce qu'il signifiait.

Dans l'arbre qui formait une voûte au-dessus du corps éparpillé d'Alton, était juché un gros geai qui lissait ses plumes brillant au soleil. Parfaitement inconscient de la présence de la mort, ne percevant que d'une oreille distraite le cri réaliste de la petite Babe, il lança de nouveau son cajolement, quatre cris perçants groupés deux par deux.

*

Il fallut un bon moment à Cory pour se remettre de ce qu'il avait vu. Il se détourna et, les jambes molles, s'appuya contre un pin, la respiration haletante. Alton. C'était Alton qui gisait là, en... en morceaux.

— « Mon Dieu! Oh! mon Dieu, mon Dieu, mon Dieu... »

Peu à peu, la force lui revint et il se contraignit à se retourner. Avançant avec précaution, il se pencha pour ramasser la 32-40. Son canon était net et luisant, mais la crosse et le fût étaient maculés d'une espèce de pourriture puante. Où avait-il déjà vu ça? Quelque part... peu importe. Il l'essuya machinalement et jeta ensuite le mouchoir souillé. Dans son esprit couraient les paroles d'Alton (était-ce seulement hier au soir?) : *Je veux repérer la piste et je veux la suivre jusqu'à ce que j'aie trouvé celui qui a fait ça à Kimbo.*

Cory fouilla avec répugnance jusqu'à ce qu'il eût découvert la boîte de cartouches d'Alton. La boîte était humide et poisseuse. Ce n'en était que... que mieux, pour ainsi dire. Une balle trempée du sang d'Alton était exactement ce qu'il fallait utiliser. Il s'éloigna à une courte distance, décrivit un cercle jusqu'à ce qu'il eût aperçu de profondes empreintes, puis revint.

« Je piste pour toi, frère », murmura-t-il d'une voix épaisse, et il commença. Il suivit à travers les fourrés cette piste vacillante, étonné par la quantité d'infecte décomposition alentour, l'associant graduellement avec la chose qui avait tué son frère. Plus rien au monde n'existait pour lui que la haine et l'obstination. Se maudissant de n'avoir pas ramené Alton à la maison la veille au soir, il suivit les empreintes jusqu'à l'orée des bois. Elles le conduisirent à un gros arbre et, là, il aperçut quelque chose d'autre : les empreintes du petit homme de la ville. A côté gisaient quelques débris de linge tout déchiré et... qu'est-ce que c'était que ça?

Une autre série d'empreintes — des petites. De petites empreintes arrondies du bout. Celles de Babe.

« Babe! » hurla Cory. « Babe! »

Pas de réponse. Le vent soupira. Quelque part un geai cria.

Babe s'arrêta et se retourna en entendant la voix de son père, affaiblie par la distance, perçante.

— « Qu'est-ce qu'il crie! » s'exclama-t-elle avec délice. « Il a l'air drôlement furieux. » Elle lui répondit irrespectueusement par un cri de geai et se hâta vers l'Endroit.

C'était un immense rocher à côté du ruisseau. Quelque soulèvement à l'ère glaciaire l'avait fendu, détachant un énorme fragment en forme de V. La partie la plus large de la fissure était au bord de l'eau et la plus étroite était cachée par des broussailles. Cela formait une petite pièce sans plafond, rugueuse, inégale, pleine de marmites et d'anfractuosités, mais cependant avec un sol tout à fait plan. L'ouverture se trouvait du côté du ruisseau.

Babe écarta les buissons et inspecta la crevasse.

« Oncle Alton! » appela-t-elle à mi-voix. Il n'y eut pas de réponse. Ah! bah, il ne tarderait pas. Elle se faufila à l'intérieur de la crevasse et se laissa glisser au fond.

Elle adorait cet endroit. Il était frais et abrité, et le ruisselet bavard l'emplissait de reflets dorés changeants et de joyeux murmures. Elle appela de nouveau, pour le principe, puis se percha sur une saillie pour attendre. C'est alors seulement qu'elle se rendit compte qu'elle portait toujours la serviette du petit homme.

Elle la retourna deux fois dans tous les sens, puis l'ouvrit. Elle était divisée en deux par une séparation de cuir. D'un côté, il y avait quelques papiers dans une grosse enveloppe jaune et, dans l'autre, des sandwiches, un bâton de sucre candi et une pomme. Avec la promptitude béate de la jeunesse à accepter la manne qui tombe du ciel, Babe se jeta dessus. Elle mit de côté un sandwich pour Alton, surtout parce qu'elle n'aimait pas la mortadelle très épicée qu'il y avait dedans. Le reste constitua un vrai festin.

Elle était un peu inquiète de ne pas voir arriver Alton une fois qu'elle eut fini de croquer le trognon de la pomme. Elle se leva et essaya de faire des ricochets sur l'eau tourbillonnante du ruisseau, elle se dressa en équilibre sur les mains, elle essaya de se rappeler une histoire à se raconter et elle essaya simplement d'attendre. Finalement, ne sachant plus à quel saint se vouer, elle reporta son attention sur la serviette, sortit les papiers, se blottit contre la paroi rocheuse et commença à les lire. C'était toujours une occupation.

Il y avait une ancienne coupure de journal qui parlait de testaments curieux laissés par des gens. Une vieille dame avait légué un jour beaucoup d'argent à quiconque ferait le voyage aller et retour de la Terre à la Lune. Une autre avait financé un foyer pour les chats dont les maîtres et les maîtresses étaient morts. Un homme léguait des milliers de dollars au premier qui résoudrait certain problème mathématique et démontrerait sa solution. Mais un paragraphe était souligné en bleu. Il disait :

L'un des testaments les plus étranges, et qui est encore valable, est celui de Thaddeus M. Kirk, qui mourut en 1920. Il paraît qu'il a construit un grand mausolée destiné à contenir tous les défunts de sa famille. Il fit venir de tous les coins du pays leurs cercueils pour garnir les niches appropriées. Kirk était le dernier de sa lignée; à sa mort, il n'avait plus de parents. Son testament précise que le mausolée doit être maintenu en bon état perpétuellement et qu'une certaine somme doit être réservée comme récompense à qui rapporterait le corps de son grand-père, Roger Kirk, dont la niche est toujours vide. Quiconque trouvera ce corps aura droit à une véritable fortune.

Babe bâilla vaguement là-dessus mais continua à lire faute d'autre chose à faire. Il y avait ensuite une lettre d'affaires sur papier fort portant l'en-tête d'une étude de notaire. Le corps de la lettre disait :

En ce qui concerne votre demande à propos du testament de Thaddeus Kirk, nous sommes autorisés à dire que son grand-père était un homme d'environ cinq pieds cinq pouces, dont le bras gauche avait été cassé et qui avait une plaque d'argent triangulaire fixée dans le crâne. Il n'y a aucun renseignement sur le lieu de sa mort. Il a disparu et a été déclaré légalement mort au bout d'un délai de quatorze ans.

Le montant de la récompense indiquée dans le testament, à laquelle s'ajoutent les intérêts, dépasse actuellement soixante-deux mille dollars. Cette somme sera versée à quiconque produira les restes, sous réserve que lesdits restes correspondent aux descriptions conservées dans nos archives.

Ce n'était pas tout, mais Babe trouvait cela ennuyeux. Elle passa au petit carnet de notes noir. Il n'y avait rien dedans à part le relevé au crayon, très abrégé, de visites à des bibliothèques, de citations de livres comme *Histoire des comtés de Tyler et d'Angelina* et *Histoire de la famille Kirk.* Babe rejeta ça aussi de côté. Où pouvait bien être l'oncle Alton?

Elle commença à fredonner sur un air de sa façon *Tralala lala la la* en feignant de danser le menuet avec une jupe flottante comme une femme qu'elle avait vue au cinéma. Un froissement dans les broussailles à l'entrée de l'Endroit la fit taire. Elle leva les yeux, vit qu'elles s'écartaient. Vite, elle courut à un petit cul-de-sac dans la paroi rocheuse, juste assez grand pour s'y cacher. Elle pouffa de rire à l'idée de la surprise que ressentirait l'oncle Alton quand elle lui sauterait dessus.

Elle entendit l'arrivant descendre en traînant les pieds la pente raide de la crevasse et prendre lourdement contact avec le sol. Il y avait quelque chose dans ce bruit... qu'est-ce que c'était? Elle s'avisa que, bien que ce fût toute une affaire pour un gros homme comme l'oncle Alton de se faufiler par la petite ouverture dans les buissons, elle n'entendait pas de respiration lourde. Elle n'entendait même pas respirer du tout!

Babe jeta un coup d'œil dans la caverne principale et poussa un glapissement d'horreur. Ce qu'il y avait là, ce n'était pas l'oncle Alton mais une massive caricature d'homme : une chose énorme qui ressemblait à une poupée d'argile irrégulière, fabriquée avec maladresse. Elle frémissait et luisait à certains endroits, était sèche et croûteuse à d'autres. La moitié du côté inférieur gauche de la figure manquait, ce qui la rendait complètement asymétrique. On ne distinguait ni nez ni bouche, et ses yeux étaient de travers, l'un plus haut que l'autre, tous les deux brun sale sans blanc du tout. La créature restait parfaitement immobile à regarder Babe, son seul mouvement étant un tressaillement mécanique qui lui secouait le corps en permanence.

Elle s'interrogeait sur le bizarre petit bruit émis par Babe.

Babe recula furtivement le plus loin qu'elle put au fond d'une étroite anfractuosité, son cerveau tournant en rond dans de petits cercles d'agonie. Elle ouvrit la bouche pour crier mais n'y parvint pas. Ses yeux s'exorbitèrent, son visage s'empourpra sous l'effort qui l'étranglait, et les deux cordes dorées de ses nattes se tordirent et se tortillèrent tandis qu'elle cherchait désespérément une issue. Si seulement elle était dehors — ou dans la demi-grotte triangulaire où se tenait la chose... ou encore à la maison dans son lit!

La chose avança lourdement vers elle, impassible, dans une lente progression inéluctable qui était le comble absolu de l'horreur. Babe restait les yeux écarquillés, figée sur place, les poumons paralysés et le cœur battant à ébranler le monde entier sous la montée de la terreur. Le monstre vint à l'entrée de la petite anfractuosité, essaya d'aller jusqu'à Babe et fut retenu par les parois latérales. La minuscule poche était si étroite que c'est tout juste si Babe pouvait s'y insérer. La chose sortie des bois s'évertua à appuyer, de plus en plus fort, des épaules contre le rocher, pour atteindre Babe. La petite fille se redressa avec lenteur, si près de la chose que sa puanteur paraissait presque tangible. Et un fol espoir surgit à travers sa peur muette. Ça ne pouvait pas l'attraper parce que c'était trop gros!

La substance des pieds du monstre s'étala peu à peu sous le formidable effort et, à l'épaule, apparut une mince fissure. Elle s'élargit quand le monstre insensible se pressa contre le roc, un gros morceau d'épaule se détacha subitement et le monstre s'insinua d'un mètre à l'intérieur avec un bruit de glaise mouillée. Il resta immobile, ses yeux bourbeux fixés sur Babe, puis leva un bras épais au-dessus de sa tête et chercha à la saisir.

Babe se tassa dans les trois centimètres de fente plus avant qu'elle ne l'aurait cru possible et l'immonde main informe effleura son dos, laissant une trace de fange sur le coton bleu de la chemise qu'elle portait. Le monstre s'élança soudain en avant et, maintenant étiré de toute sa longueur, gagna les précieux trois derniers centimètres. Une main noire saisit une de ses tresses et, pour Babe, tout devint obscur.

Quand elle revint à elle, elle était suspendue par les cheveux au bout de cette patte croûteuse. La chose la tenait haut, si bien que sa figure et la face informe ne se trouvaient pas à plus de trente centimètres l'une de l'autre. La chose la contemplait avec une légère curiosité dans le regard et la balançait avec lenteur d'avant en arrière. La souffrance causée par ses cheveux tirés réussit là où la peur avait été impuissante — elle lui donna de la voix. Babe hurla. Elle ouvrit la bouche, emplit d'air ses jeunes poumons puissants et poussa un cri. Elle maintint sa gorge dans la position du premier cri et sa poitrine s'affaira à pomper à nouveau de l'air dans la gorge figée. Ils étaient aigus, monotones et infiniment perçants, ses cris.

La chose n'en fut pas affectée. Elle continuait à la tenir en l'air et l'observait. Quand elle eut appris tout ce qu'elle pouvait de ce phénomène, elle laissa choir Babe brutalement et inspecta la demi-grotte sans plus s'occuper de la petite fille étourdie et recroquevillée sur elle-même. Elle se pencha pour ramasser le porte-documents et le déchira deux fois de suite en deux comme si c'était du papier de soie. Elle vit le sandwich que Babe avait laissé, le prit, le broya, le lâcha.

Babe ouvrit les yeux, vit qu'elle était libre; juste au moment où la chose revenait à elle, la petite plongea entre ses jambes, sortit dans le bassin peu profond devant le rocher, le traversa en pataugeant et atteignit l'autre rive en criant. Une petite flamme rageuse de furie brûlait en elle; elle ramassa une pierre grosse comme un pamplemousse et la lança de toutes ses forces exacerbées. La pierre fila vite et bas, et frappa le monstre à la cheville avec un bruit mou. Il était en train de faire un pas vers l'eau; la pierre l'atteignit alors qu'il était en position de déséquilibre et son manque de pratique l'empêcha de retrouver son aplomb. Il chancela sans bruit pendant un long moment au bord, puis s'affala dans le ruisseau en faisant rejaillir l'eau. Sans s'attarder à regarder une seconde fois en arrière, Babe s'enfuit en hurlant.

Cory Drew suivait les petits tas de pourriture qui jalonnaient en quelque sorte la piste du meurtrier et il se trouvait dans le voisinage quand il entendit le premier cri de Babe. Il se mit à courir, lâchant son fusil et tenant la 32-40 prête à tirer. Il courait si bien, aiguillonné par la terreur panique qui lui étreignait le cœur, qu'il passa devant l'énorme rocher fendu et parcourut près de cent mètres encore avant que Babe déboule dans le bassin et remonte la berge en courant. Il dut courir fort et vite pour la rattraper, parce qu'elle n'avait rien d'autre derrière elle que l'horreur sans visage de la grotte et elle n'avait qu'une idée — la fuir. Il la saisit dans ses bras, la pressa contre lui, et elle continua à hurler.

Babe ne voyait pas Cory, alors même qu'il la tenait contre lui et la réconfortait.

Le monstre gisait dans l'eau. Il n'aimait ni ne détestait ce nouvel élément. Il reposait au fond, sa tête massive à trente centimètres au-dessous de la surface, et il considérait avec curiosité les faits qu'il avait recueillis. Il y avait le petit fredon de la voix de Babe qui avait incité le monstre à inspecter la grotte. Il y avait le matériau noir du porte-documents qui avait résisté tellement plus que les choses vertes quand il l'avait déchiré. Il y avait la petite chose à deux jambes qui chantait et l'avait attiré et qui avait hurlé quand il était venu. Il y avait cette chose nouvelle froide et mouvante dans laquelle il était tombé. Elle emportait avec elle des bribes de son corps. Cela ne s'était encore jamais produit. C'était intéressant. Le monstre décida de rester pour observer cette chose nouvelle. Il ne ressentait aucun désir de se sauver; il ne pouvait qu'être curieux.

Le ruisseau sortait de sa source en riant aux éclats et, en s'éloignant d'elle, il faisait signe aux rayons de soleil, embrassait les bras d'eau et les ruisselets qui venaient le renforcer. Il criait et jouait avec des petites racines flottantes, secouait de-ci de-là les vairons et les têtards dans ses remous minuscules. C'était un ruisseau joyeux. Quand il arriva au bassin près du rocher fendu, il y trouva le monstre et s'affaira dessus. Il imbiba les substances fétides, aplanit et dilua les pourritures et, au-dessous de la chose, les eaux formèrent des tourbillons tout noirs de sa matière diluée. C'était un ruisseau consciencieux. Il lavait tout ce qu'il touchait, avec constance. Quand il trouvait de la saleté, il enlevait la saleté, et s'il y avait couche sur couche d'impureté, eh bien, couche par couche l'impureté était emportée. C'était un bon ruisseau. Au lieu de s'offusquer contre le poison du monstre, il s'en saisit, le dilua, le répandit en petits anneaux autour des rochers en aval et le laissa dériver jusqu'aux radicelles des plantes aquatiques, pour qu'elles puissent croître plus vertes et plus belles. Et le monstre fondit.

« Je suis plus petit », pensa-t-il. « C'est intéressant. Je ne serai plus capable de bouger à présent. Et maintenant cette partie de moi qui pense s'en va, elle aussi. Elle cessera d'être ici un moment et partira à la dérive avec le reste de mon corps. Elle cessera de penser et je cesserai d'exister, et cela aussi est une chose très intéressante. »

Ainsi le monstre se diluait en polluant l'eau, puis l'eau redevint claire et lava, lava encore le squelette que le monstre avait laissé. Il n'était pas très grand, il y avait un cal sur le bras gauche où l'os s'était mal rajusté. Le soleil scintillait sur la plaque d'argent triangulaire fixée dans le crâne pâle et le squelette était maintenant très propre. Le ruisseau devait en rire pendant des années.

Ils trouvèrent le squelette, les six hommes à l'expression sévère qui étaient venus à la recherche d'un meurtrier. Personne n'avait cru Babe quand elle avait raconté son histoire, des jours plus tard. Plusieurs jours s'étaient écoulés, en effet, parce que Babe avait hurlé sept heures d'affilée sans discontinuer, puis était restée couchée comme une petite morte pendant un jour entier. Personne ne crut un mot de ce qu'elle disait parce que son histoire concernait uniquement le vilain bonhomme et que l'on savait que le vilain bonhomme était une invention de son père pour lui faire peur. Mais c'est par elle que le squelette fut découvert, si bien que les gens de la banque envoyèrent aux Drew un chèque représentant plus d'argent qu'ils n'en avaient jamais rêvé. C'était effectivement le vieux Roger Kirk, ce squelette, encore qu'on l'eût trouvé à huit kilomètres de l'endroit où il était mort et s'était enfoncé dans le sol de la forêt, où les chaudes décompositions s'étaient amalgamées autour de son squelette avant de surgir, devenues monstre.

Ainsi les Drew eurent-ils une grange neuve et de

belles têtes de bétail nouvelles, et ils engagèrent quatre journaliers. Mais ils n'avaient pas Alton. Et ils n'avaient pas Kimbo. Et Babe hurle la nuit et est devenue très maigre.

It.
Traduction d'Arlette Rosenblum.

La route vers Mictlantecutli

par

ADOBE JAMES

LE ruban d'asphalte — jadis noir, aujourd'hui pâli par des années de soleil inexorable — s'étirait comme un interminable trait de flèche; au loin, des mirages apparaissaient, miroitaient et s'évanouissaient silencieusement à l'approche de la voiture, comme des rêves.

Le visage d'Hernandez, le conducteur, ruisselait de sueur. Quelques heures plus tôt — quand ils traversaient les bonnes terres — il s'était montré aimable, communicatif, voire compatissant. Maintenant il conduisait vite, de façon inquiète, presque hargneuse, peu soucieux de se trouver pris dans les mauvaises terres après le coucher du soleil.

— *Semejante los buitres no tienen gordo en este distrito execrable,* murmura-t-il en clignant des yeux pour se protéger de l'éblouissant soleil de fin d'après-midi.

Assis à côté de lui, l'homme qu'on appelait Morgan sourit à la remarque : « Même les vautours sont squelettiques dans ce foutu pays. » Hernandez avait le sens de l'humour. A cause de cela — et de cela seulement — Morgan était navré de penser qu'il allait devoir le tuer. Mais Hernandez était policier... un flic de la police mexicaine qui le ramenait à la frontière des États-Unis, où Morgan serait remis à la justice pour aller se balancer au bout d'une longue corde texane.

Non, pensait Morgan, et il savait qu'il pensait juste, ils ne me pendront pas cette fois-ci; la prochaine fois, peut-être, mais pas ce coup-ci. Hernandez n'était pas malin et tôt ou tard il commettrait une erreur. Tout à fait détendu, Morgan somnolait, ses mains liées par les menottes reposant paisiblement sur ses genoux... Il attendait... attendait... attendait.

Il était presque cinq heures quand Morgan — avec l'instinct aiguisé du gibier — sentit que l'heure de la liberté pourrait bien approcher. Hernandez commençait à s'agiter — conséquence directe des deux bouteilles de bière qu'il avait bues après déjeuner. Le policier ne tarderait pas à s'arrêter. Morgan s'échapperait à ce moment-là.

Sur leur droite, une suite de contreforts en pente douce s'était mise à émerger de la platitude du désert.

Morgan demanda, feignant l'ennui :

— Quelque chose de l'autre côté?

Hernandez soupira :

— *Quien sabe?* Qui sait? Le plateau qui se trouve de l'autre côté de cette chaîne de montagnes est censé être pire que ce côté-ci. *Es imposible!* Personne ne peut vivre ici à part quelques sauvages d'Indiens qui parlent une langue qui était déjà vieille avant l'arrivée des Aztèques. Le pays de l'autre côté n'est pas porté sur les cartes, il est sauvage, barbare, soumis à Mitlantecutli.

A présent, lentement, au fur et à mesure que les ombres s'allongeaient, le paysage changeait autour d'eux. Pour la première fois depuis qu'ils avaient quitté Agua Lodoso, ils apercevaient quelques traces de végétation — des mezquites, des cactus, des arbrisseaux. Devant eux, dressé comme une sentinelle solitaire en avant-poste, se trouvait un immense saguaro d'un mètre cinquante de haut. Hernandez ralentit et s'arrêta à l'ombre du cactus.

— Dégourdissez-vous les jambes si vous voulez, *amigo,* c'est la dernière halte avant Hermosillo.

Hernandez sortit, fit le tour de la voiture et ouvrit la porte du côté de son prisonnier. Morgan sortit en souplesse et se redressa en s'étirant comme un chat. Pendant que le Mexicain se soulageait contre le cactus, Morgan se dirigea vers ce qu'il avait pris tout d'abord pour une simple croix fichée dans le sol. Il l'examina; la croix n'était qu'un panneau indicateur, usé par les intempéries et grêlé par les serres des vautours qui l'avaient utilisé comme perchoir.

Hernandez le rejoignit d'un pas nonchalant. Il regarda fixement le panneau, les lèvres pincées d'étonnement sous sa moustache noire.

— Linaculan... Cent vingt kilomètres! Je ne savais pas qu'il y avait une route... (Son visage s'éclaira soudain.) Ah! *si*. Je me souviens maintenant. Ça doit être la vieille Real Militar, la voie militaire qui relie l'intérieur à la côte est.

C'était tout ce que Morgan voulait savoir. Si Linaculan se trouvait sur la côte est, alors Linaculan signifiait liberté. Il bâilla de nouveau et son visage impassible était l'image même de l'indifférence.

— Prêt, *amigo?*

Morgan acquiesça.

— Autant qu'un homme qui va être pendu.

Le Mexicain éclata de rire, s'étrangla et cracha dans la poussière.

— Alors, venez.

Il passa devant et se tint près de la porte ouverte, attendant son prisonnier. Morgan se dirigea vers lui d'un pas traînant, le dos voûté comme s'il cherchait à se protéger de l'écrasante chaleur de fin d'après-midi. Quand il se mit réellement en mouvement, ce fut comme un serpent frappe une victime sans méfiance. Les menottes s'abattirent, rageusement, sur le crâne d'Hernandez. Le policier gémit et s'écroula. Morgan fut immédiatement sur lui; ses mains cherchèrent et trouvèrent le pistolet qu'il savait être dans le ceinturon du Mexicain. Puis il se redressa et se tint à quatre pas environ de la silhouette étendue sur le sol.

Hernandez bougea faiblement la tête, cligna des yeux et entreprit de se relever. Il était péniblement parvenu à s'agenouiller quand la voix froide de Morgan l'immobilisa net.

Morgan dit :

— Adieu, Hernandez. Sans rancune.

Le Mexicain leva les yeux; il vit la mort.

— *Dios... dios*. Non!

Il n'en dit pas plus. La balle de 44 le cueillit au-dessus de l'arcade sourcilière gauche et le projeta à dix pas en arrière. Il frissonna, ses pieds martelèrent vaguement la poussière, puis il ne bougea plus.

Morgan l'enjamba en secouant la tête d'un air affligé.

— Je t'avais vraiment mal catalogué. Tu n'avais pas l'air d'un froussard. Je ne m'attendais pas à ce que tu me supplies.

Le manque de dignité du mort lui arracha un soupir; il avait presque l'impression d'avoir été trahi par la veulerie d'un ami.

Il s'accroupit et se mit à fouiller le cadavre. Il trouva un portefeuille qui contenait un insigne, cinq cents pesos et la photographie en couleur d'une grosse Mexicaine entourée de trois petites filles hilares et de deux jeunes garçons affichant une grimace empruntée. Morgan eut un grognement neutre et reprit sa fouille.

Il trouva la clef des menottes fixée à la plante de pied blanche et durcie du mort.

Le crépuscule commençait à teinter les collines mexicaines de rouge mordoré quand Morgan chargea Hernandez dans le coffre de la voiture. Il revint d'un pas tranquille vers le panneau indicateur. Après le kilométrage se trouvaient ces mots : *« Cuidado — Peligroso », « Attention — Danger. »* Quelle blague! pensa-t-il. Qu'y a-t-il de plus dangereux que d'être pendu? Ou d'être du gibier traqué par la police internationale? Il avait été pris et condamné à mort quatre fois dans sa vie; et pourtant, il était toujours libre. Et... rien, absolument rien devant lui sur cette insignifiante petite route poussiéreuse ne pourrait rivaliser avec l'astuce de Morgan, avec les réflexes de Morgan, avec le pistolet de Morgan!

Il se mit au volant et prit la route de Linaculan. Elle était moins bonne qu'il ne l'avait cru tout d'abord; néanmoins il parcourut les cinquante premiers kilomètres à bonne allure et put conduire assez vite pour que la poussière se soulève dans son sillage comme la queue brune d'une comète brillant dans la lumière déclinante.

Le soleil s'affaissa derrière la ligne d'horizon, mais quand Morgan commença l'ascension des collines, il apparut une fois encore, semblable à l'œil flamboyant de malveillance d'un dieu furieux d'être tiré de son premier sommeil.

Morgan atteignit le faîte de la colline et entama la descente vers la vallée. L'obscurité y enveloppait la terre. Il s'arrêta une fois près d'un ravin qui longeait la route et y balança le corps d'Hernandez. Il le regarda rouler et rebondir jusqu'à ce que, quelque trois cents mètres plus bas, l'ombre noire d'un bouquet de mezquites le dérobe à sa vue.

Morgan reprit la route. Il alluma ses phares au moment où l'obscurité se referma rapidement sur lui.

Soudain, quand il atteignit le fond de la vallée, il se mit à jurer en voyant que la route n'était plus vraiment une route — rien qu'une piste en très mauvais état qui s'étirait dans le désert.

Les cinq kilomètres suivants furent pour la voiture l'équivalent de dix mille kilomètres. Morgan dut repasser en première parce que les trous — redoutablement profonds — endommageaient la suspension. Des blocs de pierre aux arêtes vives égratignaient le dessous de la voiture de leurs mille griffes d'acier.

Et la poussière! La poussière partout... elle flottait tout autour de lui comme un nuage noir et menaçant;

elle enduisait l'intérieur de la voiture d'un velours beige. Elle s'infiltrait dans le nez et la gorge de Morgan au point qu'il lui devenait pénible de respirer et d'avaler.

Quelques instants plus tard, par-dessus l'odeur de la poussière vint une odeur d'eau chaude — il vit de la vapeur — et il sut que le circuit de refroidissement était percé. Ce fut alors que Morgan réalisa que la voiture n'arriverait jamais à Linaculan. A la faible lueur qui émanait encore de l'horizon, il fouilla le paysage en quête d'un signe de vie... et ne vit que la silhouette grotesque des cactus et la végétation rabougrie.

Le compteur indiquait qu'il avait parcouru soixante-dix kilomètres quand ses phares vacillants isolèrent la silhouette solitaire d'un prêtre marchant lentement au bord de la route. Les yeux de Morgan s'étrécirent tandis qu'il se demandait s'il allait offrir au père de le prendre à bord. Ce serait idiot, pensa-t-il, l'homme pouvait être un *bandido* armé d'un couteau dont il pourrait bien se servir habilement pendant que Morgan se concentrerait sur la route.

Le prêtre grandissait dans la lumière des phares. Il ne se retourna pas vers la voiture. On aurait dit qu'il ne se rendait absolument pas compte qu'elle approchait.

Morgan passa sans ralentir; la silhouette se perdit aussitôt dans la poussière et l'obscurité de la nuit mexicaine.

Soudain, exactement comme si un déclic s'était déclenché quelque part dans son cerveau, l'instinct de Morgan poussa un cri d'alerte. Quelque chose n'allait pas — pas du tout même. Il flaira un piège quelconque. Il connaissait bien cette impression; il avait rencontré d'autres pièges auparavant. Il grimaça un sourire, sortit le pistolet de sa poche et le posa à côté de lui sur le siège, à toutes fins utiles.

Les cinq kilomètres suivants lui parurent interminables car il attendait presque avec impatience que le piège se referme. Comme rien ne se produisait, il sentit l'irritation le gagner et se mit à maudire son imagination. L'odeur d'huile chaude et de vapeur devenait oppressante et le moteur commençait à peiner. Morgan jeta un coup d'œil au thermomètre et vit que l'aiguille était passée depuis longtemps dans la zone rouge.

Ce fut à ce moment précis, alors que son attention était détournée, que la roue avant gauche heurta l'arête d'une grosse pierre qui déchira le côté du pneu. La voiture se mit à déraper en bondissant d'un côté et de l'autre de la route comme une bête sauvage, blessée et folle de rage. Morgan écrasa les freins tout en sachant parfaitement qu'il était trop tard. La voiture dérapa sur les cailloux, fit une embardée sur la droite, hésita un instant sur un talus, puis — presque comme dans un film projeté au ralenti — partit en tonneaux sur la pente.

La dernière chose que vit Morgan fut un énorme rocher qui ressemblait dans la nuit au poing énorme de Dieu.

Longtemps après avoir repris connaissance, Morgan resta étendu les yeux fermés. Quelqu'un lui avait essuyé le front et lui avait parlé. Un homme! Peut-être... le prêtre? Il écouta la respiration lourde de l'homme. C'était le seul bruit. Ils étaient seuls.

Morgan ouvrit les yeux. Il faisait sombre, mais moins sombre qu'avant. Un rayon de lune passait à travers la haute et mince couche de nuages. Le prêtre — visage sombre, vêtements noirs — se tenait à côté de lui.

— *Señor,* tout va bien?

Morgan plia les jambes, fit jouer ses chevilles, ses épaules et tourna la tête d'un côté et de l'autre. Aucune douleur, aucune souffrance, il se sentait curieusement dispos. Pas la peine que l'autre s'en rende compte; autant que le prêtre croie que Morgan était blessé dans le dos et incapable de mouvements rapides... Ainsi, quand il lui faudrait bondir, l'autre ne s'y attendrait pas.

— Mon dos. Je suis blessé.

— Pouvez-vous vous mettre debout?

— Oui... je crois. Aidez-moi.

Le prêtre lui tendit la main; Morgan la prit et, en gémissant assez fort pour être entendu, se redressa.

— Vous avez de la chance que je sois passé par là.

— Oui, je vous en suis reconnaissant.

Morgan tâta sa poche. Le portefeuille s'y trouvait toujours; le pistolet avait disparu, mais était-il dans sa poche? Il se souvint alors qu'il l'avait posé sur le siège. Pas la moindre chance de le retrouver dans le noir... Après tout, il aurait d'autres moyens de se défendre.

— Où allez-vous? lui demanda le prêtre.

— Linaculan.

— Oh, oui,... une ville agréable.

Le prêtre se tenait tout près de Morgan et fixait l'Américain. La lune apparaissait et disparaissait derrière les nuages. La nuit s'éclaira, un instant seulement, mais c'était assez. Soudain, pour la première fois depuis des années, Morgan eut peur... peur des yeux du père; ils étaient trop noirs, trop perçants, trop ardents pour un prêtre.

Morgan recula de trois pas — assez loin pour que les yeux de l'autre se perdent dans l'obscurité.

— Il ne faut pas avoir peur de moi, dit tranquillement le prêtre. Je ne peux pas vous faire de mal. Je ne peux que vous secourir.

Il avait l'air sincère. Morgan se détendit un peu. Il flaira l'atmosphère. L'odeur de piège persistait — moins forte cependant. Au bout d'un moment, il reprit un peu de son ancien aplomb. Foutre le camp d'ici, pensa-t-il. Il était au moins à mi-chemin de Linaculan, il paraissait donc prudent de reprendre la route, à moins... qu'il ne trouve un autre moyen de transport d'ici là.

Morgan demanda :

— Est-ce que Linaculan est la ville la plus proche?

— Oui.

— C'est là que vous alliez?

— Non.

Puis, avec une lueur d'espoir :

— Vous avez une église à proximité?
— Non. Mais j'ai souvent parcouru cette route.
— Pour l'amour de Dieu! Pourquoi emprunter une route aussi misérable?
— Vous l'avez dit vous-même. Pour l'amour de Dieu.
Morgan se détendit complètement. Le prêtre était bel et bien inoffensif. Cinglé, mais inoffensif.
— Bon, dit-il d'un ton presque désinvolte. J'ai une longue route à faire. Au revoir.
Morgan crut voir le regard du prêtre s'adoucir en même temps qu'il lui répondait :
— Je vais faire une partie du trajet avec vous.
— Comme vous voudrez, mon père. Je m'appelle... Dan Morgan. Je suis américain.
— Oui... je sais.
Pendant quelques instants, Morgan resta interdit. Puis, il sentit sa méfiance renaître. De toute évidence, le prêtre l'avait fouillé pendant qu'il était inconscient... ce qui expliquait peut-être aussi la disparition du pistolet.
Ils marchèrent d'abord en silence. La lune — ce globe étrange de lumière blanche et froide — avait gagné sa bataille contre les nuages et étincelait maintenant derrière eux. De longues ombres minces couraient sur la route devant les deux hommes. Les plis de la soutane du prêtre bruissaient à chacun de ses pas. Ses sandales claquaient sur la poussière grise de la route.
Morgan fit un effort de conversation :
— A quelle distance se trouve Linaculan?
— Loin.
Morgan éclata :
— Je croyais qu'il ne restait que cinquante kilomètres environ.
— Les lumières de Linaculan se trouvent à cinquante-quatre kilomètres du lieu de votre accident.
Après tout, c'était bon à savoir. Avec un peu de chance, Morgan pourrait y arriver le lendemain après-midi... et ce serait un jeu d'enfant de trouver une autre

voiture. Il allongea le pas; le prêtre marchait toujours à sa hauteur.

Au bout d'un moment, la lune fut masquée par les collines et les ombres disparurent. L'obscurité qui les enveloppa alors était quelque chose de tangible, de chaud, d'inquiétant, d'aussi effrayant que l'intérieur d'un cercueil clos. Morgan jeta un coup d'œil à sa montre. Elle marquait huit heures dix-huit; quelque chose avait dû se casser au moment de l'accident. Il ne savait pas combien de temps il était resté inconscient mais il y avait bien deux heures qu'ils marchaient... Il devait être près de minuit.

Ils marchaient d'un pas pesant, noires silhouettes, presque des ombres arpentant une route désolée. Ils escaladèrent une éminence et se retrouvèrent baignés par le clair de lune. Morgan se sentit mieux. Cette obscurité était trop épaisse; il lui semblait qu'il y avait des choses... irréelles... cachées... hors de ce clair de lune.

Ils entamèrent la descente et l'obscurité les enveloppa de nouveau...

— N'y a-t-il pas la moindre lumière dans ce pays abandonné de Dieu? demanda Morgan d'un ton irrité.

Le prêtre ne répondit pas. Morgan répéta sa question; sa voix trahissait une menace réprimée.

Il n'y eut toujours pas de réponse. Morgan haussa les épaules et se dit :

— Va-t'en au diable, sinistre catholique. Je m'occuperai de toi plus tard.

La route les conduisit au pied de l'autre versant. La nuit — celle qui oppresse si horriblement les claustrophobes — se referma sur eux avec tout son poids de menaces.

Ils cheminèrent longtemps dans une dépression avant d'atteindre la colline suivante — et cette fois, il n'y eut aucun clair de lune pour les accueillir; à peine une vague lueur émanait-elle des nuages bas sur l'horizon. C'était suffisant cependant pour permettre d'apercevoir un embranchement.

Morgan hésitait. Il demanda :

— Laquelle de ces routes mène à Linaculan?

Le prêtre s'arrrêta. Ses sombres pupilles s'étaient agrandies. A tel point, en fait, qu'on eût dit que le blanc de ses yeux avait totalement disparu. Il étendit les bras pour rajuster sa soutane et ce geste le fit ressembler à une diabolique mante religieuse prête à dévorer sa victime. Même dans la semi-obscurité, il projetait une ombre... l'ombre noire et étirée d'une croix.

Alors, son instinct de meurtre latent s'empara de Morgan.

— Répondez, gronda-t-il, de quel côté, Linaculan?

— Homme de peu de foi...

La voix de Morgan frémissait de rage :

— Écoutez-moi, damné prêtre! Vous n'avez pas voulu me répondre... ni même desserrer les dents. Qu'est-ce que la foi vient foutre ici? Dites-moi seulement à quelle distance se trouve Linaculan. C'est tout ce que je vous demande. Je ne veux ni cantiques ni prêches, rien! Compris?

— Vous avez encore beaucoup de chemin...

Sa voix se perdit et Morgan perçut un changement dans l'attitude du prêtre. Un instant plus tard, Morgan entendit lui aussi... le lointain martèlement de sabots d'un cheval.

La lune — comme par curiosité — perça les nuages une dernière fois. Ce ne fut d'abord qu'une ombre sur le paysage, mais comme le cheval se rapprochait, Morgan le vit nettement. Sa crinière et sa queue ondulaient comme de noires oriflammes. C'était un animal splendide, le plus grand qu'il ait jamais vu — noir comme la nuit, ardent comme l'orage.

De fait, ce qui coupa le souffle de Morgan, ce fut la jeune fille. Elle chevauchait comme si cheval et cavalière ne faisaient qu'un. Le clair de lune jouait avec sa silhouette tout de blanc vêtue, des bottillons et des jodhpurs au chemisier ajusté à manches longues et au sombrero espagnol. Par contre, elle avait les cheveux noirs, et ils lui coulaient jusqu'aux reins comme un doux nuage d'ébène.

Brutalement, elle tira sur les rênes et arrêta l'étalon devant les deux hommes. Le cheval pointa. Morgan fit un bond en arrière mais le prêtre ne broncha pas.

— Alors, mon père, dit-elle en souriant; en même temps, elle faisait claquer sa cravache sur ses jodhpurs, je vois que vous avez pris un autre malheureux sous votre aile. Elle prononça le mot « malheureux » avec une emphase surprenante. Morgan ne savait s'il lui fallait se fâcher ou s'étonner. Il attendit, observant la scène qui se jouait entre les deux personnages. Peut-être tout cela était-il convenu — un élément du piège. C'était sans importance, pour le moment il n'était pas menacé. Il se satisfaisait donc d'être là et d'admirer le corps orgueilleux de la jeune fille.

Au bout d'un moment, elle prit conscience du regard de Morgan; ses yeux à elle l'interrogeaient, aussi hardis et aussi insolents que ceux de l'homme. Elle rejeta la tête en arrière et eut un rire de gorge.

— Vous êtes tombé en de bien mauvaises mains, ami étranger. L'homme que voici — elle fit un signe de tête méprisant en direction du prêtre — a été surnommé « la guigne » par les miens. Chaque fois qu'il passe sur cette route, il y a un accident. Vous avez eu des ennuis, cette nuit, non?

Morgan acquiesça et jeta un coup d'œil oblique au prêtre. Celui-ci, quant à lui, regardait la jeune fille d'un air inquisiteur. Cet examen minutieux la fit rire.

— Rengainez votre colère, vieil homme. Vous ne me faites pas peur. Filez donc, maintenant. Je veillerai à ce que notre ami américain parvienne à destination.

— Ne partez pas avec elle. Elle est mauvaise. Le Mal en personne, dit le prêtre en tendant la main à Morgan.

Il traça trois croix dans l'air.

Pour Morgan, la décision à prendre ne faisait aucun doute. Le prêtre avait dit qu'elle était « le Mal incarné »; venant de lui, c'était la meilleure recommandation possible. En outre, seul un imbécile continuerait à marcher sur cette route sinistre quand s'offrait l'occasion de la faire à cheval, l'occasion d'une conversation agréable, l'occasion — et même la promesse, s'il avait correctement interprété le regard de la jeune fille — de quelque chose de bien plus agréable encore!

Il hésitait pourtant; en lui, l'animal sauvage, le gibier traqué dressait encore l'oreille.

La jeune fille caressait doucement l'encolure tachée de sueur de son cheval.

— Où alliez-vous?

— Linaculan, répondit Morgan.

— Ce n'est pas très loin. Venez, je vais vous conduire jusqu'au ranch de Mictlantecutli... Là, vous demanderez de l'aide. (Ses lèvres étaient entrouvertes; son souffle semblait suspendu à la réponse de Morgan.)

Morgan se tourna vers le prêtre.

— Eh bien, merci pour le bout de route, mon père. A un de ces jours.

Le prêtre fit deux pas vers Morgan, et étendit les bras en le suppliant.

— Restez près de moi. Elle est mauvaise, je vous l'affirme.

La jeune fille éclata de rire :

— Nous sommes deux contre un, homme d'église. Vous avez encore perdu une victime.

Une victime? Les yeux de Morgan s'étrécirent. Il ne s'était donc pas trompé sur le compte de ce maudit prêtre. Mais il y avait quelque chose qui clochait. Tout d'un coup, il comprit quoi... Si le père était un voleur et un assassin, pourquoi n'avait-il pas fait son coup quand Morgan était inconscient?

Le prêtre tourna la tête et regarda par-dessus son épaule la lune qui se couchait; il s'en fallait maintenant de quelques secondes qu'il ne fasse tout à fait nuit. Il fouilla les poches de sa soutane et en tira une croix d'ivoire de quelques centimètres de haut.

— La nuit vient. Prenez cette croix. Croyez-moi. N'allez pas chez Mictlantecutli. Je suis votre dernière chance.

La jeune fille cria :

— Partez, éloignez-vous de lui, vieil idiot. Les autorités devraient s'occuper des imbéciles de votre espèce qui molestent et effrayent les voyageurs sur cette route... et les empêchent d'arriver à destination.

Le prêtre ne faisait pas attention à elle. Il implora Morgan une seconde fois, et cette fois, sa voix s'éleva avec force tandis qu'il regardait le dernier fragment de lune rouge disparaître derrière la colline.

— Il est encore temps...

La jeune fille tira brutalement sur les rênes et planta ses éperons dans les flancs du cheval. Il hennit de fureur et pointa, ses sabots de devant masquant les étoiles. Quand il retomba, l'étalon se trouvait entre le prêtre et Morgan. Les yeux de la jeune fille brillaient tandis qu'elle souriait et déchaussait les étriers.

— Venez, mon ami. Mettez votre pied là. A cheval derrière moi.

Elle tendit la main pour l'aider et, comme elle se penchait, son chemisier s'entrouvrit légèrement. Morgan grimaça un sourire et prit la main qui lui était tendue. Il enfourcha le cheval.

— Mettez vos bras autour de moi et tenez-vous, ordonna-t-elle. Morgan obéit, avec plaisir. Son corps était souple, doux à tenir, et les discrets effluves de quelque parfum exotique lui parvenaient, émanant de sa chevelure.

Il baissa les yeux vers le prêtre; le visage du vieil homme était de nouveau noyé dans l'ombre.

— Adieu, mon père. Attention à la fausse monnaie.

La jeune fille n'attendit pas la réponse. Elle enfonça ses éperons dans les flancs du cheval, et l'animal s'élança dans la nuit.

— Tenez-vous bien, cria-t-elle, tenez-vous bien!

Ils galopèrent à bride abattue pendant près de dix minutes, puis elle mit l'étalon au pas. Maintenant qu'ils marchaient plus lentement, Morgan prenait de nouveau conscience du corps de la jeune fille, et le désir monta rapidement en lui. Il y avait bien longtemps... Et personne alentour pour l'arrêter... Et la jeune fille avait fait montre d'une liberté d'allure qui lui donnait à penser qu'elle accueillerait favorablement ses avances. Le silence n'était rompu que par la respiration haletante, le bruit des sabots du cheval et le froissement de la selle. Subrepticement, sa main se mit à remonter le long de son buste. Elle ne protesta pas, il s'enhardit. Jusqu'à ce qu'il sente la douce chair de ses seins sous la blouse de soie.

C'était encore plus facile que Morgan n'aurait osé l'espérer. Elle arrêta simplement le cheval et se tourna à demi vers lui.

— Nous pouvons faire halte ici... si vous voulez.

La voix de Morgan était rauque, son corps tendu de désir quand il répondit :

— Ouais... Je veux bien.

Elle se laissa glisser à bas du cheval et Morgan fut tout de suite près d'elle. Elle passa ses bras autour de son cou; leurs lèvres se rencontrèrent en une parodie d'amour sauvage et brutal. Les ongles de la jeune fille se plantèrent dans les épaules de Morgan quand ses mains cherchèrent la familiarité immédiate de son corps. Elle gémit, sourdement, quand Morgan bouscula ses vêtements. Puis, avec pour seule compagnie le cheval indifférent broutant près d'eux et le regard fragile des étoiles, leur corps se joignirent en une collusion de désirs brûlants et impitoyables.

Morgan sentit la lassitude de son corps quand il se réveilla. Ce fut sa première sensation. Sa seconde sensation fut qu'il enlaçait toujours la jeune fille. La troisième... une effroyable odeur de putréfaction.

Il ouvrit les yeux.

Et hurla.

Ce fut un hurlement arraché malgré lui du fond de son âme, car, à la lueur incertaine de l'aube proche, il vit qu'il tenait dans ses bras le cadavre pourrissant d'une femme — un corps dont la chair s'en allait en lambeaux comme du foie putréfié, dont le masque ricanant révélait des chicots noirâtres et des orbites vides.

Morgan gémit et se releva d'un bond. Son cœur tambourinait comme s'il allait fuir son corps tel un moteur emballé qui s'apprête à exploser. Il haletait comme un animal terrifié. Et ses yeux fouillaient frénétiquement les environs comme ceux d'un dément assailli de visions.

— Je... je... je, haletait-il. C'était tout ce qu'il pouvait dire. Il se mit à courir sur la route. Il tomba deux fois, et se déchira douloureusement les jambes et les mains sur les aspérités du sol.

— Je... je... je...

Et puis, les seuls mots qui lui importaient jaillirent :

— Au secours... Quelqu'un! Au... secours!

Il entendit derrière lui les sabots du cheval. C'était la jeune fille; elle était vivante et... entière! Elle sourit, d'un air rassurant.

Elle lui demanda :

— Où alliez-vous?

Puis elle eut un sourire pervers :

— Où sont vos vêtements?

— Je... je... je.

Morgan ne pouvait pas parler.

— Venez, dit-elle.

Morgan fit signe que non. Il n'arrivait pas à ordonner ses pensées, mais il y avait au moins une chose de sûr; il savait qu'il n'irait pas avec la jeune fille.

— Venez!

Et cette fois, c'était un ordre. La nudité de Morgan, ses balbutiements effrayés ne l'amusaient plus.

Morgan voulait faire demi-tour et s'enfuir, mais son

corps n'obéissait pas à son cerveau. Au lieu de quoi, tel un zombie, il enfourcha le cheval.

— Voilà qui est mieux, dit-elle d'une voix apaisante. Évidemment, vous auriez pu vous habiller... mais ça n'a pas d'importance. Elle jeta un coup d'œil vers l'est. La nuit est presque finie. Il faut faire vite. Je veux vous montrer quelque chose avant que nous allions au ranch de Mictlantecutli.

Elle cravacha l'étalon, et l'animal se mit à poursuivre la nuit.

A présent, derrière eux, le ciel commençait à s'éclaircir nettement au fur et à mesure que l'aube touchait le désert mexicain. A la lueur du jour nouveau, Morgan vit un panneau indicateur qu'il crut reconnaître. Puis, hors de la route, au fond d'un ravin, il vit sa voiture. Adroitement le cheval descendit la pente jusqu'à la carcasse du véhicule.

D'ignobles vautours au cou rouge se mirent à crier et à battre des ailes à l'approche du cheval. Plusieurs d'entre eux se battaient au-dessus de quelque chose qui ressemblait à des cordes blanches déroulées pendant par l'une des fenêtres de la voiture. Quelques-uns s'envolèrent... Les autres, arrogants et impavides, s'éloignèrent à contre-cœur de quelques pas seulement.

— Mais... mais... qu'est-ce qu'ils font là? demanda Morgan. Il n'y avait que moi dans la voiture.

Il sentit le corps de la jeune fille secoué d'un rire silencieux. Elle lui montra quelque chose du doigt. En clignant des yeux, Morgan parvint à distinguer la silhouette embrochée sur la colonne de direction. Le frisson d'horreur glacé qu'il avait senti auparavant s'empara à nouveau de lui. Le corps lui était familier... trop familier! Morgan gémit quand la jeune fille poussa l'étalon plus près. Les vautours s'étaient d'abord occupés des yeux, comme ils le font d'ordinaire... Les entrailles du mort pendaient par la fenêtre ouverte et étaient cause de la bataille entre les oiseaux.

Morgan vit les vêtements. Le mort était habillé exactement comme il l'avait été. Il portait le même bracelet-montre. Quel affreux cauchemar... Debout... Réveille-toi... Réveille-toi, criait-il mentalement. Mais le cauchemar, plus réel que la vie elle-même, persistait. Le mort était Morgan, il n'y avait aucun doute à ce sujet. La raison de Morgan chancela quand il en prit conscience; sa santé mentale prit la fuite devant l'événement. Il commença à perdre le contrôle de lui-même. Il hurla, un hurlement de dément.

A ce hurlement, la jeune fille poussa un cri et cravacha l'étalon. Le cheval escalada le ravin.

Là, sur la route se tenait le prêtre.

— Au secours, mon père. Au secours. Pour l'amour de Dieu...

Morgan bafouillait, sa salive dégoulinait lentement des commissures de ses lèvres.

— Vous avez choisi. Je regrette.

— Mais je ne savais pas ce qu'était Mictlantecutli.

— Mictlantecutli est connu sous plusieurs noms : Diabolo, Satan, Devil, Lucifer, Méphistophélès. Le nom attribué au Mal est sans importance; ses préceptes sont les mêmes partout. Vous avez embrassé le Mal; vous avez fait votre dernier choix terrestre. Je suis maintenant impuissant à vous secourir. Adieu!...

Il sentit, puis entendit le rire de la jeune fille, aigu, dément, satisfait.

Sa cravache s'abattit sur l'encolure du cheval, ses éperons le labourèrent jusqu'au sang. Ils s'élancèrent sur la route, galopant, galopant, galopant vers la nuit. La puanteur revint, et des lambeaux du corps de la jeune fille se mirent à s'éparpiller au vent.

Elle se tourna... lentement, cette fois... et Morgan vit l'horrible rictus d'un squelette.

Il se détourna, incapable de regarder cette apparition en face et appela encore le prêtre à grands cris. Loin derrière eux, comme s'il contemplait un spectacle d'un autre monde, Morgan vit la silhouette solitaire du père au sommet de la colline, marchant péniblement vers l'est, vers le soleil levant et vers un autre jour.

Quand Morgan se retourna, en larmes, conscient de la vanité désespérée de tout espoir, ils avaient déjà atteint la frontière d'ombre... et l'obscurité écrasante s'étendit pour les engloutir.

The Road to Mictlantecutli.
Traduction de Nathalie Dudon.

Visite guidée

par

ELLIS PETERS

PAR ici, je vous prie. Attention à vos têtes en franchissant la porte, et prenez bien garde pour descendre l'escalier, car les marches sont très usées... Et nous voici de nouveau dans la cour.

Mesdames et messieurs, cela termine la visite... N'oubliez pas le guide... Merci... S'il vous plaît, pour regagner la poterne, veuillez rester dans l'allée et ne pas marcher sur la pelouse.

Oui, madame, c'est un tout petit château. A vrai dire, ça n'est qu'un manoir fortifié. Mais, dans son genre, c'est le plus beau que l'on puisse visiter et il est dans un parfait état de conservation. Cela tient à ce que, depuis six siècles, il appartient à la même famille. Oui, madame, les Chastelay habitent ici depuis tout ce temps... Et dans ces murs mêmes, jusqu'à ce qu'ils aient fait construire, voici cent cinquante ans, Grace House à l'autre bout du parc.

Le puits, monsieur? Vous allez le revoir en traversant la cour... Comment, monsieur? Je n'ai pas bien saisi...

Pas ce puits? *L'autre?*

Je me demande, monsieur, ce qui a pu vous donner à penser qu'une petite maisonnée comme celle-ci...

Celui où Mary Purcell s'est noyée!

Chut, monsieur, de grâce! Parlez bas! M. Chastelay n'aime pas qu'on se souvienne de cette affaire. Oui, je [illegible], monsieur, mais nous ne faisons pas visiter la salle du puits. Il veut qu'on oublie ça. Non, je ne puis faire aucune exception, je risquerais d'être renvoyé... Ma foi, monsieur, c'est très généreux de votre part... Ah oui? Évidemment, si vous étiez un des journalistes qui se sont occupés de l'affaire, je comprends que cela vous intéresse... Vous avez dit *Mary Purcell?*

Oh! non, monsieur, je n'étais pas guide à cette époque, mais j'ai lu les journaux, comme tout le monde. Écoutez, monsieur, si vous voulez bien attendre un moment, jusqu'à ce que j'aie fait partir les autres...

Ah! maintenant, nous serons plus tranquilles pour parler. Je suis toujours heureux de voir s'en aller les derniers visiteurs de la journée et de fermer derrière eux. J'aime entendre le bruit de leurs voitures s'éloignant dans l'avenue. Remarquez comme ce bruit s'éteint dès qu'ils atteignent le tournant où commence le mur... Quelle tranquillité, n'est-ce pas? Nous n'allons pas tarder à entendre les chouettes.

Donc, monsieur, vous souhaitez voir le puits. *L'autre* puits. Celui où le drame s'est produit. Vraiment, je ne devrais pas... S'il le savait, M. Chastelay serait très mécontent... Oui, c'est exact, monsieur, il n'a pas besoin de le savoir.

Eh bien, monsieur, c'est par ici... en traversant le grand hall. Après vous, monsieur... Oh! c'est curieux : vous avez pris la bonne direction sans savoir de quel côté nous allions... Faites attention en marchant, monsieur, car le sol est très inégal par endroits.

Vous n'êtes sûrement pas étonné que M. Chastelay ne souhaite pas voir réveiller le souvenir de cette affaire. Sa vie en a été presque brisée. Tout le monde disait que c'était lui l'amant, l'homme qui l'avait poussée à faire ça. Vous comprenez : elle était la femme de son métayer et l'on savait qu'il fréquentait beaucoup le ménage à cause de Mary. Il était donc naturel que les gens pensent que c'était lui. S'il avait pu remonter à l'origine de ces rumeurs, il aurait intenté un procès, mais il n'y est jamais parvenu. Une année durant, le divorce n'a tenu qu'à un fil, mais maintenant sa femme et lui ont fait la paix. Après tout, il y a plus de dix ans de ça. Aussi personne ne tient à ce qu'on se remette à parler de cette affaire. Oh! non, monsieur... Je suis bien sûr que *vous* n'en parlerez pas, sinon je ne ferais pas ça.

Elle était très, très belle, à ce qu'on dit, cette Mme Purcell. Très jeune aussi, vingt et un ans seulement, et blonde. Il paraît que les photos n'arrivaient pas à rendre l'éclat de son visage. Et elle avait de très beaux yeux, bleus, je crois. Ah! *verts*, dites-vous? Pas bleus? Oh! je ne mets pas votre parole en doute, monsieur : puisque vous vous êtes occupé de l'affaire, vous vous trouviez bien placé pour savoir ce qu'il en était. Attention à la dernière marche, qui est très glissante... Des yeux *verts!*

Non, monsieur, non, je n'en discute pas; de par votre métier, vous êtes entraîné à avoir une excellente mémoire.

En tout cas, elle était jeune, très jolie et aussi, j'ose dire, un peu naïve et innocente, ayant été élevée à la campagne. C'était la fille d'un des jardiniers... Je ne pense pas que vous l'ayez rencontré? Non, bien sûr, il n'y avait rien qu'il pût dire à la presse. Il a eu une attaque à la suite de ça, et M. Chastelay lui a fait une pension en lui donnant ici un petit emploi tranquille. Mais ça n'est pas de lui que nous avons à parler. Attention! A l'entrée de la galerie, il y a une marche à descendre... Attendez que j'allume.

Oui, ça flanque un coup, hein, de voir ce hallebardier là debout, avec ce drôle de couteau au bout d'une pique? Je l'entretiens bien soigneusement, car il a toujours un grand effet sur les enfants. Pour tout vous dire, lorsque je fais ma ronde par ici, la nuit, afin de fermer et m'assurer que tout est bien en ordre après le départ des visiteurs, je lui emprunte souvent sa hallebarde et l'emporte avec moi, pour me tenir compagnie en quelque sorte, car c'est assez sinistre par ici quand il fait nuit. En traînant ce truc-là, j'ai l'impression d'être moi-même un fantôme. Si ça ne vous fait rien, monsieur, je vais l'emporter avec nous.

Après le drame, ils ont fait mettre un lourd couvercle sur le puits. Ce couvercle a un anneau au milieu et pour le soulever, je me sers du manche de la hallebarde comme d'un levier. Je me doute bien que vous allez vouloir jeter un coup d'œil dans le puits. Il y a des crampons de fer qui forment comme une échelle pour y descendre. C'est ce qu'a fait son mari, vous savez, et il l'a remontée. Il y en a beaucoup qui n'auraient pas eu ce courage, mais je suppose qu'il éprouvait un sentiment de responsabilité, le pauvre diable...

Où est actuellement son mari? Ah! vous n'êtes pas au courant? Il a perdu la raison, le malheureux, et on a dû l'enfermer. Il est toujours à l'asile.

D'après ce que j'ai entendu dire, cela faisait déjà un certain temps que la liaison durait et quand elle s'est aperçue qu'elle attendait un enfant, la pauvre femme s'est affolée. Elle a compris qu'elle s'était laissé entraîner trop loin et elle est allée trouver son amant, pour lui demander ce qu'elle devait faire.

Et lui, il lui a répondu de ne pas être stupide, qu'elle n'avait rien besoin de faire. Elle était mariée, pas vrai? Alors, elle n'avait qu'à tenir sa langue, un point c'est tout. Mais il se rendit compte qu'elle ne voyait pas les choses comme ça; elle éprouvait du remords et ne pouvait se résoudre à laisser son mari endosser la paternité de l'enfant. Se repentant d'avoir fauté, elle souhaitait à tout le moins agir honnêtement et demandait à son amant de la soutenir dans cette épreuve. Mais elle désirait aussi redevenir une bonne épouse, car j'ai le sentiment qu'elle n'avait jamais cessé d'aimer son mari, qu'elle avait simplement perdu la tête dans l'excitation du moment. Alors le type lui a dit qu'ils en reparleraient lorsqu'ils auraient eu le temps de réfléchir chacun de leur côté.

Et le lendemain matin il a filé je ne sais où, en l'abandonnant.

Non, monsieur, vous avez raison, je n'étais pas guide à l'époque. C'est dans ma tête que j'ai reconstitué tout ça. Peut-être que les choses se sont passées autrement. Oui, vous avez raison, si c'était M. Chastelay son amant, il n'a pas filé en l'abandonnant. Il est resté ici, et Dieu sait tout ce qu'il a pu s'entendre reprocher! Mais à présent, beaucoup de gens pensent que, tout compte fait, ça n'était pas lui.

Quoi qu'il en soit, elle est allée trouver son mari et lui a tout dit. Tout, sauf le nom de son amant, qu'elle n'a révélé à personne. Lui, il adorait sa femme, et cette révélation a failli le tuer. Il ne s'est pas mis en colère ni quoi que ce soit : il lui a simplement tourné le dos et il est parti. Mais quand elle a voulu le suivre, en pleurant, il n'a pu le supporter et, se retournant, il l'a frappée.

Oui, monsieur, j'ai beaucoup d'imagination, j'en conviens. Vous seriez comme moi, si vous viviez seul ici. Il y a des nuits où j'ai l'impression de les voir.

A mon idée, elle était trop jeune et trop inexpérimentée pour comprendre qu'on ne frappe pas quelqu'un qui vous est indifférent. Elle a cru qu'il ne l'aimait plus et que, s'il partait, tout serait fini entre eux. Elle ne connaissait pas assez la vie pour garder l'espoir et attendre. En sanglotant, elle a couru tout droit ici et s'est jetée dans le puits.

Cinq minutes après, il se lançait à sa recherche, mais c'était déjà trop tard. Quand il l'a tirée du puits, elle était morte, ses longs cheveux blonds tout tachés de mousse et de la vase dans ses beaux yeux verts.

Exactement là où nous sommes. Voici le couvercle qu'ils ont fait poser depuis... Solide et lourd, afin que personne ne puisse le déplacer facilement. Mais si vous voulez bien vous reculer un peu, monsieur, afin que j'aie la place de glisser le bout de cette hallebarde dans l'anneau...

Et voilà! On ignore quelle est la profondeur de ce

puits... Là, comme ça, vous pouvez mieux voir. Ne pensez-vous pas qu'elle devait avoir vraiment perdu tout espoir pour ne pas hésiter à en finir ainsi avec la vie?

Oh! Mary, ma douce, mon petit agneau!

Non, monsieur, je n'ai pas parlé. J'ai cru que, *vous*, vous alliez dire quelque chose.

Ce que je fais, monsieur? Je tourne simplement la clef dans la serrure, pour vous montrer comme elle fonctionne bien. Ici, il y a beaucoup de clefs et de serrures à entretenir... M. Chastelay tient tout particulièrement à ce que cette salle reste toujours fermée à clef. Depuis plus de trois ans, je suis le seul qui soit entré ici. Jusqu'à ce soir. Je ne pense pas qu'il vienne quelqu'un d'autre pendant au moins trois ans encore, et si c'était le cas, on ne lèverait pas le couvercle. Vous comprenez, c'est moi-même qui assure le nettoyage. Je suis tatillon, je tiens à ce que tout soit toujours bien entretenu. Tenez, regardez cette hallebarde, par exemple... Aiguisée comme un couteau de boucher... Voyez...

Oh! pardon, monsieur... Vous ai-je piqué?

Fou, monsieur? Non, pas moi, monsieur. C'est son mari qui est devenu fou, rappelez-vous. Ils ont même dû l'enfermer. Moi, tout ce que j'ai eu, c'est une attaque et qui ne m'a pas laissé diminué. Quand on m'a offert une pension en me confiant un travail facile, je n'ai pas refusé, bien sûr, mais vous n'avez pas idée comme je suis encore costaud. C'est pourquoi, monsieur, si j'étais vous, je ne chercherais pas à me bousculer, car ça ne vous avancerait à rien.

On a toujours tort de trop parler, monsieur. Ainsi, vous avez dit *Mary* Purcell. Or son premier prénom, c'était Alice et c'est celui qu'ont mentionné les journaux... Il n'y avait que sa famille et ses intimes pour l'appeler Mary. *Et comment pouviez-vous savoir que ses yeux étaient verts?* Ils étaient fermés depuis longtemps, lorsque les journalistes ont vu le corps. Mais son amant, lui, connaissait la couleur de ses yeux.

Oui, monsieur, je sais maintenant qui vous êtes... Vous êtes le jeune homme qui, cet été-là, séjournait à la ferme des Lovell. Il faut que nous parlions un peu de Mary. Dommage que le pauvre Tim Purcell ne soit pas avec nous; ça lui aurait sûrement été d'un grand réconfort. Mais nous aurons une pensée pour lui, n'est-ce pas, avant de nous séparer?

C'est quand même drôle lorsqu'on y réfléchit... je dirai même providentiel... que vous soyez venu à pied de la ferme tantôt, sans voiture ni personne. Et je suis prêt à parier cette clef plus cette hallebarde — vous imaginez sûrement à quel point j'y tiens — que vous n'avez dit à personne où vous alliez. *Mais vous n'avez pu vous empêcher de venir, hein?*

Et je ne pense pas que ni vous ni moi sachions jamais vraiment ce qui vous a poussé à le faire... Vous n'imaginiez pas pouvoir rencontrer le père de Mary. Alors ce doit être parce que je n'ai cessé de souhaiter que cette rencontre se produise un jour!

Oh! à votre place, monsieur, je ne crierais pas comme ça. Vous finirez simplement par vous faire mal à la gorge, car personne ne vous entendra. A un kilomètre à la ronde, il n'y a personne que vous et moi. Et ces murs sont épais. Très, *très* épais.

Guide to Doom.

Traduction de Maurice Bernard Endrèbe.

Une ville coriace

par

WILLIAM SAMBROT

Ed Dillon hésita devant la grille de fer forgé barrant l'allée conduisant à une maison cossue. Faisant passer d'un bras à l'autre sa valise cabossée, il s'avança sans tenir compte de la pancarte INTERDIT AUX REPRÉSENTANTS accrochée bien en vue près de la sonnette. Il se sentait fatigué, épuisé comme seul peut l'être un V.R.P. après s'être fait claquer la porte au nez toute une journée. C'était une ville difficile, une ville coriace.

Quelques minutes plus tôt, remarquant le regard insistant que lui avait lancé un agent de police, il avait continué son chemin du pas alerte du touriste bien nourri qui visite un peu la ville en attendant le prochain autocar. Mais le policier n'avait pas été dupe : il avait l'œil pour repérer les chaussures éculées, les vestes au tissu lustré et les valises d'échantillons bosselées. Une ville coriace, se répéta Dillon en songeant aux deux minables ventes qu'il avait réalisées depuis son arrivée.

Consultant sa montre, il constata qu'il avait juste le temps de tenter une dernière fois sa chance, de redescendre en se pressant à la gare routière et d'y avaler un morceau avant de prendre le car de 17 h 15 pour la prochaine ville.

Il avait à peine poussé la grille et fait deux pas que le chien était sur lui, gueule ouverte, écumante, crocs menaçants; une bête étrange, effrayante, rôdant silencieusement derrière un taillis et qui avait bondi sauvagement sur lui avec un grognement. Un réflexe dû à une longue expérience lui fit soulever sa valise et, par bonheur, les dents de l'animal écorchèrent seulement ses jointures. Le chien, qui se trouvait maintenant derrière lui, s'éloigna avec un hurlement sinistre.

Le cœur cognant dans sa poitrine, Ed lécha ses phalanges meurtries et regarda la bête battre en retraite. Du coin de l'œil, il vit un rideau retomber derrière une fenêtre, puis la porte de la maison s'ouvrit et un homme de haute taille aux cheveux blancs s'avança sur le perron. Observant les traits énergiques, les yeux perçants qui le détaillaient de la tête aux pieds, le représentant se dit qu'il ne vendrait rien dans cette maison. Il empoigna de nouveau sa valise, ouvrit la grille et se hâta de déguerpir.

— Attendez! cria l'homme aux cheveux blancs. Hé, vous! Revenez! Arrêtez!

Ed continua de filer sans se retourner. Il les connaissait, ces villes, ces types aigris, méchants, toujours à l'affût d'une occasion d'envoyer un pauvre représentant en prison, de lui faire payer une amende pour vente sans licence, de lui arracher son dernier *cent* et de le chasser à coups de pied au derrière comme un vulgaire clochard. Il les connaissait, ces misérables bourgs couverts de suie, ces ménagères mal peignées qui l'écoutaient avec des yeux mornes et un sourire hautain. Qu'avaient donc les gens contre lui? Pourquoi le haïssaient-ils, le méprisaient-ils, lançaient-ils leurs chiens à ses trousses? Il ne leur faisait pourtant aucun mal en leur proposant ses brosses, ses gadgets ménagers, ses plaisanteries innocentes. Pourquoi lui répondait-on par des insultes et des menaces? Sur le seuil de la maison, l'homme continuait à s'égosiller tandis que Ed tournait le coin de la rue et pressait le pas vers la gare routière.

Il avait encore vingt minutes à attendre en sirotant son café lorsqu'il entendit des voix excitées à l'extérieur de la cafétéria. Avec une prudence née d'une longue expérience, il s'empara d'un journal, l'ouvrit devant son visage puis jeta autour de lui des regards furtifs. L'homme aux cheveux blancs et l'agent de police remontaient la longue plate-forme abritée de l'arrêt d'autocar en dévisageant les quelques voyageurs qui attendaient de pouvoir monter dans le véhicule argenté.

Dillon se leva. La valise et le journal à la main, il traversa la salle d'un pas nonchalant et sortit par la porte de derrière. Le représentant ne doutait pas que l'homme aux cheveux blancs voulût le faire arrêter pour crime de lèse-pancarte. Encore un commerçant local indigné par la concurrence déloyale des colporteurs sans licence, se dit-il.

Le dos voûté, les épaules affaissées, Ed se sentait las et vide. Risquant un œil au coin du bâtiment de la gare, il vit les deux hommes entrer dans la cafétéria et conclut qu'ils allaient mener grand tapage autour de leur chasse à l'intrus. Un coup d'œil circulaire lui révéla un petit parc triste, planté d'arbres épars, au centre duquel se dressait une minuscule cabane, apparemment vide, qui disparaissait presque sous le feuillage.

Ed se remit en route d'un pas vif. Il avait une chance, une faible chance de rejoindre la route et d'y arrêter l'autocar s'il parvenait à quitter la ville sans se faire repérer par le policier. Il ne pouvait se permettre de payer une amende ou de passer trente jours en prison, et les deux encore moins. Il n'avait en poche que le prix de son ticket et de quoi régler la chambre d'hôtel pour cette nuit. Demain, si la ville suivante se montrait aussi hostile...

Le représentant s'engouffra dans le jardin public, descendit une allée mal entretenue menant à la maisonnette. Derrière lui, l'autocar émit une pétarade retentissante en staccato. Trop tard maintenant, se dit Dillon.

Un coup d'œil à l'intérieur de la cabane lui fit découvrir un plancher sale, des bancs couverts de poussière. Il résolut d'y attendre la tombée de la nuit et de prendre le car de 22 heures. Cette perspective n'avait rien de réjouissant mais elle valait mieux qu'une rencontre inopinée avec le policier plein de zèle.

Au-delà du parc, il vit des villas douillettes, des rues paisibles bordées d'arbres et une vague tristesse l'envahit. Il était l'éternel vagabond, le colporteur dont le métier existait depuis longtemps déjà à l'époque où l'on construisait les pyramides.

Dillon s'assit sur un banc en soupirant. Une ville cruelle, se dit-il, peuplée d'hommes au cœur dur. Même les chiens y mordent sans prévenir, lui rappela la brûlure de ses jointures écorchées. Il ouvrit le journal, parcourut rapidement les gros titres. UNE JEUNE FILLE DE NOTRE VILLE DISPARAÎT, lut-il. « On craint que Judy Howell n'ait été victime d'un détraqué. » Ed poussa un grognement, les yeux écarquillés dans la pénombre, puis renonça à lire, glissa le journal sous sa tête et s'endormit presque aussitôt. Lorsqu'il se réveilla, il faisait nuit.

Il avait la bouche sèche, le sang lui battait aux tempes et la blessure de sa main lui cuisait. Sa montre lui apprit que, en se hâtant, il aurait juste le temps de se faufiler hors de la ville et de faire signe au car de 22 heures. Mais quand il se leva, la cabane se mit à tourner, ses oreilles à bourdonner. Effrayé, le représentant attendit que le vertige se dissipât. Il avait souvent connu la faim et la fatigue, mais jamais il n'avait éprouvé un tel malaise. La douleur de ses jointures écorchées le fit grimacer lorsqu'il souleva sa valise. Maudissant une nouvelle fois la ville, le chien, l'homme aux cheveux blancs qui le pourchassait, il sortit de la maisonnette en titubant.

A moins de couper à travers champ, de passer pardessus ou sous les clôtures de barbelés, Dillon devait traverser un carrefour brillamment éclairé pour rejoindre la route. Il hésita, bien que sa blessure ne lui laissât guère le choix car il ne se sentait pas d'attaque pour un parcours du combattant.

Le journal sous le bras, il releva la tête et se mit en

route d'une démarche assurée en espérant donner l'impression d'un respectable voyageur se dégourdissant les jambes entre deux autocars. Pourtant, ses pieds le faisaient atrocement souffrir et des lueurs étranges passaient devant ses yeux. Certes, de nombreuses heures s'étaient écoulées depuis qu'il avait déjeuné mais quand même...

Le représentant se raidit en voyant s'avancer vers lui un homme qui le fixait avec curiosité, comme le font la plupart des habitants des petites villes en croisant un inconnu. L'homme ralentit l'allure à l'approche d'Ed, puis s'arrêta carrément, attendant sans se cacher que l'étranger parvînt à sa hauteur. La longue expérience du colporteur lui disait qu'il ne s'agissait pas d'un policier, ni même d'un adjoint bénévole, mais d'un simple promeneur. Pourtant, l'homme l'avait regardé de façon bizarre, en haussant les sourcils comme s'il le reconnaissait...

Dillon rabattit son chapeau sur ses yeux et passa devant le badaud immobile en forçant ses jambes douloureuses à accélérer leur mouvement. Dans sa main, la poignée de la valise se couvrait de transpiration.

Il traversa rapidement la rue, lança un coup d'œil derrière lui : l'homme parut hésiter un instant puis se précipita vers une maison dont il se mit à marteler la porte du poing.

Ed se sentit soudain inondé de sueur : le promeneur avait réagi comme s'il l'avait reconnu, comme si sa photo avait été publiée dans tous les journaux. Des pensées cauchemardesques envahirent son esprit : l'homme aux cheveux blancs avait ameuté toute la ville contre lui!

Non, c'était ridicule. Même dans une ville aussi dure, les gens se moquaient bien d'un colporteur vendant sa pacotille sans licence.

Dillon détourna la tête à l'approche d'un joyeux groupe de filles sortant d'un café violemment éclairé.

En les croisant, il entendit l'une d'elles fredonner d'une voix claire un air populaire.

— Vous avez vu ce type? demanda une autre.

La main du représentant serra convulsivement la poignée de la valise.

— C'est... C'est lui!

Ed chancela. C'était insensé : même les gosses...

— Costume gris, chapeau marron, porteur d'une valise...

— C'est lui! C'est lui!

Les cris d'excitation des gamines le poursuivirent tandis qu'il traversait de nouveau la rue, tournait le coin et se dissimulait sous un porche obscur. A travers les vitrines de la boutique faisant angle, il vit les filles s'agglutiner devant la porte du café en pointant le doigt dans sa direction. Un jeune homme vêtu d'un uniforme blanc de serveur les rejoignit; un adolescent bondit sur son vélo, pédala furieusement jusqu'au carrefour et passa devant Dillon sans le voir.

Le lumignon de la bicyclette s'éloigna puis disparut au bout de la rue. Ed sentit son cou s'agiter d'un tremblement violent, incontrôlable. Quand le spasme cessa, il s'appuya contre le mur, les jambes molles et regarda de nouveau à travers la vitrine de l'autre côté de la rue. L'homme qui avait tambouriné à une porte revenait accompagné de plusieurs autres habitants. Des voitures convergeaient vers le café, devant lequel le groupe de curieux grossissait et devenait plus bruyant. Les voix montant de la foule s'enflaient, lui parvenaient en un brouhaha menaçant.

Lorsque le groupe se mit en branle pour traverser la rue, Ed reprit la fuite en baissant la tête. Ses oreilles bourdonnaient de nouveau. Devant lui, le trottoir s'étirait interminablement, se perdait au loin dans le noir. Le colporteur entendit des pas précipités derrière lui, des explications criées aux nouveaux venus.

Il est arrivé une chose horrible à cette ville, à ses habitants, se dit Ed. La nouvelle de sa présence s'était répandue comme une traînée de poudre et tous s'étaient lancés à ses trousses. Mais pourquoi? Il n'avait commis aucun crime! Qu'avait-il fait pour provoquer une telle fureur? Ed réfléchit et se souvint soudain du titre du journal : la jeune fille disparue, le détraqué. Mon Dieu! Se peut-il que ces gens s'imaginent...

La conscience du danger qu'il courait lui fit redoubler l'allure. Il était l'Étranger, l'Inconnu n'appartenant pas à la sacro-sainte communauté.

Dillon se lança dans une course titubante, traversa la rue puis un terrain vague, escalada un talus, le redescendit. Il n'avait plus le choix à présent : il fallait couper à travers champ en fuyant d'une foulée lourde, la valise lui battant les jambes, tandis que montaient derrière lui les clameurs de ses poursuivants. Il s'arrêta, se cacha derrière un gros chêne mais déjà la meute l'avait repéré et relançait sa chasse démente.

Ed courait. Il était devenu tous les fugitifs du monde qui tremblent de peur, encerclés par une nuit hideuse d'où montent des cris perçants. Il agitait les jambes spasmodiquement, comme dans un cauchemar. La ville le poursuivait en hurlant, gueule ouverte, écumante, crocs menaçants. Le colporteur n'aurait jamais dû ignorer la gigantesque enseigne au néon INTERDIT AUX REPRÉSENTANTS qui flamboyaient devant ses yeux.

De tous côtés, les chasseurs se ruaient vers lui. La démarche alerte ne les avait pas abusés : ils avaient remarqué les talons usés, la veste élimée, la valise mal en point. Ils savaient. Représentants, colporteurs, passez votre chemin. Ici, c'est une ville coriace.

Soudain ils furent sur lui et le jetèrent à terre en criant :

— C'est lui! Le type dont la radio a diffusé le signalement!

— L'homme que le shérif recherche...

— Tueur! Violeur!

Les mots pleuvaient sur lui de toutes parts, frappant

douloureusement son corps comme des coups de talon. Ed entendit une sirène mugir au loin puis se rapprocher, stridente, par-dessus le bruit de houle de la meute. Des freins gémirent; il y eut une bousculade confuse tandis que la foule continuait à le malmener.

— ... n'est pas recherché pour la fille, rugit une voix. Laissez-le! En ar...

Le brouhaha couvrit le reste de l'injonction.

— Il a été mordu par un chien enragé. Reculez. Au nom de la loi, reculez ou je tire!

Un chien enragé! Les mots parcoururent la meute comme une lame de fond, s'élevant puis retombant pour surgir de nouveau.

— C'est un chien enragé!

Une voix haineuse, horrible, hurla au-dessus des autres :

— Vous avez entendu le shérif. C'est un tueur, un chien enragé! Vous savez ce qu'il a fait à Julie Howell. *Qu'est-ce que nous attendons?*

Une autre voix s'éleva, perdue, lointaine :

— Arrêtez : Au nom de la...

Il y eut des coups de feu et la meute poussa un grand cri d'animal rendu fou par le sang. Ed sentit des mains l'empoigner, le relever, le pousser et le tirer. Des visages rouges, en sueur, aux yeux brillants, surgissaient devant lui et disparaissaient. Le grondement de la foule ne cessait de se gonfler. Ce n'était pas possible. Il devait divaguer, en proie au délire causé par le virus que le chien malade avait inoculé à son sang. Dillon avait entendu le shérif, il comprenait tout à présent. Plus besoin de fuir, tout allait bien. Il avait la fièvre mais bientôt on l'allongerait entre des draps frais et de gentilles infirmières poseraient des compresses sur son front brûlant.

Le représentant essaya de parler mais sa mâchoire brisée refusa de lui obéir. Il aurait pourtant voulu leur dire qu'il s'était trompé, qu'il avait mal jugé la ville et ses habitants. Ils n'avaient pas le cœur dur, pas vraiment, puisqu'ils l'avaient cherché pour le prévenir qu'il avait été mordu par un chien enragé, pour l'aider. Ils ne lui voulaient aucun mal. Les cris, les coups, la meute, rien de tout cela n'était vrai : il délirait.

Des lumières brillèrent devant son visage. Ed ouvrit ses yeux aux paupières gonflées, découvrit au-dessus de lui la silhouette massive du chêne. Quelque chose bougea dans les hautes branches puis tomba vers lui en ondulant comme un serpent brun et velu.

Le serpent dansa devant ses yeux et lui sourit tandis que les lumières s'éloignaient. On eût dit un collier de chanvre et le représentant sentit son contact rêche contre son cou mais il ne pouvait s'agir d'une corde. Non, pas vraiment. La foule hurlait, poussait des cris étrangement féminins qui soulevaient Ed, le hissaient au sommet d'une crête sonore incroyablement aiguë. Soudain, il se sentit tomber, tomber.

Cela aussi faisait partie du cauchemar. En réalité, les habitants de la ville ne lui voulaient aucun mal. Bientôt ils l'allongeraient entre des draps frais et de gentilles inf...

Tough Town.
Traduction de Jacques Martinache.

Un soir à la maison Black

par

ROBERT SOMERLOTT

SES yeux s'élargirent et ses grandes mains qui tenaient la bouteille de sherry tremblèrent légèrement; un filet brun courut le long du verre.

— Vous en êtes certain, Eric?

— Oui, dis-je. Quand quelque chose sort de l'ordinaire, je le sais; j'ai suffisamment roulé ma bosse pour en être sûr.

— Dites-moi exactement ce qui s'est passé. Cela pourrait être important.

— Il commençait juste à faire sombre quand j'ai quitté l'hôtel. Je marchais assez distraitement; je songeais qu'après les « tortillas » au piment rouge, absorbées tout au long de la semaine, les succulentes saucisses grillées de cette bonne Frieda m'attendaient. En croisant les deux hommes sur la « plaza » je ne leur ai prêté aucune attention. C'est seulement trois pâtés de maisons plus loin que je me suis aperçu qu'ils me suivaient.

Henry Black me tendit le verre; sa main ne tremblait plus. Assis en face de moi, appuyé au dossier de son fauteuil de cuir, il demeura un instant sans rien dire, le visage calme; mais il y eut une lueur de malaise dans ses pâles yeux bleus tandis qu'il jetait un regard en biais vers les fenêtres du living-room, aux volets barrés, aux lourds rideaux tirés. Il inclina un peu sur le côté sa tête aux cheveux coupés en brosse, comme pour écouter quelque bruit insolite venu de l'extérieur. Je n'entendis rien, à part un faible clapotis de pluie et les petits gémissements inquiets d'Inga, le plus nerveux des deux dobermanns. J'imaginais les deux chiens furetant sans arrêt de droite et de gauche entre la demeure et la clôture hérissée de barbelés qui l'encerclait. Loki, le mâle, était plus puissant. Mais Inga était constamment tendue, méfiante, en alerte, sur le qui-vive. Plusieurs mois auparavant, lors des premières soirées passées chez Henry Black, j'avais l'impression, assis à table, d'être un explorateur encadré de cannibales. Allaient-ils me sauter à la gorge si je tendais la main pour saisir une fourchette? Un inconnu, pour eux, était un intrus. Il avait bien fallu deux mois et une douzaine de visites avant qu'ils daignent, sans réagir, m'autoriser à traverser la pièce. Dans la maison, ils ne quittaient jamais Henry, lui collaient aux talons. Pour le moment, patrouillant dans la cour, ils humaient l'air de la nuit et dressaient l'oreille, cherchant à capter une odeur inhabituelle ou le son de pas étouffés.

— De quoi avaient-ils l'air, ces hommes? demanda Henry.

— D'un couple de pochards mexicains, dis-je. Quand j'ai compris qu'ils me suivaient, je me suis dit qu'ils voulaient détrousser un touriste américain en jouant de la matraque. Et puis j'ai senti... je ne sais pas... Oui, j'ai senti... qu'ils ne *marchaient* pas comme des Mexicains. C'est ridicule, je suppose, mais...

— Non, Eric, pas du tout!

Pris d'une excitation soudaine, Black s'était levé.

— Chaque race, chaque nationalité a sa propre manière de marcher. C'est comme pour les chiens — chaque espèce a sa démarche particulière. D'autres ne remarqueraient jamais la différence, moi si, et vous de même.

— En tout cas, dis-je, il y avait chez eux quelque chose de bizarre. Et s'il devait y avoir du vilain, il valait mieux que cela se passât dans le village plutôt qu'en pleine campagne sur cette route déserte. Je me suis donc arrêté, et j'ai attendu. Ils ne sont pas arrivés à ma hauteur; non, ils ont tourné dans une impasse, ou une cour. L'incident me serait alors complètement sorti de l'esprit si je ne les avais pas revus plus tard, près de votre portail.

— Que faisaient-ils?

— Ils causaient avec le conducteur de cette auto noire rangée sur le bas-côté. Ils m'ont observé quelques secondes, et dès qu'ils m'ont vu me diriger vers le portail ils sont montés à bord et la voiture a démarré, fonçant à l'opposé de la ville. Ah, oui, elle portait une plaque d'immatriculation américaine.

Henry fit violemment claquer son poing dans sa paume.

— Partis, partis pour où? Cette route mène à une paire de cahutes en adobe et à une porcherie, à cinq kilomètres d'ici. Vous auriez dû m'en parler tout de suite, Eric.

J'émis un petit rire discret, désirant détendre un peu l'atmosphère.

— Vous auriez voulu que je gâche l'excellent dîner de Frieda avec mon histoire de mystérieux inconnus en train de m'espionner? D'ailleurs, il n'est rien arrivé. Ils m'ont simplement paru assez singuliers, et j'avoue ne pas comprendre comment ils ont pu arriver ici avant moi sans que je les remarque sur la route. Oh, au diable! J'imagine qu'ils voulaient faire main basse sur quelques bons dollars américains et qu'en fin de compte ils y ont renoncé, c'est tout.

— Peut-être. Peut-être.

Frieda surgit si brusquement que j'eus l'impression qu'elle avait dû, tendant l'oreille, se tenir juste de l'autre côté de l'ouverture en arcade menant à la salle à manger.

— Noix, annonça-t-elle, exhibant un plateau en bois sculpté. *Und* fromaches.

— *Et* fromages, corrigea Henry.

— *Ja.*

Le visage tout rond de Frieda eut un sourire de bébé bien nourri, mais le cerne autour des yeux n'y correspondait pas. Ses doigts boudinés, cerclés de lourdes bagues en or, semblaient agités de légers spasmes tandis qu'elle disposait sur la table à café de petits plats généreusement garnis de menus amuse-gueules.

— Quand je me rangerai des voitures pour prendre femme, eh bien — Dieu me damne — je choisirai une Allemande, et elle sera comme Frieda!

— *Ja,* dit-elle en souriant, mais plus jeune.

— C'est une bonne épouse, dit Henry.

Ils échangèrent un long regard, accompagné d'un sourire en demi-teinte où se lisait l'entente profonde, le dévouement et même la dévotion — mais tout cela sur fond de tristesse.

— Tu as été un bon mari, dit-elle.

Chaque syllabe détachée portait son poids d'inexorable destin; on eût dit un au-revoir, un adieu peut-être, murmuré auprès d'une tombe fraîchement creusée. Henry lui tapota la main, avec une tendre retenue, et ses doigts effleurèrent le superbe bracelet d'or qu'elle arborait avec une visible fierté. Elle était si petite-bourgeoise d'aspect, Frieda, si neutre, popote et terne, qu'il y avait quelque chose d'à la fois saugrenu et puéril dans cette fascination que semblait exercer sur elle toute parure dorée. Et ce bracelet, vraiment très beau, ne paraissait pas lui procurer plus de délice que ces bringuebalantes breloques de bohémienne, du véritable toc, qui pendaient aux lobes transpercés de ses oreilles.

Au-dehors, Inga lança des aboiements aigus, stridents. En trois enjambées, Henry avait traversé la pièce. Repoussant les rideaux, il ouvrit violemment la fenêtre pour appuyer son front contre les volets et scruter à travers les fentes. Il avait largement dépassé la cinquantaine, mais sa démarche était celle d'un tigre, mariant équilibre et puissance.

— Qu'est-ce que c'est? demandai-je.

Ses muscles se détendirent progressivement.

— Rien. Mais Inga a aboyé.

— Je vais sortir inspecter un peu les parages.

Avant d'avoir pu faire un pas vers la porte, je dus m'arrêter. « Non, Eric! » Un commandement militaire, sec, cassant.

Je me retournai :

— Écoutez, Henry, toute la soirée on aurait dit que vous vous attendiez à ce qu'une bombe traverse la fenêtre. Et cela bien avant que je ne vous signale que l'on m'avait suivi. Pendant le repas vous aviez l'air d'un chat inquiet, aux aguets. Ça ne vous ressemble pas. A présent vous pensez qu'il se passe quelque chose là dehors. Eh! bien, je vais aller voir.

— Bon, allez. Il vaut mieux savoir.

A la porte, les chiens accoururent vers moi.

— Bon chien, Loki, dis-je, le flattant de la main. Inga, je n'y touchai pas. Ensemble, nous fîmes lentement le tour de la maison.

C'était une véritable forteresse, cette résidence, ou peut-être vaudrait-il mieux dire un camp de concentration, avec sa haute, épaisse clôture de fils métalliques, et cette étendue déserte et plate qui la séparaient de la jungle environnante. La clôture, puissamment électrifiée, attirait chaque jour une foule d'oiseaux criards qui venaient se percher sur les fils mortels. Même en cette partie reculée du Mexique, où les riches garnissent toujours leurs murs de tessons de bouteille et possèdent plusieurs chiens de garde, les précautions prises par Henry Black apparaissaient assez extraordinaires.

Henry, je l'avais rencontré cinq mois plus tôt, peu après mon arrivée au village de San Xavier. Figure imposante, arrêtant le regard, il traversait la plaza, flanqué d'Inga, suivi de Hugo, le valet au visage carré, presque sur ses talons. Il s'était immobilisé une seconde pour jeter un coup d'œil à la toile sur laquelle je peinais quelque peu. Après un bref salut de la tête il avait poursuivi son chemin, le dos raide, aussi militaire que le revolver dans l'étui du ceinturon.

Au cours des deux semaines qui suivirent, comme il se rendait chaque matin au bureau de poste, il était passé près de moi, à l'aller et au retour, sans jamais dire un mot, mais lançant toujours un regard intéressé. Finalement, son attirance pour la peinture et son amour des fleurs, que je m'acharnais à peindre sans relâche à l'époque, avaient eu raison de sa réserve.

Notre première conversation fut brève, mais un climat d'amitié s'établit rapidement entre nous, car lui-même maniait le pinceau en amateur. Et puis nous jouions aux échecs; et nous étions à peu près de même force. De plus, nos arrière-plans comportaient bien des points communs qui abolissaient la différence d'âge. A trente ans, j'avais déjà largement parcouru le monde. Tous deux, Henry et moi, nous avions été sous les armes et sous le feu, nous connaissions maints détails de régions exotiques ou singulières, et nous évoquions ensemble certaines rues tortueuses de Singapour ou de Barcelone.

— Quelle joie et quel soulagement de pouvoir à nouveau s'entretenir avec un homme intelligent! m'avait-il dit. Qu'est-ce qui a bien pu vous conduire jusque dans ce trou du diable?

— Pas le hasard. Pendant trois ans je me suis abondamment renseigné, auprès d'amis, et de relations mexicaines, avant de me décider en faveur de cette ville. Pour moi, c'est l'idéal.

De mon côté, j'évitai de l'interroger sur les raisons qui l'avaient amené à choisir San Xavier comme lieu de retraite. Quelque chose en lui interdisait ce genre de question.

Une semaine plus tard, je fis la connaissance de Frieda.

— Je l'ai découverte en Allemagne, me dit-il, alors que je m'y trouvais en mission militaire. Eric, vous auriez dû la voir il y a trente ans!

Sur ses gardes, Henry l'était toujours. Mais ces dernières six semaines une inquiétude, une angoisse venaient de plus en plus s'ajouter à cette vigilance de principe. Je notais de nouvelles ombres sous les yeux, et son comportement révélait une tension de presque tous les instants. Dans la rue, il regardait fréquemment par-dessus son épaule. Enfin je m'aperçus que l'heure de son arrivée à la poste variait d'un jour à l'autre, et que c'était volontaire.

Et maintenant, au moment où je contournais avec les chiens le quatrième coin de la maison pour déboucher à nouveau sur le terrain de façade, j'eus l'impression qu'il était proche du point de rupture. Il m'observait à travers les fentes des volets, et ses yeux se plissaient, me semblait-il, dans un intense effort pour percer du regard ce que la nuit dissimulait.

Parvenu à hauteur de la fenêtre, je m'immobilisai soudain, contractant les épaules. Loki aboya tandis que ma main l'effleurait. Déconcertés par mon attitude, flairant de l'insolite, les chiens se mirent à gronder rageusement et s'en allèrent renifler du côté de la clôture, mais sans trop oser s'en approcher.

Je m'empressai de rentrer.

— Qu'est-ce que c'était? demanda Henry.

— Rien.

— Non, Eric! Vous avez vu quelque chose. Je regardais derrière les volets. Quelque chose, là-bas, dans la jungle, vous a fait tressaillir.

— Une lueur, c'est tout, dis-je. Elle est apparue deux fois, puis s'est évanouie. J'ai cru d'abord qu'il s'agissait d'une sorte de signal, mais ce devait être la lanterne ouverte d'un Mexicain, que la pluie a fait s'éteindre; c'est plus que probable. Il pleut à verse par là-bas.

Henry parut sceptique. Il me regarda fixement sans mot dire et j'en ressentis quelque malaise.

— Qu'y a-t-il donc? demandai-je en enlevant mon pardessus mouillé. Pourquoi Hugo est-il venu me trouver ce matin pour me demander de venir ici ce soir et non pas vendredi comme d'habitude? Changer si brusquement de programme, ce n'est pas votre genre.

Il me fixait toujours; un conflit interne se reflétait sur son visage.

— Je suis votre ami, lui dis-je. Ces derniers mois, vous et Frieda, vous avez compté beaucoup pour moi. J'espère être en mesure de vous prouver à quel point, tôt ou tard. Si vous avez besoin d'aide, eh bien, je suis là, et l'on ne m'effraie pas facilement. Mais il faut que je sache de quoi il retourne.

— Asseyez-vous, Eric.

Il m'offrit une cigarette et du feu, en choisit une lui-même, l'alluma, tout cela au ralenti. Il désirait prendre son temps.

— Je m'étais juré de n'en jamais parler à âme qui vive. Mais à présent, oui, j'ai besoin d'aide. Je dois protéger Frieda, quel qu'en soit le risque.

Il ne me quittait pas des yeux, me sondant du regard, intensément.

— Eric, êtes-vous prêt à jurer devant Dieu, quoi que je puisse vous dire — quoi que vous puissiez penser de moi ensuite — que vous prendrez soin d'elle pendant vingt-quatre heures, si je ne suis pas là pour le faire?

J'hésitai un bref instant, puis me décidai.

— Bien sûr, je le ferai. Cela, vous le saviez avant même de me le demander.

— Vous le jurez?

— Oui, confirmai-je. Mais à une condition. Ce que vous allez me dire, faites en sorte que ce soit l'absolue vérité. Sinon, ne comptez pas sur moi.

— Toujours le joueur d'échecs, dit-il. D'accord. C'est un pacte entre amis. Mais je voudrais que vous m'appreniez d'abord certaines choses. Qu'avez-vous cru déceler en ce qui me concerne?

— Soit, dis-je. Tant pis si je me trompe, ne m'en veuillez pas. Pour commencer, vous n'êtes pas un Américain, un vrai. Votre accent est presque parfait, mais avec de petites erreurs de détail. Et puis il y a votre façon de vous asseoir à table, et la manière dont vous déplacez une pièce sur l'échiquier, le mouvement du bras pour la saisir. Jusque-là, c'est juste?

— Tout à fait, acquiesça-t-il. Vous avez l'œil; d'ailleurs , je trouve qu'il y a chez vous une sorte de perspicacité implacable et d'inflexible rigueur. C'est peut-être pour cela que j'ai confiance en vous.

— Vous vous cachez, je le sais, vous essayez d'échapper à quelque chose, ou quelqu'un, poursuivis-je. Cette demeure est prête à soutenir un siège. Pourtant vous n'êtes pas un bandit, ni même un voleur ou un escroc, et je ne pense pas que vous l'ayez jamais été.

Frieda se tenait sous l'arcade.

— Entre donc, *Liebchen,* dit-il et elle s'agenouilla auprès de son fauteuil. Vous avez raison sur tous les points, Eric. Maintenant, c'est à mon tour de parler.

— *Nein, nein!* Ce n'était qu'un murmure, mais de terreur. Personne...

— Il nous faut de l'aide, Frieda.

Le ton était bref, sec, comme s'il s'adressait à Inga. Frieda étouffa un sanglot et garda le silence.

— Je m'appelle Heinrich Schwartz, dit-il. Ma présence au Mexique est illégale; je me fais passer pour un Américain à la retraite; pour moi, ce n'est pas difficile. Enfant, j'ai vécu huit ans à Milwaukee. Plus tard j'ai suivi des cours spéciaux d' « américanisation » dans une institution militaire allemande.

Au-dehors, la pluie tombait de plus en plus. J'entendis le vent s'élever tandis que Black quittait son fauteuil pour marcher lentement de long en large, s'étreignant les mains, les tordant presque.

— Dans l'armée allemande, j'étais commandant. Un peu jeune pour les responsabilités qui m'incombaient, mais j'appartenais à une famille en vue, haut placée. Nous n'étions pas des Nazis! Quoi qu'on ait pu dire, nous n'en étions pas! Certes, nous avions quelques relations éloignées avec le Parti. Frieda, elle, avait des contacts plus suivis. Qui n'en avait pas? Mais j'étais un homme de l'Armée, moi, un soldat, décoré trois fois, une fois en Pologne, deux fois en Afrique.

Hugo entra, portant une boîte en bois qui me parut être un coffret à revolvers. Henry sembla ignorer sa présence.

— Je fis un stage d'entraînement en Bavière, où l'on nous apprenait à incarner des Américains, ainsi que la technique du sabotage, en vue de semer le désordre chez l'ennemi. Et voilà qu'un éclat d'obus reçu en Afrique se remit à faire des siennes et de nouveau me rendit temporairement invalide. On me retira du service actif et l'on m'affecta aux transports; je fus chargé d'un dépôt près de la frontière belge. Hugo était alors mon ordonnance. Il l'est toujours.

Le valet inclina la tête, sans plus.

— Le transport de juifs ramassés en Hollande entrait dans mes attributions, mais pour une faible part. Je fournissais simplement des gardes, et ce qu'il fallait pour leur transfert vers l'intérieur. Il n'y en avait pas beaucoup. Moins d'une centaine par semaine. C'était déplaisant, mais je ne m'y attardais guère. Du travail de routine, morne, terne. Mais au moins, là-bas, j'avais Frieda avec moi.

« Et puis tout s'effondra, très vite. J'avais quatorze prisonniers sur les bras et les Américains étaient presque sur nous. Le transfert n'était plus possible. » Son poing s'écrasa sur la table à café. « Qu'est-ce que je devais faire? Libérer les prisonniers pour qu'ils se livrent au sabotage sur nos arrières? » Sa voix s'enflait, montait vers l'aigu; il hurla. *« J'avais des ordres!* J'étais un soldat. Hugo et moi les avons fait sortir, pour les... transporter non loin de là. »

Son regard erra autour de la pièce, s'arrêta sur les fenêtres.

— Il pleuvait cette nuit-là, dit-il. Tout comme ce soir.

Quelles images avaient-ils devant les yeux en ce moment même, ces trois êtres? Je me le demandais. Celle d'une pitoyable procession de captifs, aux visages ravagés par la faim, guère plus que des crânes recouverts de peau? Moi, je voyais Hugo et Henry, debout près d'un camion à bestiaux bâché, attendant que se soit formé l'alignement final. Et Frieda, les claquements des Lugers résonnaient-ils encore dans sa tête, à intervalles réguliers, méthodiquement espacés? Entendait-elle les dernières plaintes des victimes? Non, pour l'instant elle tentait de percevoir d'autres bruits, annonçant l'imminence du péril. Quelque part dans la nuit.

— Plus tard on m'a jugé à Nuremberg, poursuivit Henry d'une voix sourde. On n'a rien pu prouver. Mais selon une vague rumeur deux enfants de ce groupe avaient soi-disant échappé à... Alors on m'a maintenu des mois et des mois en détention tandis que l'on recherchait des témoins imaginaires. Cela n'a rien donné. On est même allé jusqu'à entraîner là-dedans cette pauvre Frieda, l'accusant d'être une goule qui détroussait les cadavres. *Mein Gott!* C'était horrible! On n'a rien prouvé, mais j'ai passé cinq ans à la prison de Landsberg.

« Une semaine après qu'on m'eut relâché, nous avons fui jusqu'ici. S'ils nous retrouvaient, nous le savions, ce serait l'heure de la vengeance. Eh! bien, finalement, ils ont réussi à nous repérer. Regardez! »

Il fouilla dans une poche et en retira une enveloppe portant le cachet de Mexico.

Il y avait à l'intérieur une feuille d'agenda de bureau datée, elle, du jour même. Un dessin grossier, presque puéril, y représentait trois corps, dont l'un en jupe, lamentables et ridicules, pendus à un arbre. En dessous, ces mots griffonnés en allemand : *Ce soir, Commandant.*

— D'autres envois l'ont précédé, dit-il. Cela a commencé il y a six semaines. D'abord un paquet contenant un bracelet en or — comme celui que porte Frieda. Ils l'avaient entouré d'un serpent en caoutchouc, ces démons. Cette fois-là le billet disait, *Bientôt, Commandant, mais pas trop vite.*

Frieda semblait suffoquer, la respiration rapide, rauque, saccadée.

— Et puis, le pistolet d'enfant, gémit-elle. Avec, peinture rouge — comme si, dessus, du sang. Une autre fois, un livre, c'était.

— Oui, dit Henry. Un livre sur Adolf Eichmann. Ils avaient écrit sur la page de garde : *Vous irez le rejoindre ce mois-ci.*

Je les regardai; tous trois se tenaient de l'autre côté de la pièce.

— C'est pour cela que vous m'avez fait venir ici ce soir, dis-je. Vous pensez qu'ils ne frapperont pas s'il y a un étranger dans la maison.

— Je ne sais pas, Eric, dit-il. Vous, ils ne vous feront pas de mal. Vous êtes américain, et cela leur créerait des ennuis. Ils sont prudents. Lisez donc l'histoire d'Eichmann!

Son visage se plissa; un profond sillon barra son front.

— Pourtant, cela ne se passe pas comme avec Eichmann. Ces avertissements visant à nous torturer... Il y a là quelque chose de personnel. De diabolique!

Henry posa la main sur mon épaule.

— Hugo et moi, nous sommes de taille à nous défendre. Nous avons des armes, et bien assez de munitions. Mais Frieda, il faut qu'elle puisse gagner Mexico. Prenez soin d'elle, vous l'avez juré.

Je ne pus me résoudre à le regarder dans les yeux.

— Je l'ai promis, dis-je, et je tiendrai ma promesse. Ce que vous avez pu faire, de toute façon, ça n'est pas sa faute. Et s'il y a du grabuge ici ce soir, je ne vous laisserai pas tomber. Peu importe ce que je pense de votre histoire, je ne resterai pas sans réagir pendant que des lâches, là-bas, dans l'ombre, s'apprêtent à vous tirer dessus.

— Merci, Eric.

Sa voix s'étranglait à moitié. Frieda s'approcha de moi. Dressée sur la pointe des pieds, elle m'embrassa la joue.

Le vent rabattit la pluie contre les volets, et l'on entendit alors une sorte de *rata-tat-tat,* quelque part au-dehors. Inga, puis Loki, aboyèrent furieusement. *Rata-tat.* Une série de sons criards, métalliques. Nous prîmes aussitôt des revolvers dans le coffret ouvert par Hugo. Je vérifiai le Luger; il était chargé, prêt à servir.

« Frieda! » C'était un commandement; elle se tint aux ordres. « La lumière. *Aus.* »

Elle alla prendre place auprès du tableau électrique avec une diligence et une précision toutes militaires, traces d'un long entraînement. Elle actionna les deux premiers leviers en sens inverse, plongeant la maison dans le noir et éclairant en même temps le terrain sur le devant, du moins autant que le permettait la pluie battante. *Rata-tat!* Le son semblait se rapprocher.

— Restez près de la porte, dis-je à Henry. Hugo et moi, nous allons sortir par-derrière et faire le tour en explorant la végétation. »

« Ja. » Une seule syllabe, mais lourde d'angoisse; dans l'obscurité, Henry devait trembler. Je me faufilai au-dehors par la porte de la cuisine, suivi de Hugo qui avait tendu le bras gauche au passage pour couper le courant destiné au portail de derrière. Les chiens se précipitèrent bruyamment à notre rencontre, mais d'un mot presque chuchoté Hugo les fit taire. Tandis qu'une rafale de vent nous envoyait un paquet de pluie au visage, le bruit métallique se fit de nouveau entendre.

A demi aveuglés par la pluie, luttant contre un fouillis de tiges, de joncs, de palmes de bananier, nous avancions avec précaution, nous efforçant de ne pas trébucher contre des racines dissimulées ou des branches tombées à terre. En cette saison, à San Xavier, un vent violent porteur de pluie s'élevait presque chaque soir à la même heure. Cela faisait de toute évidence partie du plan — frapper au plus fort de la bourrasque. Rien n'avait été laissé au hasard.

A cinquante mètres de la maison nous trouvâmes la cause du bruit — un dispositif tout simple attaché à un tronc d'arbre. Ballotté par le vent, un bout de bois venait frapper une poêle; un vrai truc de môme. Hugo l'arracha en poussant un juron.

— C'était pour nous attirer de ce côté, dis-je. Demi-tour, vite!

En revenant vers la maison nous avançâmes avec encore plus de prudence, ne sachant trop, ni l'un ni l'autre, ce qui pouvait nous attendre sur le chemin du retour.

Nous avions presque atteint le portail de derrière lorsque Hugo s'arrêta brusquement, semblant percevoir ou pressentir quelque chose. Je compris soudain ce qui l'avait alerté. « Hugo! » hurlai-je tandis qu'il s'aplatissait au sol — trop tard. Un coup de feu retentit dans la nuit. Le valet ne cria pas, lui; il était mort.

Courbé en deux, je franchis le portail en courant, bousculant les chiens qui aboyaient frénétiquement, pris à la fois de panique et de rage à la suite du coup de feu. L'espace d'une seconde j'eus terriblement peur que, dans son désarroi, Inga ne se jette sur moi, mais elle me laissa passer.

J'ouvris la porte de la cuisine, la rabattit à toute volée et m'engouffrai à l'intérieur, fonçant dans le noir en trébuchant quelque peu.

— Henry! hurlai-je. Ils ont eu Hugo! Il est mort!

— *Mein Gott!* Où sont-ils en ce moment? Combien sont-ils?

— Ils font le tour par-devant, je crois. Combien, je ne sais pas; je n'ai pas bien vu. Peut-être trois, peut-être quatre.

Grâce aux rais de lumière issus des fentes des volets, je vis que Frieda était restée à son poste près des leviers. Henry s'efforçait de discerner ce qui se passait au-dehors; son revolver pendait au bout de son bras. En un éclair mon poing s'abattit, l'arme tomba, et dans un même élan j'écartai brutalement Frieda. La lumière inonda la pièce.

— Il n'y en a qu'un, Commandant, dis-je. Et il n'est pas dehors. Il est ici. Pas malin de votre part d'avoir laissé ces deux enfants en réchapper.

La terreur sur leurs visages, j'en avais rêvé, et j'étais comblé. Cela compensait toutes ces longues années d'attente, et la fièvre contenue de ces derniers mois, après avoir enfin retrouvé leurs traces. Je restai un instant silencieux, savourant, oui, savourant cette minute, laissant chaque détail, chaque expression, chaque regard apeuré, vainement implorant, s'imprimer dans ma mémoire. Tout cela devait se graver en moi, pour que je puisse le rapporter fidèlement à ma sœur qui m'attendait à Mexico.

— Il pleut ce soir, Commandant, dis-je en allemand. Tout comme il pleuvait cette nuit-là.

Je tuai Frieda la première; je voulais qu'il assiste à sa fin. Heinrich, je lui logeai une balle dans la tête au moment où il plongeait vers le parquet pour se saisir du revolver. Les quelques petites choses qu'il me restait à accomplir ne me prirent guère de temps — mettre mon revolver dans la main de Heinrich, et faire place nette : les autres revolvers, mon verre de sherry. D'ailleurs, plusieurs jours passeraient avant que l'on se préoccupât de ce trio. A ce moment-là, ma sœur et moi aurions déjà rejoint New York sans être inquiétés.

Avant de partir, j'ôtai le bracelet du poignet de Frieda. Je vis au dos les initiales de ma mère — cela, je le savais d'avance. Je le connaissais si bien, ce bracelet. Nous avions tout perdu, c'était le seul objet de valeur qui nous restait et nous pensions qu'un jour il faudrait peut-être nous en séparer afin de pouvoir survivre. Et je me revoyais immobile dans la boue, simulant la mort, tandis que Frieda retournait le corps sans vie de ma mère, fouillait et déchirait les vêtements mouillés, arrachait le bijou de sa misérable cachette.

Les quelques minutes écoulées avaient pourtant suffi pour que les chiens s'apaisent. Leur accueil fut presque amical lorsque je me dirigeai vers le portail.

— *Shalom,* Loki, dis-je. *Shalom,* Inga.

Evening at the Black House.
Traduction de Philippe Kellerson.

D'entre les morts

par

WILLIAM WOOD

NOUS fûmes conquis d'emblée en découvrant le terrain à un détour de la route serpentant vers le fond de Clay Canyon. Une pancarte clouée sur un arbre mort annonçait en lettres grossièrement peintes : TERRAIN À VENDRE. 1 500 DOLLARS OU AU PLUS OFFRANT, suivi d'un numéro de téléphone.

— Quinze cents dollars, à Clay Canyon? s'étonna Ellen. Je n'arrive pas à y croire.

— Ou au plus offrant, corrigeai-je.

— Il paraît qu'on ne peut pas faire un pas dans le coin sans tomber sur une vedette de cinéma.

— Nous avons roulé près de cinq kilomètres sans en rencontrer une seule. En fait, je n'ai pas vu âme qui vive.

— Mais il y a les maisons, fit Ellen, tout excitée.

Il y avait les maisons, effectivement : à droite, à gauche, devant, derrière; des sortes de ranchos trapus et bas, prosaïques, qui n'évoquaient ni le luxe ni la vie agitée et palpitante que nous imaginions pour leurs occupants. Je ne découvris pourtant personne autour des villas s'étageant le long de la route en pente. Les voitures — Jaguar, Mercédès, Cadillac, Chrysler — abandonnées dans les allées, étincelaient de tous leurs chromes au soleil. Je pouvais apercevoir un coin de piscine, un plongeoir blanc, mais aucun nageur n'évoluait dans l'eau turquoise. Nous descendîmes de voiture. Ellen penchait en avant sa tête assez grosse, aux cheveux courts, comme entraînée par son poids. Hormis une cigale qui raclait son violon quelque part sur la colline, un profond silence nous environnait dans l'air étouffant. Pas même le frémissement d'un oiseau dans le feuillage parfaitement immobile des arbres.

— Il a sûrement quelque chose qui cloche, ce terrain, supputa Ellen.

— Ou il est probablement déjà vendu et on n'a pas pris la peine d'enlever la pancarte... Il y avait quelque chose, ici, avant.

J'avais remarqué plusieurs blocs de béton ébréchés qui semblaient avoir poussé de terre, un peu au hasard.

— Une maison, tu crois?

— Difficile à dire. En tout cas, si c'était une maison, elle a été démolie il y a des années.

— Oh, Ted, l'endroit est idéal! s'écria Ellen. Regarde cette vue!

Elle montrait du doigt les collines arrondies brûlées par le soleil, qui, à travers le tremblement de l'air chaud, semblaient fondre comme de la cire.

— Autre avantage, renchéris-je, on n'aura guère qu'à débroussailler avant de construire puisque le terrain a déjà été nivelé. Cela représente une économie de mille dollars.

Ellen me prit les deux mains. Ses yeux brillaient dans son visage grave.

— Qu'en penses-tu, Ted? Qu'en penses-tu?

Ellen et moi nous étions mariés quatre ans plus tôt, franchissant le pas assez tardivement l'un et l'autre, après le tournant de la trentaine. Nous avions d'abord vécu dans un appartement de Santa Monica puis, après ma promotion au poste de directeur, dans une maison partiellement meublée de Hollywood Hills, avec l'idée que, à la naissance de notre premier enfant, nous achèterions ou ferions bâtir une demeure plus grande. Mais l'enfant n'était pas venu et cet échec, qui constituait pour nous une source de tristesse et d'anxiété, demeurait entre Ellen et moi comme un vieux scandale dont chacun de nous se sentait responsable.

Ce fut après un coup de bourse inattendu qui m'avait laissé un joli bénéfice qu'Ellen commença à poser en douceur, à sa manière, les premiers jalons. Lorsque nous faisions des achats ensemble, elle glissait des remarques du genre : « Cet endroit est vraiment devenu trop petit pour nous, tu ne crois pas? » Ou encore : « Il faudrait clôturer la cour, bien sûr. » Ces allusions me firent comprendre que l'achat d'une maison revêtait pour Ellen des vertus magiques : elle croyait obscurément que si nous prenions toutes les dispositions en vue d'accueillir un enfant, l'enfant finirait par venir. Cette idée la rendait heureuse. Son visage se remplit, les cernes gris entourant ses yeux disparurent et elle retrouva sa tranquille gaieté.

J'hésitais en regardant le terrain. Je sais à présent qu'il y avait quelque chose derrière mon hésitation, quelque chose que je ne ressentais alors que comme une qualité particulière du silence, une vague sensation de totale désolation.

— C'est si calme, insista Ellen : il n'y a pas du tout de circulation.

— La route ne mène nulle part, expliquai-je. Elle s'arrête quelque part dans les collines.

Ma femme tourna vers moi des yeux brillants, interrogateurs. Le bonheur qui l'habitait depuis que nous nous étions mis en quête d'une maison s'était transformé en ravissement.

— Nous allons téléphoner, cédai-je. Mais n'aie pas trop d'espoir. Il est probablement vendu depuis longtemps.

Nous retournâmes à la voiture d'un pas lent. Sous ma main, la poignée de la portière se révéla brûlante. En bas du canyon, l'arrière d'un camion disparut sans bruit derrière un tournant.

— Non, assura Ellen. Je ne sais pourquoi, mais j'ai la certitude que ce terrain nous attendait.

Elle avait raison, bien sûr.

M. Carswell Deeves, le propriétaire, n'eut guère qu'à prendre mon chèque de quinze cents dollars en échange de l'acte de propriété, car lorsqu'il nous reçut, Ellen et moi étions déjà prêts à acheter. Comme la rédaction maladroite de la pancarte nous l'avait laissé penser, M. Deeves n'était pas agent immobilier. Il habitait une maison dans la partie de Santa Monica où vit une majorité de Mexicains. C'était un homme d'âge incertain, au visage joufflu et rose, portant un pantalon et des chaussures de toile blancs, comme si, entre les maisons sordides au toit en terrasse d'asphalte et les potagers desséchés de ses voisins, il possédait secrètement un court de tennis.

— Alors, vous allez vivre à Clay Canyon, nous lança-t-il. Ros Russell y habite, ou y a habité dans le temps.

Nous apprîmes que Joel McCrea, James Stewart, et Paula Raymond y avaient également vécu, de même qu'une série de producteurs, metteurs en scène et « seconds rôles ».

— Oh, oui, fit M. Deeves. C'est une adresse qui fera excellente impression sur votre papier à lettres.

Ellen eut un sourire rayonnant en me pressant la main.

Le propriétaire savait fort peu de choses sur le terrain, hormis qu'un incendie avait détruit, des années auparavant, la maison qui s'y trouvait, et qu'il avait depuis changé maintes fois de mains.

— Moi-même, je l'ai acquis d'une façon qu'on peut qualifier de romanesque, nous déclara M. Deeves dans son salon, sorte de boîte sombre, étouffante, où flottait une odeur de camphre et dont les murs étaient tapissés de photos jaunissantes dédicacées par des vedettes de cinéma.

— Je l'ai gagné aux cartes à un maquilleur, sur le

plateau de *Quo Vadis*. Peut-être vous souvenez-vous de moi : j'avais un gros plan dans une scène de foule.

— Cela remonte à loin, observai-je. Vous n'avez pas essayé de le vendre durant tout ce temps?

— J'ai failli le vendre des dizaines de fois, répondit-il, mais, je ne sais pourquoi, il y a toujours eu au dernier moment quelque chose qui n'allait pas.

— Quel genre de chose?

— D'abord l'assurance contre l'incendie, tellement élevée dans le coin qu'elle décourage les acheteurs éventuels. J'espère que vous vous attendez à payer une grosse prime...

— J'ai déjà examiné cet aspect de la question.

— Bien. Vous seriez surpris du nombre de gens qui ne songent à ces détails qu'à la dernière minute.

— Quelles autres choses n'allaient pas?

Ellen me toucha le bras pour me dissuader de perdre davantage de temps en questions stupides. M. Deeves posa l'acte de propriété devant moi et le lissa de l'avant-bras.

— Des choses idiotes, parfois. Un couple, par exemple, avait trouvé des colombes mortes...

— Des colombes mortes? répétai-je en lui rendant le document signé.

Le saisissant de sa main rose, il l'agita pour en faire sécher l'encre.

— Cinq, si je me souviens bien, dit-il. A mon avis, elles avaient dû s'électrocuter en se posant sur un fil mal isolé. Le mari n'y attachait aucune importance, naturellement, mais la femme devint tellement hystérique à cet égard que nous dûmes annuler la transaction.

Discrètement, je fis signe à M. Deeves d'abandonner ce sujet de conversation. Ellen aime les animaux — particulièrement les oiseaux — avec une démesure qui transforme la mort d'une bête familière en tragédie, au point que depuis la perte de notre cocker, nous avions renoncé à avoir un animal chez nous. Mais Ellen semblait ne pas avoir entendu et gardait les yeux fixés sur le titre que tenait M. Deeves, comme si elle craignait de le voir s'envoler.

— Bon, conclut l'ancien propriétaire en se levant soudain de son fauteuil. Maintenant, il est à vous, et vous y serez heureux, j'en suis convaincu.

— Moi aussi! dit ma femme en rougissant de plaisir et prenant la main potelée de M. Deeves dans les siennes.

— Une adresse qui en flanque plein la vue, nous lança-t-il de son porche tandis que notre voiture démarrait. Vraiment plein la vue.

Ellen et moi formons un couple moderne. Les conversations que nous avons le soir, chez nous, portent généralement sur les grands problèmes de notre époque. Ellen peint, moi j'écris de temps à autre, le plus souvent sur des sujets techniques. La maison que nous avions construite reflétait l'intérêt que nous prenions tous deux à l'esthétique contemporaine. Nous avions travaillé en étroite collaboration avec Jack Salmanson, l'architecte, qui est notre ami et nous avait dessiné les plans d'une maison-module d'acier, basse, trapue et intime, qui s'adapterait aux irrégularités de notre terrain pour nous donner le maximum d'espace habitable. De lignes dépouillées et nettes, elle ne présentait aucun recoin sombre et voisinait, sur trois côtés, avec d'autres constructions dont aucune n'avait plus de huit ans.

J'aurais pourtant dû remarquer les signes dès le début, des signes de mauvais augure qu'on ne peut interpréter que rétrospectivement, bien qu'il me semble aujourd'hui que d'autres soupçonnèrent quelque chose mais n'en dirent rien. L'un de ces premiers présages sinistres nous fut apporté par le Mexicain qui abattit l'arbre.

Afin d'économiser notre argent, Jack Salmanson avait accepté de superviser lui-même la construction et de faire appel à de petits entrepreneurs indépendants employant une main-d'œuvre en majorité noire ou mexicaine, et un matériel si vétuste qu'il semblait ne fonctionner que grâce à quelque miracle mécanique. Le Mexicain, petit homme triste aux moustaches filandreuses avait déjà cassé deux chaînes de sa tronçonneuse sans parvenir à scier l'arbre plus qu'à moitié. C'était inexplicable. Il s'agissait de l'arbre, mort manifestement depuis des années, sur lequel on avait cloué la pancarte TERRAIN À VENDRE.

— Tu as dû tomber sur un paquet de nœuds, dit Jack en guise d'explication. Essaie encore une fois. Si la lame chauffe, n'insiste pas, nous le déracinerons avec le bulldozer.

Comme répondant à l'appel de son nom, le bulldozer fit demi-tour à l'extrémité du terrain et s'avança lourdement vers nous dans un nuage de poussière. Les épaules luisantes de sueur de son conducteur noir brillaient au soleil.

Le Mexicain n'aurait dû se faire aucun souci pour sa tronçonneuse car à peine l'eut-il approchée de l'arbre, que celui-ci se mit à tomber, comme de lui-même. Stupéfait, l'homme recula vivement de quelques pas. L'arbre s'immobilisa, ses branches dénudées tremblèrent comme sous le coup d'une profonde agitation; puis, avec un bruit déchirant, il tourna sur lui-même et s'abattit vers le bulldozer. Mon cri mourut dans ma gorge mais Jack et le Mexicain hurlèrent en même temps. Le conducteur noir sauta, roula sur le sol au moment où le tronc écrasait la cabine de l'engin. Dévié de sa route, le bulldozer chargea dans notre direction, creusant une tranchée dans le sol. Jack et moi nous jetâmes d'un côté, le Mexicain de l'autre; l'engin passa entre nous et, poursuivi par le Noir, continua vers la route.

— La voiture! La voiture! s'époumonait Jack.

Un véhicule flambant neuf était garé devant la maison située en face de notre terrain. Le bulldozer se dirigeait droit sur lui, ses dents d'acier arrachant des étincelles à la chaussée. Brandissant sa scie au-dessus de sa tête, le Mexicain se mit à gueuler en espagnol. Je me couvris les yeux de la main et entendis Jack pousser un grognement, comme s'il avait reçu un coup à l'estomac, puis un fracas de tôle déchirée m'emplit les oreilles.

Deux femmes se tenaient sous le porche de la maison voisine, bouche bée de stupeur. La voiture s'était creusée en son milieu, l'arrière et l'avant enroulés autour du bulldozer, le toit d'acier chiffonné comme un mouchoir en papier. Il y eut une explosion sourde, et les deux véhicules furent environnés de flammes bleuâtres.

— Foutue poisse, grommela Jack tandis que nous traversions la route en courant.

Du coin de l'œil, je découvris le spectacle étrange du Mexicain à genoux, priant à côté de sa tronçonneuse.

Le soir même, nous nous rendîmes Ellen et moi chez Sondra et Jeff Sheffit, nos futurs voisins, où nous fîmes la connaissance de la propriétaire de la voiture éventrée, Joyce Castle, une blonde séduisante arborant un pantalon jaune citron. Après quelques cocktails, tous trois se mirent à considérer l'accident comme une énorme farce.

Mme Castle n'était pas la dernière à goûter la plaisanterie :

— Je suis en progrès, dit-elle joyeusement. L'Alfa Romeo n'avait duré que deux jours mais j'ai gardé celle-ci six semaines et j'ai même eu le temps de faire poser les plaques minéralogiques définitives.

— Vous ne pouvez rester sans voiture, Madame Castle, dit Ellen de son ton sérieux. Nous vous prêterons notre Plymouth avec plaisir jusqu'à ce que...

— Ne vous tracassez pas pour moi, on m'en livre une neuve demain après-midi. Une Daimler, Jeff : je n'ai pas pu résister après avoir essayé la tienne. Et le pauvre conducteur du bulldozer. Il doit être catastrophé !

— Il s'en remettra, assurai-je. En tout cas, il dispose de deux autres engins.

— Alors les travaux ne seront pas retardés? demanda Jeff.

— Je ne le pense pas.

Sondra émit un léger gloussement.

— Je me trouvais par hasard à la fenêtre, j'ai tout vu. On aurait dit une réaction en chaîne des dessins animés de Rube Goldberg.

— Avec au bout de la chaîne ma pauvre Cadillac, soupira Joyce.

Suey, le chien de Mme Castle, qui avait sommeillé toute la soirée aux pieds de sa maîtresse, ouvrant de temps à autre un œil pour nous lancer un regard froid, se précipita soudain vers la porte d'entrée en aboyant, le poil hérissé.

— Suey! appela Mme Castle en se frappant la cuisse du plat de la main. Ici!

Baissant les oreilles, l'animal regarda alternativement sa maîtresse et la porte comme s'il hésitait à prendre une décision. Un grognement ininterrompu roulait au fond de sa gorge.

— C'est le fantôme, expliqua Sondra d'un ton badin. C'est lui qui a provoqué l'accident.

Assise dans un coin du sofa, les jambes repliées sous elle, elle penchait la tête de côté en parlant, comme un enfant très intelligent.

Jeff partit d'un grand rire :

— Oh! on raconte des histoires incroyables par ici!

Mme Castle se leva avec un soupir et ramena Suey près de son fauteuil en le tirant par le collier.

— Je vais finir par l'emmener chez un psychanalyste, dit-elle. Assis, Suey! Tiens, voilà une noix de cajou.

— J'adore les histoires de fantôme, déclarai-je en souriant.

— Oh, vous savez..., grommela Jeff d'un ton peu convaincu.

— Vas-y, chéri, lui lança sa femme par-dessus le bord de son verre. Je suis sûre que nos invités aimeraient l'entendre.

Jeff Sheffit, qui exerçait la profession d'agent littéraire, était un homme de haute taille, au teint jaune, qui ne cessait de remonter les mèches brunes huileuses lui tombant sur les yeux. Il parlait avec un sourire en coin comme pour éviter tout risque qu'on le prît au sérieux.

— Je sais seulement qu'au XVIIe siècle, les Espagnols avaient coutume d'organiser des pendaisons dans le canyon. Leurs victimes sont censées revenir hanter ces lieux en faisant la nuit des bruits étranges.

— Il s'agissait de criminels? interrogeai-je.

— De la pire espèce, répondit Sondra. Que t'a raconté Guy Rolling, Joyce?

Le sourire et la curieuse expression de plaisir secret de l'épouse de Jeff donnaient à penser qu'elle connaissait parfaitement cette histoire elle aussi.

— Guy Rolling le metteur en scène? demandai-je.

— Lui-même, acquiesça Jeff. Il possède les écuries situées à l'entrée du canyon.

— Je les ai vues, fit Ellen. Des chevaux magnifiques!

Montrant son verre vide, Joyce Castle minauda :

— Jeff, mon chou, sois un amour, va m'en chercher un autre.

— Nous nous écartons du sujet, remarqua Sondra d'une voix douce. Pour moi aussi, un autre, chéri.

Elle lui tendit son verre quand il passa près d'elle.

— Pardon, Joyce, s'excusa-t-elle. Je t'ai interrompue. Continue donc.

Sondra désigna à Mme Castle son auditoire en faisant un geste dans notre direction. Je vis Ellen se raidir dans son fauteuil.

— A cette époque, commença Joyce d'une voix languissante, vivait un *hombre* complètement dépravé dont j'ai oublié le nom, qui volait, violait et tuait. Un noble, si je me souviens bien, plein de charme et fou à lier, bien entendu. On finit par le pendre après une escapade du plus mauvais goût dans un couvent. Vous voyez que vous allez habiter une région au riche passé.

Tout le monde se mit à rire.

— Et les bruits? demanda Ellen à Sondra. Vous les avez entendus?

— Naturellement, répondit la femme de Jeff en inclinant la tête avec grâce.

Chaque pouce de sa peau avait une jolie couleur café, résultat sans doute d'après-midi passés au bord de la piscine, et que son mari au teint bilieux, aux cheveux rares, ne partageait manifestement pas avec elle.

— Partout où j'ai vécu, déclara Jeff en accentuant son sourire en coin, j'ai toujours entendu la nuit des bruits inexplicables. Il y a toutes sortes de bêtes sauvages par ici : des renards, des ratons laveurs, des opposums, et même des coyotes en haut de la colline. A la tombée de la nuit, elles sortent toutes de leur terrier.

Le sourire avec lequel Ellen accueillit l'explication de Jeff se figea lorsque Sondra ajouta, de sa manière désinvolte :

— Un matin, nous avons retrouvé notre chat littéralement taillé en pièces. Son corps n'était plus qu'une boule de chair sanguinolente et sans tête.

— Un renard, s'empressa d'affirmer Jeff Sheffit.

Chacune de ses remarques sonnait creux et il émanait de sa personne une sorte d'aura de tristesse. Son épouse gardait les yeux baissés sur son giron comme si elle y cachait un secret. Elle paraissait prendre grand plaisir à cette conversation et l'idée me vint qu'elle s'efforçait délibérément de nous effrayer. Cette pensée me rassura : « Sondra s'amuse trop pour avoir vraiment peur elle-même », me dis-je en observant le visage bruni par le soleil.

Après l'incident de l'arbre, tout alla bien pendant quelques semaines. La construction de la maison progressait rapidement. Ellen et moi nous y rendions aussi souvent que possible, parcourions les pièces à moitié terminées en aménageant notre futur foyer : ici, la cheminée; là le réfrigérateur; sur ce mur notre lithographie de Picasso.

— Ted, j'ai réfléchi, m'annonça un jour Ellen d'une voix timide. Pourquoi ne pas prévoir une chambre d'enfant?

J'attendis.

— Maintenant que nous allons habiter ici, il arrivera souvent que nos amis restent coucher chez nous plutôt que de rentrer en pleine nuit, continua-t-elle. La plupart ont de jeunes enfants...

Je passai mon bras autour de ses épaules. Ellen savait que j'avais compris le véritable mobile de sa proposition. Lorsqu'elle releva la tête, je l'embrassai entre les sourcils, répondant à sa question voilée en utilisant moi aussi le code de notre vie commune, une vie faite de tendresse et de tact.

— Hé ! cria Sondra Sheffit de l'autre côté de la route.

Elle se tenait sur son perron, vêtue d'un bikini rose faisant ressortir sa peau hâlée.

— Vous venez vous baigner? fit-elle en agitant ses cheveux décolorés par le soleil.

— Pas de maillot!

— Nous en avons à vous prêter. Venez!

Ellen et moi discutâmes de la question en échangeant un regard, et nous décidâmes d'un hochement de tête.

— Ted, vous êtes blanc comme un suaire, me dit Sondra lorsque je sortis sur le patio en slip de bain. Il n'y a pas de soleil où vous habitez?

Étendue sur une chaise longue, elle m'observait derrière les ellipses incrustées de gemmes de ses lunettes noires démesurées.

— Je passe trop de temps enfermé à écrire des articles, expliquai-je.

— Vous pouvez venir ici quand vous voulez.

Elle eut un sourire soudain qui découvrit une rangée de dents parfaites.

— Pour vous baigner, ajouta-t-elle.

Ellen nous rejoignit dans son maillot d'emprunt. De la main, elle protégeait ses yeux de l'éclat métallique du soleil qui, reflété par la piscine, la frappait en plein visage.

Se levant, Sondra la conduisit vers moi comme si elle allait me la présenter.

— Ce maillot vous va beaucoup mieux qu'à moi, lui-dit-elle en posant une main aux ongles rouges sur le bras de ma femme.

Ellen eut un sourire hésitant. Toutes deux étaient sensiblement de la même grandeur mais Ellen avait les épaules plus étroites, les hanches plus larges, la taille moins fine. Quand elles s'approchèrent de moi, j'eus l'impression que c'était ma femme que je ne connaissais pas. Son corps familier me parut étranger, disproportionné. Sur son bras blême, les poils ressortaient, alors que chez Sondra ils demeuraient invisibles, sauf lorsque le soleil les transformait en duvet argenté.

Ellen me saisit le bras comme si elle avait senti la distance qui nous séparait soudain.

— On saute ensemble, fit-elle gaiement. Interdit de se raccrocher au plongeoir!

Sondra retourna à sa chaise longue d'où elle nous observa, la tête inclinée sur le côté, les yeux cachés par ses extravagantes lunettes.

Les incidents recommencèrent en se succédant à intervalles irréguliers. Guy Roling, que je n'ai jamais rencontré mais dont les déclarations concernant les phénomènes surnaturels me parviennent de seconde main, comme les messages d'un oracle, prétend que les morts vivants mènent une vie particulièrement atroce puisqu'ils errent entre deux états. Leur esprit garde à jamais le souvenir, vivace et précis, des passions de la vie mais ils ne peuvent s'en libérer qu'au prix d'un effort de volonté et d'une dépense d'énergie monstrueux qui les laissent littéralement sans force pendant des mois, voire des années. Ainsi s'explique qu'apparitions et autres formes d'action tangibles soient relativement rares. Bien entendu, il y a des exceptions, souligna un soir Sondra — interprète attitrée des théories de Rolling — avec cette joie étrange dont elle avait coutume d'accompagner ses remarques sur le sujet. Certains fantômes se montrent terriblement actifs, en particulier les revenants déments qui, ignorants des limites de la mort comme ils l'avaient été des impossibilités de la vie, les transcendent avec le dynamisme qui n'appartient qu'à la folie. D'une façon générale, estime pourtant Rolling, les fantômes sont plus à plaindre qu'à craindre. Sondra nous rapporta également cette déclaration du metteur en scène : « D'un point de vue sémantique, la notion de maison hantée est une idée fausse : ce n'est pas la maison mais l'âme elle-même qui est hantée. »

Le samedi 6 août, un ouvrier posant les tuyauteries perdit un œil, brûlé par un chalumeau à acétylène.

Le jeudi 1er septembre, un glissement de terrain sur la colline dominant le chantier entraîna l'éboulement de quatre tonnes de roches et de terre sur la maison à moitié terminée et suspendit les travaux pendant deux semaines.

Le dimanche 9 octobre — le jour de mon anniversaire, curieusement — alors que je visitais seul la maison, je glissai sur une vis égarée et heurtai de la tête en tombant une boîte de peinture qui tailla dans mon cuir chevelu une estafilade, devant par la suite nécessiter dix points de suture. Je me ruai chez les Sheffit, sonnai à leur porte. Sondra vint ouvrir en costume de bain, un magazine à la main.

— Ted? fit-elle en me dévisageant. Je vous avais à peine reconnu avec tout ce sang. Entrez, je vais appeler le docteur. Essayez de ne pas trop tacher le mobilier.

Je parlai au médecin de la vis sur le sol, de la boîte de peinture, mais je ne lui dis pas que j'avais glissé parce que je m'étais retourné subitement, et que je m'étais retourné subitement parce que j'avais eu l'impression que quelqu'un me suivait, d'assez près pour me toucher, peut-être, que quelque chose de fétide, d'humide et de froid, presque palpable par sa proximité, flottait dans l'air. Je me rappelle avoir frissonné en me retournant, comme si une mystérieuse étoile sans chaleur avait brusquement remplacé le soleil de ce jour d'été torride. Cela je ne le confiai ni au docteur ni à quiconque d'autre.

En novembre, Los Angeles brûle. Après la longue sécheresse de l'été, la sève descend sous terre, les collines grillées par le soleil semblent implorer en haletant la libération que leur apportera la vie ou la mort : la pluie ou le feu. Invariablement, c'est le feu qui vient le premier, se propageant comme une épidémie à travers les coins les plus reculés de la campagne jusqu'à ce que le ciel, livide, perde ses étoiles la nuit et s'obscurcisse le jour d'épaisses fumées brunes.

Un incendie éclata à Tujunga, au nord de la maison, le jour où nous nous installâmes dans notre nouvelle demeure — belle, sévère, d'un modernisme agressif sur sa colline desséchée — sous un ciel tourmenté couleur de terre et un soleil voilé, criblé de chiures de mouche. Sondra et Jeff nous aidèrent toute la journée et, dans la soirée, Joyce Castle nous rendit visite avec son chien et un magnum de champagne.

— Quelle charmante surprise! s'exclama Ellen en battant des mains sous son menton.

— J'espère qu'il est assez frappé, fit Joyce. Je l'ai mis dans le réfrigérateur à quatre heures. Bienvenue dans le canyon! Vous êtes un couple adorable, vous me rappelez mes parents. Mon Dieu, quelle chaleur! Et la fumée m'a fait pleurer toute la journée. Vous avez l'air conditionné, je suppose?

Affalé dans un fauteuil, Jeff étendait devant lui ses longues jambes comme un invalide l'eût fait de ses béquilles.

— Joyce, tu es un ange, dit-il. Excuse-moi si je ne me lève pas : je récupère.

— Tu es tout excusé, trésor, tout excusé.

— Ted, si tu allais chercher des verres? me demanda Ellen d'une voix douce.

— Je peux vous aider? proposa Jeff en repliant ses jambes.

— Ne bougez surtout pas.

— Je ne me croyais pas en aussi mauvaise forme physique, soupira-t-il.

De fait, il avait l'air plus cadavérique que jamais après un après-midi passé à soulever des caisses et pousser des meubles. Les cernes creux entourant ses yeux luisaient de sueur.

— Voulez-vous visiter la maison, Joyce? dit ma femme.

— Ellen, je vous adore, répondit Mme Castle. Montrez-moi tout.

Sondra me rejoignit presque aussitôt dans la cuisine. Appuyée contre le mur, enserrant son coude gauche de sa main droite, elle fumait silencieusement. Par la porte ouverte, je découvrais les mollets de son mari dépassant du fauteuil.

— Merci de votre aide, dis-je à Sondra.

Pour je ne sais quelle raison, je chuchotais. J'entendais les voix de Joyce et d'Ellen s'enfler puis décroître tandis qu'elles passaient d'une pièce à l'autre :

— Tout en acier? Absolument tout? Y compris les murs? Et vous n'avez pas peur de la foudre?

— Il y a, je crois, des prises de terre qui nous isolent.

Jeff bâilla longuement dans la salle de séjour. Sans prononcer une parole, Sondra posa un plateau sur la table de cuisine tandis que je fourrageais dans un carton non défait à la recherche de verres. Elle me regardait avec insistance et froideur, comme si elle attendait de moi que je lui fisse la conversation. J'aurais voulu briser un silence qui devenait oppressant et peu naturel. Les bruits environnants ne contribuaient, semblait-il, qu'à nous isoler des autres dans un cercle d'intimité. La tête penchée de côté, Sondra me sourit et j'entendis sa respiration s'accélérer.

— Et ça, qu'est-ce que c'est? Une chambre d'enfant? Ellen, ma chérie!

— Non, non! C'est uniquement pour les enfants des amis.

Sondra avait des yeux bleus d'eau peu profonde. Elle

paraissait amusée, comme si nous partagions un secret, une conspiration dont j'avais hâte de réfuter l'existence en prononçant à voix haute une remarque que tout le monde entendrait. Mais les mots restaient bloqués dans ma poitrine, y provoquant une sorte d'angoisse douloureuse, et je me contentai de lui rendre stupidement son sourire. Plus le silence se prolongeait, plus il devenait difficile à rompre, plus je me sentais entraîné vers une intrigue dont, en dépit de mon ignorance, je devais être coupable. Sans même le moindre contact de nos corps, Sondra avait fait de nous des amants.

Ellen se tenait sur le seuil de la cuisine, à demi tournée vers le living comme si sa première réaction, en nous découvrant, avait été de se sauver. Les yeux fixés sur le montant d'acier crème de la porte, elle semblait s'abîmer dans ses pensées.

Sondra s'adressa à elle de son ton sarcastique et, à l'aide de quelques banalités, s'efforça de dissiper — comme j'aurais voulu le faire moi-même — l'impression absurde qu'il y avait quelque chose entre nous. Je remarquai la confusion de mon épouse qui se raccrochait aux propos de Sondra, ne quittait pas ses lèvres des yeux, comme si cette femme élégante et bronzée qui fumait calmement en dévidant des remarques anodines lui apportait le salut.

Quant à moi, j'avais l'impression d'avoir totalement perdu l'usage de la parole. Si je m'associais au bavardage savamment innocent de Sondra, je participais à une tromperie dirigée contre ma femme; si je proclamais la vérité, si je mettais un terme à tout cela en crevant l'abcès... Mais quelle vérité? Quel abcès devais-je crever? A quoi voulais-je mettre un terme? A un sentiment flottant dans l'air? A une ombre de suggestion? A rien, bien sûr, telle était la réponse : je n'éprouvais même pas de sympathie particulière pour Sondra, à qui je trouvais un côté froid et déplaisant. Il n'y avait rien à proclamer parce qu'il ne s'était rien passé.

— Où est Joyce? demandai-je enfin, la bouche sèche. Elle ne veut pas voir la cuisine?

Ellen se tourna lentement vers moi, au prix, me sembla-t-il, d'un immense effort.

— Elle arrive, répondit-elle d'une voix blanche.

Je pris alors conscience que Jeff et Joyce bavardaient dans la salle de séjour. Les yeux de ma femme, aux pupilles étrangement dilatées sous la lumière rosée des tubes fluorescents, scrutaient mon visage. On eût dit qu'elle tentait de sonder le gouffre obscur que masquait ma question : s'agissait-il d'un signal nouveau de notre code dont je lui dévoilerais bientôt le sens? Et que signifiait-il en ce cas? Je lui adressai un sourire qu'elle me rendit de façon hésitante et artificielle, comme lorsqu'on croise un visage familier dont le nom vous échappe.

Joyce apparut derrière Ellen.

— Je déteste les cuisines, affirma-t-elle. Je ne mets jamais les pieds dans la mienne.

Nous observant tous les trois tour à tour, elle ajouta :

— Je vous dérange?

A deux heures du matin, je me redressai sur mon lit, complètement réveillé. La chambre était baignée par les lueurs rougeâtres de l'incendie, qui avait dû se rapprocher dans la nuit. Un fin brouillard de fumée flottait dans la pièce. Ellen dormait, couchée sur le côté; sa main ouverte posée sur l'oreiller, près de son visage, semblait attendre qu'on y glissât quelque chose. Sans avoir la moindre idée de la cause de mon réveil, je rejetai les couvertures et allai à la fenêtre voir où en était le feu. Le brasier restait invisible mais les masses sombres des collines se détachaient sur un ciel qui se gonflait puis pendait comme un sac vide, selon que le vent redoublait ou mollissait.

Ce fut alors que j'entendis le bruit.

J'attache beaucoup de prix à la précision des mots —

la rédaction d'articles techniques m'y contraint — mais je ne trouve aucun adjectif pour le qualifier. Peut-être en donnerai-je une idée approchée par cette onomatopée de mon invention : « vlump ». C'était un bruit irrégulier, ni fort ni faible, qui provenait de nulle part et de partout. Ce n'était pas un bruit *solide* car il avait quelque chose de vague, comme un murmure, et commençait parfois en suggérant un soupir, un souffle se dissipant dans l'air, naissant et mourant au même instant. C'était, d'une façon que je ne peux définir, une présence sans conscience, volonté ou raison et cependant implacable.

Je sortis dans le couloir, allumai silencieusement la lumière en appuyant sur un bouton encastré dans le mur. Des lampes éclairèrent le plafond, diffusèrent leur lumière à travers un papier mural japonais à l'aspect de plastique laiteux. Les murs lisses, indestructibles se dressaient devant moi. Par-dessus le brouillard de fumée me parvenait une odeur de neuf, de doux, de métallique évoquant davantage une voiture qu'une maison. Le bruit continuait à résonner à mes oreilles. Il semblait à présent provenir de la pièce située au bout du couloir, la « chambre d'enfant des amis », dont la porte était ouverte et où j'apercevais la tache grise d'une fenêtre. Vlump... vlump... vlump... vlump...

Me guidant sur le rectangle gris, je m'avançai dans le couloir, les jambes aussi lourdes que des bûches, en me répétant : « La maison se met en place. Toutes les maisons neuves se mettent en place en faisant des bruits bizarres. » Et je me sentais si lucide que je croyais ne pas avoir peur : je descendais le couloir tout neuf de ma maison d'acier toute neuve en cherchant à localiser un bruit causé par les matériaux qui jouaient ou quelque animal en maraude : les ratons laveurs, m'avait-on dit, effectuaient de fréquentes razzias dans les poubelles. Ou peut-être encore y avait-il un défaut dans la plomberie ou dans le système de chauffage par le sol? En maître des lieux avisé et responsable, j'avais maintenant repéré l'origine apparente du bruit et je me dirigeais d'un pas ferme vers la cause de mon insomnie. Dans quelques secondes, très probablement, j'allais savoir. Vlump, vlump. Le gris de la fenêtre se teinta de rose quand je me fus suffisamment approché pour voir la colline se dressant derrière la chambre. Cette tache noire, c'étaient les sous-bois, et cette bande claire, l'andain laissé par le bulldozer dans sa course folle. J'avais assisté à l'accident de l'endroit même où je me trouvais à présent, là ou s'était dressé l'arbre mort, dont le sol préfabriqué de la chambre d'enfant recouvrait la souche. Il me suffisait de tendre le bras droit, d'effleurer de la main le commutateur électrique pour dissiper les ténèbres.

— Ted?

Le sang battait à mes tempes, j'avais l'impression que mon cœur avait éclaté, et je m'appuyai au mur pour garder l'équilibre. Pourtant, j'avais bien sûr reconnu la voix d'Ellen et ce fut calmement que je lui répondis :

— Oui, je suis là.

— Que se passe-t-il?

J'entendis un froissement de drap.

— Ne te lève pas, fis-je. Je me recouche tout de suite.

Le bruit avait cessé, faisant place au bourdonnement presque inaudible du réfrigérateur et au sifflement du vent.

Je trouvai Ellen assise sur le lit.

— Je suis allé voir l'incendie, mentis-je.

Elle m'invita à venir la rejoindre en tapotant ma place de la main et je la vis sourire juste avant que je n'éteigne la lumière du couloir.

— Je rêvais de toi, me dit-elle à voix basse quand je me glissai sous les couvertures.

Elle roula à ma rencontre.

— Mais tu trembles! dit-elle.

— J'aurais dû enfiler ma robe de chambre.

— Attends, je vais te réchauffer.

Son corps odorant se coula contre le mien mais je restai raide et glacé, les yeux fixés au plafond, la tête vide.

— Ted? fit Ellen au bout d'un moment.

C'était le signal habituel, prononcé d'une voix toujours hésitante, toujours mal assurée, que je devais me tourner sur le côté et la prendre dans mes bras.

— Oui? répondis-je, feignant de ne pas avoir compris.

Je sentis ma femme lutter contre sa réserve, hésiter à me donner un autre signe, qui, venant à bout de mon étrange distraction, me ferait comprendre son besoin d'amour. Mais l'effort était trop grand pour elle, le vide que j'avais créé par ma froideur trop difficile à combler — une froideur soudaine, inexplicable, à moins que...

Ellen s'écarta lentement de moi, tira les couvertures sous son menton puis demanda :

— Ted, il y a quelque chose qui ne va pas?

Elle avait dû se souvenir de Sondra et de la curieuse scène de la cuisine. Je savais qu'il avait fallu à Ellen un grand courage pour me poser cette question dont elle soupçonnait sans doute la réponse.

— Non, dis-je. Je suis simplement fatigué, nous avons eu une journée chargée. Bonne nuit, ma chérie.

Dans l'obscurité, je sentais ses yeux cherchant les miens, me posant la question qu'elle n'avait osé prononcer. Je me tournai de l'autre côté en éprouvant une vague culpabilité de n'avoir pu lui donner la réponse qu'elle attendait. Mais il n'y avait pas de réponse.

L'incendie fut maîtrisé après avoir dévasté quelque quatre cents hectares et brûlé plusieurs villas. Trois semaines plus tard, la pluie se mit à tomber. Jack Salmanson nous rendit visite un dimanche pour voir comment la maison se comportait. Il l'examina sous toutes les coutures, inspecta les fondations, le toit, et la déclara étanche comme une montre suisse. De la salle de séjour, nous regardions d'un œil maussade le patio, carré de boue grisâtre menaçant d'engloutir sous une couche de limon et de gravier les quelques dalles que j'avais disposées sur le sol. Ellen se reposait dans la chambre. Elle avait pris l'habitude de faire la sieste tous les jours après le déjeuner, bien que ce fût moi et non elle qui restais éveillé toute la nuit, à chercher des explications à des bruits de plus en plus inexplicables. Je me convainquais que le murmure étouffé qui précédait parfois le « vlump » et l'expulsion d'air qui le suivait provenaient vraisemblablement d'un défaut de la tuyauterie; que les pas remontant lentement le couloir, s'arrêtant devant notre porte close puis s'éloignant, accompagnés d'une sorte de ricanement sourd, étaient imputables à la contraction des murs de métal après la chaleur de la journée. Ellen dormait sans rien entendre, comme frappée de stupeur. Le sommeil semblait être devenu une drogue pour elle. Elle se couchait à neuf heures, se levait à dix heures le lendemain matin, faisait la sieste dans l'après-midi et se traînait le reste du temps, un châle mexicain sur les épaules, en se plaignant du froid. Nous fîmes venir un médecin : il pensa d'abord à une mononucléose mais les examens se révélant négatifs, il conclut qu'il s'agissait peut-être d'une infection des sinus et qu'Ellen devait en tout cas se reposer autant qu'elle le désirait.

— Il faut que je rentre, fit Jack après un long silence.

— Je vais réveiller Ellen.

— Pour quoi faire? Laisse-la dormir. Tu lui diras que j'espère qu'elle ira bientôt mieux.

Il posa son verre, se leva et, les sourcils froncés, parcourut des yeux le living de la maison qu'il avait dessinée et construite.

— Vous êtes heureux, ici? me demanda-t-il à brûle-pourpoint.

— Heureux? répétai-je avec embarras. Bien sûr que nous sommes heureux. Nous aimons beaucoup cette maison. Simplement, elle est un peu bruyante la nuit. Mais c'est tout.

Je bredouillais comme si j'avais prononcé la première phrase d'une monstrueuse confession mais Jack ne parut pas le remarquer.

— Les matériaux qui jouent, fit-il avec un geste de la main.

Son regard passa d'un coin à l'autre de la pièce.

— Il y a quelque chose qui ne va pas, marmonna-t-il en secouant la tête. Peut-être est-ce seulement le temps... ou l'éclairage... Elle manque de chaleur, si tu vois ce que je veux dire... de gaîté.

Je me sentis envahi par un espoir insensé, comme si Jack allait, d'une formule magique, dissiper une terreur que je ne parvenais pas à chasser seul et nous permettre d'en discuter calmement, en hommes raisonnables. Pourtant mon ami songeait moins à la cause de l'ambiance lugubre de la maison qu'au moyen d'y remédier.

— Mets donc un ou deux tapis de couleur vive dans cette pièce, suggéra-t-il. Orange, par exemple.

Je regardai fixement le sol du living sans parvenir à me convaincre du pouvoir infaillible d'un ou deux tapis orange.

— Oui, répondis-je. Je vais essayer.

Ellen entra en traînant les pieds, le visage bouffi de sommeil.

— Jack, dit-elle en ramenant ses cheveux en arrière, quand il fera meilleur et que je me sentirai mieux, il faudra venir avec Anne et les enfants.

— Avec plaisir, promit l'architecte.

Se tournant vers moi, il ajouta d'un ton narquois :

— Quand il n'y aura plus de bruits.

— Des bruits? Quels bruits?

Lorsque Ellen s'adressa à moi, son visage prit l'expression décontenancée qui lui était devenue habituelle. Ce qu'il y avait eu en elle de franc et d'ouvert s'était retiré, ne laissant qu'un vide. Ma femme se défiait de moi, elle me soupçonnait de lui cacher une hideuse réalité.

— La nuit, expliquai-je. C'est la maison qui se met en place.

Après le départ de notre ami, Ellen s'installa avec une tasse de thé dans le fauteuil qu'il avait occupé. Le long châle pourpre qui l'enveloppait jusqu'aux genoux dissimulait ses bras et rendaient mystérieuses, inexplicables, les deux mains blanches entourant la tasse posée sur son giron.

— Quelle triste histoire! fit-elle d'une voix morne. Je suis désolée pour Sondra.

— Pourquoi? demandai-je, sur mes gardes.

— Joyce est passée hier. Elle m'a raconté que depuis six ans, elle a une liaison à éclipses avec Jeff.

Mon épouse tourna la tête afin d'observer ma réaction.

— Ça explique l'attitude de Joyce et Sondra l'une par rapport à l'autre, dis-je en regardant Ellen droit dans les yeux.

Je n'y découvrais que le reflet des baies vitrées sur lesquelles glissaient des gouttes de pluie et j'eus la sensation, glaçante, de surprendre une image de la vérité : Ellen pleurait en secret, au plus profond d'une âme que je ne parvenais plus à atteindre. Elle ne croyait plus en mon innocence et je ne sais si j'y croyais encore moi-même. Joyce et Jeff devaient eux aussi me juger coupable; quant à Sondra, impossible de dire ce qu'elle pensait mais elle se comportait comme si notre adultère était un fait accompli. En un sens, la comédie qu'elle jouait tenait du génie car elle ne m'avait jamais effleuré que par hasard ou de manière innocente. Même ses regards, sur lesquels elle bâtissait le mythe de notre liaison n'avaient rien de tendre : ils étaient au contraire inquisiteurs, rusés, et toujours accompagnés d'un sourire furtif, comme si nous partagions simplement une plaisanterie ignorée des autres. Quelque chose pourtant dans son attitude — la façon dont elle penchait la tête, peut-être — impliquait clairement que cette plaisanterie se faisait aux dépens de tous, sans exception. De surcroît, elle avait pris le pli de m'appeler « chéri ».

— Sondra et Jeff ont un enfant faible d'esprit placé dans une institution, reprit Ellen. Apparemment, cela les dresse l'un contre l'autre.

— C'est Joyce qui t'a raconté cette histoire?

— Elle y a fait allusion en passant, comme à la plus naturelle des choses. Je suppose qu'elle nous croyait au courant mais elle aurait pu montrer moins de désinvolture : j'ai horreur d'apprendre les malheurs cachés des autres.

— Que veux-tu, c'est le monde du spectacle. Finalement, nous ne sommes que des provinciaux à côté d'eux.

— Sondra doit être très malheureuse.

— Difficile à dire, avec elle.

— Je me demande ce qu'elle attend de la vie... si elle cherche ailleurs, en dehors de son ménage.

Je restai silencieux.

— Probablement pas, dit Ellen, répondant à sa propre question. Elle est si peu communicative. Froide, presque...

J'assistais au spectacle de ma femme luttant contre elle-même pour retarder l'ouverture d'une blessure qui — elle en était bien persuadée — finirait tôt ou tard par la faire souffrir. Ellen refusait de croire à mon infidélité. J'aurais pu la réconforter par des mensonges; j'aurais pu lui raconter que je rencontrais Sondra en ville, dans une cafétéria, que nous faisions l'amour dans un hôtel de second ordre les soirs où je téléphonais à la maison pour prévenir que je rentrerais tard. L'abcès eût été crevé, on aurait pu alors le vider, le soigner. L'opération eût été douloureuse, bien sûr, mais elle m'eût permis de regagner la confiance d'Ellen et notre couple fût reparti comme avant. Lorsque je voyais ma femme se torturer en ressassant ses doutes, j'étais tenté de lui « avouer » ces mensonges. Il ne me venait jamais à l'idée de lui dire la vérité, car me montrer au courant de ses soupçons aurait équivalu à reconnaître ma culpabilité : pourquoi, en effet, aurais-je craint qu'elle me crût infidèle s'il n'y avait eu à cela quelque raison? Et devais-je expliquer ma froideur à son égard en la terrifiant avec une histoire confuse de bruits indescriptibles qu'elle n'avait jamais entendus?

Ainsi restions-nous immobiles, mal à l'aise et glacés, dans notre maison étanche sur laquelle la nuit commençait à tomber. Une bouffée d'espoir monta soudain en moi : et si ma peur n'était pas plus fondée que celle d'Ellen? Si les fantômes qui nous effrayaient tous deux étaient seulement des créations de notre esprit qu'un peu de bon sens suffirait à éloigner? Je compris que si je parvenais à chasser les ombres qui me tourmentaient, celles qui torturaient ma femme s'en iraient aussitôt, car le secret qui me coupait d'elle aurait disparu. Cette perspective d'un triomphe de la raison provoqua en moi une véritable exultation.

— Qu'est-ce que c'est? fit Ellen en montrant du doigt, en haut de la baie vitrée, ce qui ressemblait à une feuille agitée par le vent. On dirait une queue, Ted. Il doit y avoir un animal sur le toit.

M'approchant de la fenêtre, je distinguai une touffe de poils où s'accrochaient des gouttelettes de pluie.

— Ça ressemble à une queue de raton laveur, effectivement, approuvai-je. Curieux qu'il se soit aventuré hors de sa cachette avant la nuit.

Je passai un imperméable et sortis. La touffe sombre, rayée de blanc, se balançait mollement au bord du toit dont le parapet dissimulait le reste du corps de l'animal. Utilisant l'espèce d'échelle de coupée à l'arrière de la maison, je grimpai sur le toit.

De même que les autres éléments composant notre anatomie, le cerveau est organe d'habitude. Ses capacités se bornent aux limites établies par l'expérience antérieure et notre pensée n'embrasse que ce qu'elle a coutume de saisir. Confronté à un phénomène sortant du cadre familier, il se rebelle et parfois même s'effondre. Depuis des semaines je m'obstinais à nier une évidence révélée par mes sens, je refusais d'admettre que Quelque Chose d'Autre vivait dans la maison avec Ellen et moi, quelque chose de malfaisant, d'étranger à notre monde. Acculé à un autre rejet de la réalité, mon esprit se hâtait d'invoquer les renards en guise d'explication comme l'avait fait Jeff. Cétait ridicule : d'abord parce qu'un renard n'aurait eu que de faibles chances de remporter un combat l'opposant à un raton laveur; ensuite parce qu'il ne l'aurait jamais mis dans cet état. Le cadavre de l'animal gisait au bord du toit et je ne remarquai sa tête, séparée du corps, que lorsque d'un coup de pied, je la fis rouler jusqu'au parapet.

Ce ne fut qu'en faisant appel à toutes les ressources de ma volonté et en me répétant : « Ellen ne doit pas savoir, Ellen ne doit pas savoir », que je trouvai le courage de saisir les morceaux de la bête déchiquetée et de les jeter au loin de toutes mes forces. Et quand ma femme m'appela en criant, je réussis à lui répondre, d'une voix presque normale :

— C'était sûrement un raton laveur. Il s'est enfui en m'entendant approcher.

Puis je regagnai l'arrière du toit et me soulageai l'estomac en vomissant.

Plus tard, je me souvins du chat mutilé dont avait parlé Sondra et j'appelai Jeff à son agence pour l'inviter à déjeuner. J'éprouvais un besoin irrépressible de parler que je ne pouvais satisfaire à la maison, où le silence devenait chaque jour plus épais et difficile à rompre. Une ou deux fois Ellen se risqua à demander :

— Que se passe-t-il, Ted?

Mais je répondis chaque fois :

— Rien, voyons.

Et la discussion tourna court. Je voyais dans les yeux las de ma femme qu'elle ne reconnaissait plus l'homme qu'elle avait épousé. J'étais devenu froid, fuyant. La chambre d'enfant avec ses lits gigogne et les jouets de son papier mural, nous reprochait constamment notre échec. Ellen veillait à en garder la porte fermée la plupart du temps mais à une ou deux reprises, en fin d'après-midi, je l'avais surprise en train d'y tourner en rond, sans but, touchant divers objets et semblant s'étonner qu'ils fussent encore là après tant de longs mois stériles. Notre espoir insensé d'avoir un enfant s'était évanoui et les enfants des autres n'avaient pas non plus utilisé la chambre car nous n'invitions plus personne. Le silence avait apporté avec lui une inertie profonde, débilitante. Ellen avait le visage perpétuellement gonflé, les traits brouillés, amorphes, les yeux éteints; son corps se boursouflait comme s'il abritait une vaste cache de chagrin. Nous nous déplacions dans la maison en suivant notre orbite comme des somnambules, accomplissant les gestes familiers par la force de l'habitude. Au début, nos amis continuèrent à venir nous voir mais, vexés ou troublés, ils cessèrent bientôt de nous rendre visite et nous abandonnèrent à notre solitude. Seules les Sheffit traversaient la route de temps à autre. Plus morose que jamais, Jeff racontait de mauvaises histoires drôles, buvait trop et semblait toujours mal à l'aise. Pour l'essentiel, c'était Sondra qui faisait les frais de la conversation, bavardant de son ton moqueur sur n'importe quel sujet et n'oubliant jamais d'ajouter par un geste, un mot, un regard, une allusion à notre liaison secrète.

Jeff et moi déjeunâmes ensemble au Brown Derby de Vine Street, sous des caricatures au fusain de vedettes du spectacle. A la table voisine de la nôtre, un impresario à la voix cassée par de trop nombreux discours enthousiastes, faisait l'éloge d'un acteur à un homme corpulent, au teint cramoisi, qui ne s'intéressait qu'à son assiette.

— Quel métier de dingue, soupira Jeff. Estime-toi heureux de travailler dans une autre branche.

— Je vois ce que tu veux dire, fis-je.

Sheffit n'avait pas la moindre idée de la raison pour

laquelle je l'avais invité à déjeuner et je n'y avais encore fait aucune allusion. Pour l'instant, nous « brisions la glace ». Jeff m'adressa son habituel sourire en coin, auquel je m'empressai de répondre. « Nous sommes amis », nous disions-nous probablement à travers ces sourires,mais l'étions-nous vraiment? Il habitait la maison d'en face, nos chemins se croisaient une fois par semaine environ, nous échangions quelques plaisanteries. Chez nous, il se vautrait toujours dans le même fauteuil; moi j'avais une préférence pour un siège blanc à dossier droit de sa salle de séjour : on a bâti des amitiés sur moins que cela. Pourtant, Jeff avait un enfant débile mental enfermé dans un asile et une épouse qui se distrayait en s'inventant des amants; moi, j'avais un démon qui ravageait ma maison, une femme dévorée par les soupçons qui s'éloignait de moi et vieillissait trop vite. Et j'avais simplement répondu : « Je vois ce que tu veux dire. »

— Tu te souviens que nous avons un jour discuté de fantômes? attaquai-je.

J'avais adopté un ton goguenard qui signifiait peut-être que j'entendais demeurer sur le terrain de la plaisanterie.

— Oui, je m'en souviens.

— Sondra nous a raconté que votre chat avait été tué.

— Par un renard.

— C'est ce que tu as dit. Sondra, elle, n'a pas précisé.

— Et alors? fit Jeff avec un haussement d'épaules.

— J'ai trouvé un raton laveur mort sur notre toit.

— Sur votre toit!

— Oui. Dans un état horrible.

Jeff continuait à jouer avec sa fourchette mais notre conversation avait perdu son tour badin.

— Sans tête?

— Encore pis.

Il resta un moment silencieux, paraissant lutter avec lui-même avant de déclarer :

— Tu ferais peut-être mieux de déménager, Ted.

Je savais qu'il s'efforçait de m'aider, qu'il avait tenté de dissiper la gêne existant entre nous. C'était mon ami, il me tendait la main, mais il ne m'avait pas dit ce que je voulais entendre.

— Je ne peux pas, Jeff, répondis-je sur le ton patient dont on use avec ceux qui ne vous comprennent pas. Nous n'habitons la maison que depuis cinq mois et elle m'a coûté vingt-deux mille dollars. Les prêts consentis aux GI démobilisés, dont j'ai profité, nous obligent à y vivre pendant un an au moins.

— C'est toi le mieux placé pour juger, concéda Jeff avec un nouveau sourire.

— J'avais simplement envie de te parler, repris-je, irrité par sa capitulation hâtive. Je voudrais que tu me dises ce que tu sais de cette histoire de fantôme.

— Pas grand-chose. Sondra en sait davantage que moi.

— Je suppose que tu ne me conseillerais pas sans raison de quitter une maison que je viens juste de faire bâtir?

— On dirait que le malheur s'acharne sur cet endroit, voilà tout. Qu'il y ait ou non un fantôme, je l'ignore.

Jeff avait l'air embarrassé par le tour que prenait notre conversation.

— Qu'en pense Ellen? demanda-t-il.

— Elle n'est pas au courant.

— Pour le raton laveur?

— Pour tout.

— Parce qu'il y a autre chose?

— Des bruits, la nuit...

— J'en parlerais à Sondra, si j'étais toi. Elle a approfondi cette question bien plus que moi. Au début de notre installation dans le canyon, elle avait l'habitude de traîner sur ton terrain... d'y fureter...en particulier après la mort du chat...

Sheffit éprouvait des difficultés à trouver ses mots et l'idée me vint que cette conversation lui était extrêmement pénible. Laissant pendre un bras derrière le dossier de sa chaise, il grimaçait un sourire et semblait sur le point de craquer. Le nom de sa femme ne cessait de revenir entre nous.

— Écoute, Jeff, à propos de Sondra...

Il m'arrêta d'un geste :

— Ne t'en fais pas, je la connais.

— Alors tu sais qu'il n'y a absolument rien entre elle et moi?

— C'est sa façon de s'amuser. Sondra est une femme étrange. Avec moi, elle agit de même : elle flirte mais nous ne couchons plus ensemble.

Il agita sa petite cuiller, qu'il regardait sans la voir.

— Cela a commencé quand elle est tombée enceinte, continua-t-il. Et après la naissance du bébé, tout s'est brisé entre nous. Tu savais que nous avons un fils? Il est dans une institution de La Vallée.

— Tu n'as trouvé aucune solution?

— Si : Joyce Castle. Je ne sais pas ce que j'aurais fait sans elle.

— Je pensais au divorce.

— Sondra n'accepterait jamais. Et je n'ai aucun motif à faire valoir.

Il haussa les épaules, comme si cette histoire ne le concernait pas.

— Je ne peux quand même pas invoquer la façon dont elle regarde les autres hommes, alors qu'elle demeure d'une fidélité scrupuleuse.

— A qui? A toi, Jeff? A qui?

— Je ne sais pas. A elle-même, peut-être, murmura-t-il.

Aurait-il continué si je l'y avais encouragé? Quoi qu'il en soit, je l'interrompis car je venais de comprendre qu'avec cette remarque énigmatique notre conversation s'acheminait vers la question que je voulais poser à Jeff, qu'il allait y répondre et cette idée me terrifiait : je ne voulais plus entendre ce que j'avais cherché à découvrir en l'invitant à déjeuner. Et ce fut en riant que je déclarai simplement :

— Sans aucun doute, sans aucun doute!

Je me hâtai d'enfouir cette découverte dans le coin de mon esprit où j'avais repoussé toutes les invraisemblances de ces derniers mois — les pas, les bruits dans la nuit, le raton mutilé — de peur de devenir fou en les acceptant.

Les lèvres serrées, les joues empourprées, Jeff me regarda soudain au fond des yeux.

— Pourrais-tu te rendre libre cet après-midi? Je dois passer à l'institution signer des papiers pour le transfert de l'enfant. Il a des accès de violence, il fait... des choses horribles. On n'arrive plus à le contrôler.

— Et Sondra?

— Sondra les a déjà signés lorsqu'elle est allée seule à l'institution. D'une façon générale, elle préfère s'y rendre sans moi... Tu m'aiderais beaucoup en m'accompagnant, tu m'apporterais une sorte de soutien moral. Je ne te demande pas de le voir : tu pourrais m'attendre dans la voiture. Ce n'est qu'à une cinquantaine de kilomètres d'ici, tu serais de retour avant le dîner...

Sa voix tremblait, des larmes embuaient le blanc jaunâtre de ses yeux. Il paraissait comme pris de fièvre; son cou semblait avoir rétréci dans son col de chemise, ses tempes s'étaient creusées. Sa main me serra le bras telle une griffe.

— Bien sûr, Jeff, je t'accompagne, dis-je. Je vais prévenir le bureau : ils peuvent bien se passer de moi une demi-journée.

Ma réponse le fit se ressaisir instantanément.

— Merci, Ted. J'apprécie beaucoup ton geste. Ce ne sera pas trop pénible, je te le promets.

L'institution, ensemble de bâtiments neufs à façade de stuc construits sur une pelouse semée de fraîche date, se trouvait dans San Fernando Valley. Un peu partout des pancartes recommandaient aux pensionnaires de ne pas marcher sur le gazon. De jeunes arbres nains plantés dans des cercles de terre poussiéreux s'alignaient le long de rubans de ciment où, respectueux des signes PELOUSE INTERDITE, les malades se promenaient à pas lents. Leur flot somnolent passait d'une allée à l'autre sous l'œil d'infirmiers en uniforme blanc et casque colonial qui réglaient la circulation aux « carrefours ».

La chaleur devenant insupportable, je descendis de voiture, mais à moins d'arpenter le parking, je n'avais d'autre solution que de me joindre aux pensionnaires de l'institution et à leurs visiteurs. Choisissant une allée presque déserte, je me dirigeai en flânant vers un bâtiment que jouxtait une cour entourée de grillage. Le toboggan et la « cage à poules » qui s'y trouvaient me firent penser qu'il devait s'agir du pavillon réservé aux enfants. Je vis Jeff en sortir, accompagné d'une infirmière qui tirait une espèce de chariot, de poussette géante, dans laquelle l' « enfant » se recroquevillait sur lui-même.

J'avais l'impression que, sans ce chariot, la créature, en dépit de son apparence humaine, aurait rampé comme un alligator dont elle avait d'ailleurs les yeux : des yeux froids, sans âme, endormis, enchâssés dans un visage basané, une tête qui s'allongeait plus horizontalement que verticalement. Ses traits étaient dépourvus de toute intelligence et sous la bouche ouverte, le menton luisait de salive. L' « enfant » se chauffait au soleil, inerte, répugnant, tandis que Jeff parlait à l'infirmière.

Tournant les talons, je m'éloignai précipitamment avec le sentiment d'avoir fait intrusion dans le malheur de mon ami. J'avais entrevu un univers malsain dont l'existence constituait à elle seule une menace pour ma vie. La vue de cet enfant monstrueux au regard de bête m'avait donné l'impression que, en découvrant par hasard le secret honteux de Jeff, j'en partageais à présent le fardeau avec lui. Pourtant je me dis que le meilleur service à lui rendre serait de lui cacher que j'avais vu son fils, afin de ne pas l'obliger à parler d'un sujet manifestement douloureux pour lui.

Sheffit revint à la voiture, pâle, bouleversé, et déclara avoir besoin de boire un verre. Nous nous arrêtâmes d'abord dans un café appelé « Sur le chemin d'Hollywood » puis au Cherry Lane de Vine Street, où deux filles nous proposèrent leurs services, et enfin de nouveau au Brown Derby, où j'avais laissé ma voiture. Jeff engloutissait l'alcool de façon méthodique et sans joie tout en m'entretenant sur un ton rapide, confidentiel, d'un livre dont il venait de céder les droits à la Warner Bros pour une somme exorbitante. De la littérature de gare, précisa-t-il, écrite par un de ces parasites qui remplacent peu à peu les vrais auteurs.

— Bientôt il n'y aura plus que des parasites compétents et des parasites incompétents, annonça-t-il.

C'était la troisième fois, peut-être, que nous avions cette conversation et Jeff dévidait ses phrases machinalement, les yeux baissés vers la table sur laquelle il cassait soigneusement en morceaux minuscules un bâtonnet de plastique rouge.

Lorsque nous quittâmes le restaurant, le soleil se couchait et le froid de la nuit enveloppait déjà la ville bâtie dans le désert. Une faible lueur rose s'attardait encore au sommet du Broadway Building, derrière lequel le soleil avait disparu. Jeff respira profondément et fut pris d'une quinte de toux.

— Saleté de brouillard, maugréa-t-il. Saleté de ville. Serais bien incapable d'avancer une seule raison expliquant pourquoi je vis ici.

Il se dirigea vers sa Daimler en titubant légèrement.

— Tu rentres avec moi? proposai-je. Tu reprendras ta voiture demain.

Il fouilla dans la boîte à gants, sortit un paquet de cigarillos, en planta un entre ses dents qu'il agita sans l'allumer vers l'extrémité de son nez.

— Ted, mon ami Ted, ce soir, je ne rentre pas à la

maison. Si tu voulais me déposer au Cherry Lane, je t'en serais éternellement reconnaissant.

— Tu es sûr? Je t'accompagne si tu veux.

Jeff pointa l'index vers moi avec une moue moqueuse.

— Ted, tu es un type bien, un intellectuel respectable. Je te conseille de rentrer et de t'occuper de ton épouse. Non, sérieusement, prends soin d'elle, Ted. Quant à moi, je vais tranquillement m'abrutir au Cherry Lane.

Je m'éloignais déjà vers ma voiture quand il me lança :

— Ted! Je voulais te dire... Dans le temps, ma femme était aussi gentille que la tienne...

Je n'avais pas roulé plus d'un kilomètre quand les dernières lueurs disparurent du ciel et que la nuit tomba aussi soudainement qu'un store. Au-dessus des néons de Sunset Boulevard, une demi-lune maladive se leva, aussitôt obscurcie par l'épais brouillard qui descendait sur le désert. Quand je parvins à l'entrée de Clay Canyon, mon pare-brise se couvrait déjà de gouttelettes.

Aucune lumière ne brillant dans la maison, je pensais déjà qu'Ellen avait dû sortir, mais lorsque je découvris sa vieille Plymouth dans notre allée, je me sentis broyé par l'étau glacé d'une peur irraisonnée. Des images de la journée semblant surgir du brouillard assaillaient mon esprit. Conjuguée à l'obscurité et au silence, la vision pourtant familière de la voiture de ma femme provoqua en moi une peur panique. Je me ruai vers la porte, l'épaule droite en avant, comme si je m'attendais à devoir l'enfoncer, elle s'ouvrit toute grande sous ma poussée et je me retrouvai dans la salle de séjour obscure, dont seul mon halètement troublait le silence.

— Ellen! criai-je, d'une voix aiguë et plaintive que je reconnus à peine comme mienne. Ellen!

La tête me tournait, j'allais perdre l'équilibre. S'ajoutant aux tourments de ces derniers mois, le noir et le silence ne trouvaient plus place dans la galerie des horreurs de mon cerveau, déjà pleine à craquer, et dont la porte s'entrouvrait en gémissant, laissant filtrer une lumière trouble, puant la putréfaction. Je vis tout ce que je m'étais refusé à voir : dans la chambre d'enfant, des rats nichaient au creux des lits gigogne; l'humidité faisait gondoler le papier mural rouge; un noble espagnol pendu par le cou à un arbre mort frappait le mur de ses talons avec un léger vlump; ses élégants atours bruissaient en s'agitant tandis qu'il tournait lentement, entraîné par d'invisibles courants d'air vicié. Et lorsque son balancement l'approcha de moi, je vis ses yeux de saurien grands ouverts me lancer un regard haineux et méprisant.

La Chose est là, dus-je admettre. Elle est mauvaise et j'ai laissé ma femme seule avec Elle dans la maison. Ellen a été aspirée par cette éternité glacée où des ombres muettes échangent leur substance contre cent années angoissées de parole : un seul mot jaillissant d'une gorge pétrifiée; un cri, un soupir ou un grognement, des syllabes puisées dans une vie d'éloquence pour étancher la soif inextinguible de la mort vivante.

Une lumière s'alluma au-dessus de ma tête et je découvris que je me trouvais dans le couloir, en face de la chambre d'enfant. Ellen s'avança vers moi en souriant.

— Ted? Qu'est-ce que tu fabriques dans le noir? J'ai dormi un peu avant le dîner... Tu ne dis rien? Tu ne te sens pas bien?

Elle s'approcha de moi et me parut extraordinairement jolie. Ses yeux d'un bleu plus profond que ceux de Sondra avaient des reflets presque violets. Elle était redevenue jeune et mince, habitée par une sérénité qui l'éclairait à nouveau de l'intérieur, comme un phare.

— Très bien, croassai-je. Et toi, tu es sûre que tu vas bien?

— Naturellement, fit-elle en riant. Je me sens beaucoup, beaucoup mieux.

Elle me prit la main, l'embrassa gaiement.

— J'enfile une robe et je prépare le dîner, dit-elle en se dirigeant vers notre chambre.

Malgré la pénombre régnant dans la chambre d'enfant, je remarquai à la lumière du couloir le creux que son corps avait fait aux couvertures du lit inférieur.

— Tu as dormi dans la chambre d'enfant? demandai-je.

— Oui, répondit-elle. J'y rêvassais en t'attendant, j'ai eu sommeil et je me suis allongée. A propos, pourquoi rentres-tu si tard? Tu as fait des heures supplémentaires?

— Et il ne s'est rien passé?

— Pourquoi? Qu'aurait-il pu se passer?

Je ne sus que répondre mais mon cœur bondit de joie dans ma poitrine. C'était fini! Sans le savoir, Ellen avait affronté le mal dans son repaire; elle l'avait traversé en dormant comme une enfant et était redevenue elle-même, sans être altérée par la conscience de ce qu'elle avait vaincu. Je l'avais protégée par mon silence, mon refus de partager ma terreur avec la femme que j'aimais. Je tendis la main à l'intérieur de la pièce, appuyai sur l'interrupteur. La lumière me révéla le joyeux papier rouge couvert de jouets, les rideaux rouge-et-blanc, les couvre-lits bleu-et-rouge. C'était une belle chambre, gaie, convenant parfaitement à un enfant.

Ellen me rejoignit en combinaison.

— Qu'y a-t-il, Ted? Tu as l'air préoccupé. Tout va bien au bureau?

— Oui, oui, assurai-je. J'étais avec Jeff Sheffit. Nous sommes allés voir son fils à l'asile. Pauvre Jeff! Il a une triste vie.

Je fis à Ellen le récit de mon après-midi avec l'impression de parler librement dans ma maison pour la première fois depuis que nous nous y étions installés. Après m'avoir écouté avec l'attention qu'elle me prêtait toujours, ma femme voulut savoir comment était l'enfant.

— Comme un alligator, répondis-je avec dégoût. Exactement comme un alligator.

Une expression de gaieté secrète, inexplicable, se peignit sur le visage d'Ellen. Elle semblait regarder à travers moi dans la chambre d'enfant, comme si la source de son amusement se trouvait là. Au même moment, je frissonnai en sentant dans mon dos un souffle glacial, le même courant d'air froid et humide qui aurait dû me servir d'avertissement le jour de mon dernier anniversaire si j'avais été autre que je ne suis. J'eus l'impression de me déshydrater soudain, comme si tout mon sang se vidait de mes veines, et je me sentis rétrécir. Lorsque je réussis à parler, ma voix me parut sortir d'une gorge rouillée et sèche comme une pompe inutilisée depuis longtemps.

— Qu'y a-t-il de drôle? murmurai-je.

— De drôle? Rien du tout mais je me sens tellement mieux. Je crois que je suis enceinte, Ted.

En me souriant, Ellen pencha la tête de côté.

One of the Dead.
Traduction de Jacques Martinache.

Le grand veneur

par

ALGIS BUDRYS

QUITTANT la nationale, la route de sable blanc s'éloignait entre des pins épars. On n'y voyait aucune trace de pneus mais, comme il s'y engageait, Malcolm remarqua des empreintes laissées par des chiens, ou peut-être par un seul chien, qui suivaient le milieu de la route en direction du croisement où se dressait l'épicerie-buvette faisant aussi fonction de station-service.

— C'est effectivement assez loin de tout, constata Virginia.

C'était une brune très mince, avec un visage allongé et des pommettes hautes. Ils s'étaient mariés dix ans auparavant quand elle était encore adolescente et assez potelée.

— Oui, acquiesça Malcolm.

Quelques jours plus tôt, lorsqu'il n'avait pas obtenu la Bourse Gugenheim sur laquelle il comptait, il avait quitté son emploi à l'agence et fait des plans pour passer l'été dans un endroit aussi bon marché que possible, afin de voir par lui-même s'il avait l'étoffe d'un artiste ou juste un certain talent commercial. Maintenant ils arrivaient à pied d'œuvre.

Il appuya sur l'accélérateur tandis que défilaient sur le côté de la voiture des poteaux électriques espacés et supportant un seul câble. L'agent immobilier les avait prévenus qu'il n'y avait pas le téléphone et Malcolm avait alors considéré cela comme un avantage; pourtant il n'apprécia guère la vue de ce câble unique fléchissant entre les poteaux. Les roues de la voiture s'enfonçaient profondément de chaque côté de la ligne d'empreintes de pattes, qu'il suivait un peu comme il eût suivi à travers la forêt les cailloux du Petit Poucet.

Quelques centaines de mètres plus loin, ils aperçurent un panneau au sommet d'une élévation :

BIENVENUE AUX « RIVAGES MARINS », LE TOUT NOUVEL ENSEMBLE RÉSIDENTIEL DU NEW-JERSEY EN VOIE DE DÉVELOPPEMENT!

A PARTIR DE 9 990 DOLLARS!

AUCUN VERSEMENT COMPTANT POUR LES ANCIENS COMBATTANTS.

De là, ils dominaient un triangle de terre d'environ cinq hectares s'avançant dans les eaux de la Lower New York Bay. La route se mua en une rue ravinée allant droit vers la mer et se terminant devant trois bornes de ciment dont l'une s'était effondrée en laissant un espace suffisant pour qu'une voiture pût y passer tant bien que mal. Au-delà, le terrain plongeait dans la baie qui côté nord remontait vers New York, et à l'opposé, allait se perdre dans l'Atlantique.

De part et d'autre de cette ébauche de rue, les terrains aplanis au bulldozer étaient envahis par des arbrisseaux de sumac. Le long de la rue s'alignaient des rangées de grands trous rectangulaires, certains avec des fondations à demi terminées. Ici et là, il y avait des maisons abandonnées en cours de construction, dont les charpentes étaient maintenant gauchies.

Cette vue générale ne comportait que deux exceptions : deux maisons terminées et de conception identique se faisaient face au bout de la rue. L'une avait piètre mine; le terrain s'étendant autour d'elle avait été défriché mais on n'y avait pas semé de gazon. Celle se dressant de l'autre côté de la rue était, au contraire, en excellent état. Peinte en gris, elle avait un toit fait de bardeaux bitumés et s'élevait au milieu d'une pelouse parfaitement entretenue, qu'entourait une barrière de treillis métallique d'environ un mètre vingt de haut. Du côté qu'apercevait Malcolm, de faux volets d'un blanc éclatant flanquaient de hautes fenêtres étroites. Devant la maison, une rangée de pierres peintes en blanc et ayant la grosseur d'une tête d'homme délimitait un semblant de trottoir. Malcolm vit là une raison de se sentir réconforté.

— Nous y voici, ma belle! dit-il à Virginia. Je t'ai amenée, saine et sauve, à travers la forêt ensorcelée jusqu'à ce havre de paix!

— Remarquable, convint Virginia, car ce ne doit pas être rien que d'entretenir comme ça une maison dans un pareil endroit!

Tandis que Malcolm garait la voiture là où aurait dû se trouver le trottoir devant leur maison, deux beaux pinschers Dobermann surgirent de derrière la maison grise, de l'autre côté de la rue, et s'immobilisèrent au ras de la clôture pour regarder les arrivants. Ils n'aboyèrent pas. Il n'y eut aucun mouvement derrière la fenêtre de la façade et personne ne sortit de la maison. Les chiens restèrent simplement à observer Malcolm tandis qu'il franchissait le terrain argileux le séparant de la maison qu'il avait louée.

La maison était meublée... c'est-à-dire qu'il y avait des chaises et un fauteuil dans la salle de séjour — mais pas de divan — avec une table en métal chromé recouverte de Formica dans la partie proche de la cuisine. Bien que l'une des chambres fût complètement vide, il y avait un lit et une commode dans l'autre. Malcolm parcourut rapidement les lieux, puis retourna à la voiture pour y prendre les bagages et les provisions. Hochant la tête en direction des chiens, il dit à Virginia :

— C'est la toute dernière nouveauté pour décorer les jardins!

Il avait éprouvé le besoin de plaisanter parce que Virginia regardait fixement l'autre côté de la rue.

Comme la plupart des gens et sans doute aussi Virginia, il savait très bien que les pinschers Dobermann sont nerveux, méchants et qu'il faut s'en méfier. Mais, d'un autre côté, sa femme et lui passeraient là tout l'été, car il imaginait sans peine les chances qu'il aurait maintenant de se faire rembourser l'argent versé à l'agent immobilier.

— Ils ont cette ligne parfaite parce qu'on leur a taillé la queue et les oreilles lorsqu'ils étaient encore chiots, dit Virginia avant de prendre un paquet d'épicerie qu'elle emporta dans la maison.

Lorsque Malcolm eut fini de décharger la voiture, il fit claquer la porte du coffre arrière. Bien qu'ils n'eussent pas bougé jusqu'alors, les Dobermanns parurent considérer cela comme un signal. Ils pivotèrent avec ensemble et coururent côte à côte jusque derrière la maison où ils disparurent.

Malcolm aida Virginia à ranger leurs affaires dans les placards et dans l'unique commode de la chambre. Il y avait là de quoi les occuper tous deux pendant plusieurs heures et le soir tombait lorsque Malcolm se trouva regarder par la fenêtre de la salle de séjour. Ce qu'il vit, le fit s'immobiliser.

De l'autre côté de la rue, des projecteurs s'étaient allumés aux quatre coins de la maison grise. Leur clarté illuminait tout l'enclos. Un infirme se déplaçait le long du grillage, les jambes raides, le torse penché en avant, s'appuyant sur ces béquilles à double réglage qu'on appelle « cannes anglaises ». Comme Malcolm l'observait, l'homme tourna avec précision à l'angle de la clôture et continua d'avancer parallèlement à la rue. Regardant droit devant lui, il progressait à un rythme régulier, sans la moindre hésitation; son ombre se projetait à travers le grillage derrière celle confondue des deux chiens, qui marchaient juste devant lui et au même pas. Aucun d'eux ne regardait du côté de Malcolm, qui les suivit des yeux tandis qu'ils longeaient l'autre côté de la propriété avant de disparaître derrière la maison.

Plus tard, Virginia servit de la viande froide dans la petite alcôve destinée aux repas. La nécessité de devoir mettre la maison en ordre semblait avoir eu un heureux effet sur son moral.

— Ma foi, je crois que nous allons être très bien ici, dit Malcolm. Et toi?

— Moi, répondit-elle d'un ton raisonnable, je me sentirai bien dans n'importe quel endroit où tu seras en mesure de te ressaisir.

Ce n'était pas exactement la réponse qu'il souhaitait. A New York, il était convaincu que cet été serait décisif et que, dans quatre mois, il repartirait du bon pied. Pour Virginia et lui, il s'était représenté une maison au bord de l'océan, dans une petite ville ayant une bibliothèque municipale, un cinéma et d'autres distractions. Il avait éprouvé un drôle de choc en découvrant combien les locations pour la durée de l'été pouvaient être coûteuses et comme il fallait s'y prendre de bonne heure pour les réservations. Lorsque le dernier agent immobilier qu'ils étaient allés voir leur décrivit cette maison en leur soulignant la modicité du loyer, Malcolm n'avait pas hésité un seul instant. Et Virginia non plus, bien qu'il ne fallût compter sur aucune distraction. Elle avait même demandé des précisions sur la situation de la maison, et l'agent immobilier, un gros homme grisonnant avec des cendres de cigarette sur le devant de sa chemise, lui avait répondu d'un ton convaincu :

— Madame Lawrence, si vous cherchez un endroit où votre mari ne risque pas d'être dérangé dans son travail, je ne crois pas que vous puissiez trouver mieux.

Et Virginia avait aussitôt opiné.

Qu'il eût quitté l'agence, tourmentait sa femme et c'était compréhensible. Mais il désirait cependant la voir heureuse, convaincu qu'il était de savoir exactement ce qu'il souhaitait lorsque arriverait la fin de l'été.

Virginia étant en train de le regarder fixement, Malcolm chercha quelque chose qui fût de nature à l'intéresser et à détendre l'atmosphère. Se rappelant la scène dont il avait été témoin au début de la soirée, il lui parla de l'homme et de ses chiens.

Virginia haussa les sourcils :

— Te souviens-tu que l'agent immobilier nous ait parlé de lui? s'enquit-elle. Moi pas.

Fouillant sa mémoire, Malcolm se rappela que l'agent avait mentionné un gardien auquel ils pourraient avoir recours si jamais ils se heurtaient à quelque problème. Sur l'instant, il n'y avait pas autrement prêté attention, n'y attachant pas d'importance. Mais, à présent, il se rendait compte de la situation où ils se trouveraient, Virginia et lui, si jamais se produisait une fuite d'eau ou un court-circuit; du coup, le gardien présentait un tout autre intérêt.

— Je pense que ce doit être le gardien, dit-il.

— Oh...

— Cela me paraît tomber sous le sens... tout ce qui est ici vaut quand même quelque chose. S'ils n'avaient pas quelqu'un pour surveiller, les gens pourraient venir camper ici ou emporter ce qu'ils voudraient...

— Oui, effectivement... Je pense que les propriétaires du lotissement le logent gratis, et avec ces chiens, il doit être très efficace.

— Mais il me paraît être là pour pas mal de temps, remarqua Malcolm. Quiconque a eu l'idée de lotir ce coin, me semble être en avance d'une bonne dizaine d'années. Je n'imagine pas quelqu'un envisageant de vivre ici avant qu'il devienne impossible de trouver à se loger plus près de New York.

— Bref, il assure une permanence, commenta Virginia en déposant une assiette devant son mari.

Elle regarda par-dessus l'épaule de Malcolm, en direction de la fenêtre du living-room; ses yeux s'agrandirent et, d'un geste instinctif, elle porta une main au décolleté de sa robe, puis eut un haussement d'épaules expressif.

— Il ne peut pas voir ici, dit Malcolm. Dans le living, oui ; mais pour voir ici, il lui faudrait se tenir dans le coin le plus reculé de l'enclos, et d'ailleurs il est rentré dans la maison.

Tout en parlant, il avait tourné la tête et il put vérifier la justesse de ses dires, sauf que l'un des chiens se tenait précisément à l'endroit mentionné et regardait en direction de leur maison avec des yeux qui brillaient dans la pénombre. Puis les contours de sa tête se modifièrent comme il la tournait pour regarder la route. Il pivota sur place, s'éloigna un peu de la clôture puis, prenant son élan, sauta par-dessus le grillage, atterrit dans la rue et disparut. Il revint après un moment, courant côte à côte avec son compagnon dont les mâchoires tenaient délicatement le haut replié d'un petit sac en papier. Les chiens frétillaient, se frottant l'un contre l'autre et, quand ils se trouvèrent à quelques pas de la clôture, ils la sautèrent avec ensemble avant de poursuivre leur course sur la pelouse jusqu'à ce que Malcolm les perdît de vue.

— Seigneur ! Il vit là seul avec ces chiens ! s'exclama Virginia.

Malcolm se retourna vivement vers elle :

— Qu'est-ce qui te le donne à croire ?

— Ma foi, ça me paraît assez évident. Tu as vu ce que les chiens viennent de faire. Ils lui servent de domestiques. Comme il ne peut se déplacer, ce sont eux qui font les courses pour lui. S'il avait une femme, c'est elle qui s'en chargerait.

— Et tu as déduit tout cela en un clin d'œil ?

— N'as-tu pas remarqué comme ils étaient joyeux ? L'autre chien n'avait aucun besoin d'aller au-devant de son compagnon, mais il l'a fait pour le plaisir. Ils sont visiblement très heureux d'être ensemble.

— Allons, voyons ! Ce ne sont que des chiens... que peuvent-ils savoir ?

— Ils savent ce que c'est qu'être heureux, rétorqua Virginia. Et ils savent quoi faire dans la vie.

Cette nuit-là, Malcolm resta longtemps éveillé, imaginant combien il allait être agréable de vivre et travailler là durant tout l'été. Puis ses pensées revinrent à l'agence, tandis qu'il se demandait pourquoi il ne semblait pas avoir cette sorte d'intuition, sagace mais limitée, qui permet à un homme de réussir dans la publicité. Vers quatre heures du matin, il se disait que cela tenait peut-être à ce qu'il était d'un caractère timoré, s'effrayant de peu. Toutes ces réflexions n'avaient rien de nouveau pour lui, et il savait qu'il ne se sentirait pas bien dans sa peau avant le milieu de l'après-midi.

Lorsque Virginia voulut le réveiller de bonne heure le matin, il lui demanda de le laisser tranquille. A deux heures de l'après-midi, elle lui apporta une tasse de café et le secoua par l'épaule. Après un moment, il gagna la cuisine en pyjama et constata que sa femme leur avait préparé des œufs brouillés.

— Quels sont tes plans pour la journée? lui demanda-t-elle quand il eut fini de manger.

— Pourquoi? fit-il en relevant la tête.

— Eh bien, pendant que tu dormais, j'ai transporté ton attirail de peintre dans l'autre chambre qui donne sur le devant et me semble devoir faire un atelier agréable. De la sorte, tu peux être complètement installé d'ici ce soir.

Il arrivait parfois à Virginia de se montrer si brusque que Malcolm en restait comme choqué. Qu'elle ait pu lui prêter l'intention de ne rien faire de la journée le mit sens dessus dessous.

— Écoute, dit-il, tu sais que j'ai besoin de m'acclimater, de prendre possession des lieux...

— Oui, je sais tout cela. Aussi n'ai-je rien installé. Je ne suis pas artiste, moi : je me suis contentée de transporter toutes tes affaires sur place.

Comme Malcolm demeurait assis sans parler, Virginia débarrassa la table, puis s'en fut dans leur chambre. Quand elle revint, elle avait enfilé une robe, s'était donné un coup de peigne et avait mis du rouge à lèvres.

— Toi, fais ce que tu veux, dit-elle. Moi, je m'en vais de l'autre côté de la rue, me présenter.

Il éprouva un élan d'irritation, puis dit :

— Si tu attends une minute, je m'habille et je t'accompagne. Autant que nous soyons ensemble pour faire sa connaissance.

Il alla dans la chambre mettre un T-shirt, des jeans et des mocassins. Il se sentait réagir à la pression. Il obéissait toujours lorsqu'elle s'exerçait sur lui et il avait la nette impression que Virginia avait déjà disposé de la journée pour lui.

Ils se tenaient devant la clôture, sur l'étroite bande de gazon la séparant de la rangée de pierres blanchies à la chaux, et rien ne se produisait. Bien que la clôture comportât une grille à deux battants, Malcolm constata qu'il n'y avait pas de solution de continuité dans le semblant de trottoir, non plus qu'une allée d'accès. La pelouse s'étendait d'un bout à l'autre du terrain, comme si la maison y avait été déposée par un hélicoptère. Il regarda avec plus d'attention le gazon se trouvant juste de l'autre côté de la clôture et lorsqu'il y repéra les marques laissées par les béquilles de l'infirme, il en éprouva une sorte de réconfort.

— Vois-tu une sonnette ou quelque chose comme ça? lui demanda Virginia.

— Non.

— J'aurais cru que les chiens aboieraient.

— J'aime autant pas.

— Regarde donc, fit-elle en passant le doigt sur le loquet de la grille. La peinture est à peine éraflée. A croire qu'il ne sort pratiquement pas de la propriété.

En le touchant, elle avait fait cliqueter le loquet et, aussitôt, les chiens surgirent de derrière la maison. L'un d'eux s'immobilisa puis fit demi-tour, tandis que l'autre venait tout contre la grille et les observait, la tête légèrement penchée de côté.

La porte de la maison s'ouvrit. Dans son encadrement, le soleil joua sur le métal des cannes anglaises, puis l'homme apparut et s'immobilisa sur le seuil. Quand il les eut identifiés, il hocha la tête, sourit et s'avança vers eux. L'autre chien marchait à côté de lui et Malcolm remarqua que celui se trouvant à la grille n'avait même pas tourné la tête vers son maître.

L'homme progressait rapidement, en s'aidant avec agilité des béquilles. Son mal semblait localisé non dans la colonne vertébrale mais dans les jambes elles-mêmes, car il essayait de se servir un peu de ces dernières. On ne pouvait le dire capable de marcher, mais il n'était pas non plus complètement impotent.

Bien qu'il semblât approcher de la soixantaine, il avait tout aussi bonne apparence que sa propriété. Sec et nerveux, il avait un visage fortement hâlé et autour de ses petits yeux bleus, de même qu'aux commissures de ses lèvres minces, rayonnaient de fines rides profondément marquées. Ses cheveux d'un blanc jauni étaient brossés en arrière, comme il est d'usage dans l'armée britannique, et il arborait même une fine moustache. Il portait une veste de tweed renforcée de cuir aux coudes, qui semblait un peu chaude pour la saison, avec une chemise de légère flanelle gris clair et un nœud papillon bleu pâle. Parvenu à la grille, il appuya ses coudes sur les cannes et tendit à ses visiteurs une main vigoureuse dont les ongles courts avaient la couleur des vieux os.

— Comment allez-vous? dit-il aimablement, avec des façons dénotant une excellente éducation. Je brûlais de connaître mes nouveaux voisins. Je suis le colonel Ritchey.

Les chiens immobiles l'encadraient, leur museau noir pointé vers la grille.

— Enchantée, dit Virginia. Nous sommes Malcolm et Virginia Lawrence.

— Ravi de faire votre connaissance, déclara le colonel Ritchey. J'étais à deux doigts de croire que, cette saison-ci, Cortelyou n'arriverait pas à me trouver quelqu'un.

— Quels chiens magnifiques! s'extasia Virginia en souriant. Je les ai observés hier soir.

— Oui. Ils ont pour nom Max et Moritz. Je suis très fier d'eux.

Tandis qu'ils bavardaient et échangeaient des plaisanteries, Malcolm se demandait pourquoi le colonel avait fait allusion à Cortelyou, l'agent immobilier, comme à un fournisseur. Et il trouvait aussi quelque chose de familier au visage de son interlocuteur.

Ce fut Virginia qui dit :

— Vous êtes le fameux colonel Ritchey?

Mais oui, bien sûr! Maintenant Malcolm se rappelait tous ces articles publiés dans les magazines au moment de la sortie du film, plusieurs années auparavant.

Le colonel Ritchey sourit, sans le moindre embarras :

— Oui, je suis le fameux colonel Ritchey. Mais vous remarquerez, j'en suis sûr, que je ne ressemble guère à l'aimable garçon qui m'incarnait dans le film.

— Que diable faites-vous *ici?* questionna Malcolm.

Tournant son attention vers lui, Ritchey répondit :

— Il faut bien vivre quelque part.

Virginia dit aussitôt :

— J'observais les chiens hier soir et ils semblent vous être d'un grand secours. J'imagine comme il doit être agréable de pouvoir s'en remettre à eux.

— Oui, en effet. Max et Moritz me rendent de grands services. Mais c'est quand même mieux d'avoir des gens ici. Je commençais à mettre en doute les capacités de Cortelyou.

Malcolm se demanda si l'agent immobilier aurait eu le front d'appeler Ritchey « le gardien » quand le colonel se trouvait à portée d'oreille.

— Entrez, je vous en prie.

Comme le loquet résistait un peu, le colonel le frappa avec le poing et le souleva.

— Ne vous inquiétez pas de Max et Moritz... Ils ne font jamais rien qui ne leur soit commandé.

— Oh! je n'ai pas peur d'eux le moins du monde! assura Virginia.

— Là, c'est un peu excessif, lui déclara le colonel. Les Dobermanns ne sont pas des chiens à traiter familièrement. Il faut plusieurs mois avant qu'on puisse se fier à eux en toute sécurité.

— Mais vous les avez dressés vous-même, n'est-ce pas? s'enquit Virginia.

— Oui, confirma le colonel avec un sourire satisfait. Quand je les ai eus, ils venaient de quitter leur mère.

Pour parler aux chiens, sa voix se fit impérative, mais demeura aussi calme que lorsqu'il s'adressait à Virginia : « A la niche! » Cessant alors de regarder les visiteurs, Max et Moritz s'en allèrent.

La salle de séjour du colonel Ritchey était aussi nette qu'une vitrine d'exposition, avec un mobilier quelque peu démodé mais parfaitement entretenu. Le canapé recouvert de tapisserie et à la moulure sculptée était le genre de chose que Malcolm se fût attendu à trouver dans un salon de dame. Perpendiculairement à l'un des murs, un fauteuil à dossier réglable était disposé de façon à ce qu'on pût s'y détendre en regardant la rue ou bien, en tournant légèrement la tête, reposer ses yeux dans la contemplation des lointaines lumières de New York. Des peintures à l'huile dans de lourds cadres dorés représentaient des paysages, de vastes étendues. La pièce parut à Malcolm peu meublée avant qu'il réfléchisse que Ritchey avait besoin du maximum d'espace pour évoluer, alors qu'il lui était inutile d'avoir des sièges pour d'éventuels visiteurs.

— Asseyez-vous, je vous en prie, dit le colonel. Je vais aller chercher un peu de thé pour nous rafraîchir.

Quand il eut quitté la pièce, Virginia fit remarquer à mi-voix :

— C'était bien la dernière personne que je me serais attendue à trouver ici! Et il semble très obligeant.

— Charmant, acquiesça Malcolm.

Le colonel reparut, tenant un plateau d'argent entre le pouce et l'index de chaque main, ses autres doigts agrippant les poignées en caoutchouc noir des cannes anglaises. Il apportait du thé sur ce plateau, mais aussi des petits gâteaux.

— Je vous présente mes excuses pour le service à thé, mais c'est le seul dont je dispose.

Quand Ritchey posa le plateau, Malcolm vit que le service en question était fait de métal très ordinaire, comme les boîtes de conserves. Lorsqu'il examina sa tasse de plus près, il constata que, avant d'être émaillée, elle avait effectivement été façonnée à partir d'une boîte de conserves. Il en allait de même pour la théière : poignée, couvercle, bec et tout.

— Le diable m'emporte... C'est vous qui avez confectionné tout ça dans votre camp de prisonniers, n'est-ce pas?

— Oui, c'est exact. A l'époque, j'ai vraiment été très fier de mon œuvre, et, vous voyez, ça sert encore. Vivant comme je vis, je n'ai jamais jugé utile de remplacer ce service. C'est incroyable tout ce que l'on peut arriver à bricoler dans un camp, et l'importance que l'on attache ensuite à ces objets. Si je vous disais que je prends toujours autant de plaisir à boire là-dedans que lorsque je ne pouvais pas faire différemment. Je souhaite seulement que mon *ersatz* de fine porcelaine ne vous brûle pas les doigts.

— Ah! il faut toujours prendre garde à ne pas se brûler les doigts! rétorqua Virginia en riant.

Malcolm était ahuri. Il n'imaginait pas que Virginia fût encore capable de telles coquetteries. Dans le fond, elle était restée exactement la fille qui captait les regards dans les vernissages, mais elle avait mis en veilleuse cet aspect de sa personnalité.

En réponse, les yeux bleus du colonel Ritchey brillèrent malicieusement, puis il se tourna vers Malcolm :

— C'est une bien plaisante perspective que de devoir passer cet été en compagnie d'une personne aussi charmante que Mrs Lawrence.

— Oui, acquiesça Malcolm, préoccupé maintenant par sa tasse, non seulement brûlante, mais aux bords plutôt coupants. En tout cas, je n'ai jamais eu à me plaindre d'elle.

— J'ai remarqué cette inscription, dit vivement la jeune femme en montrant les caractères soigneusement gravés sur le plateau, avant de lire à haute voix : « Au colonel David N. Ritchey, R.E. [1], de la part de ses camarades de l'Oflag XXXI b, en souvenir de leur libération, le 14 mai 1945. S'il n'avait pas été là pour les diriger, beaucoup d'entre eux n'auraient pu contribuer à lui offrir ce gage de reconnaissance. »

Lorsqu'elle regarda le colonel, les yeux de Virginia brillaient :

— Ils doivent vous vouer tous une grande affection.

— Pas tous, dit Ritchey avec un mince sourire. J'étais le doyen d'un groupe assez disparate. Il y avait surtout là de jeunes officiers de toutes les provenances imaginables. Pas disciplinés du tout, aspirant tous à commander, mais les uns apathiques, les autres désespérés; certains utiles, d'autres pas. Ce fut mon travail d'en faire un ensemble cohérent et discipliné, de dire ceux d'entre eux qui ne devaient courir aucun risque et ceux qui me paraissaient le mieux capables de tenir les Fritz en alerte car, à cet égard, depuis Dunkerque jusqu'aux derniers jours de la guerre, nous n'avons jamais ralenti notre effort, l'importance stratégique du camp se modifiant sans cesse et de différentes façons.

Le colonel esquissa une grimace, puis sourit de nouveau :

— Ce plateau m'a été offert par les survivants, bien entendu. Ils avaient chargé un des Fritz qui faisaient

1. *Royal Engineers :* le Génie.

déjà cause commune avec nous, de le faucher dans le vaisselier du commandant du camp quelques jours auparavant, ce qui leur avait donné le temps de graver l'inscription. Mais même celle-ci laisse entendre qu'ils n'en réchappèrent pas tous.

— Alors ça ne s'est pas passé comme dans le film? questionna Virginia.

— Non, et pourtant...

Ritchey eut un haussement d'épaules, comme se rappelant des changements auxquels il avait dû consentir à l'époque.

— Dans un film, il convient de faire croître la tension dramatique, afin de tenir le public en haleine. Nombre des incidents du film se sont produits réellement, mais pas dans les mêmes circonstances. Le tunnel de Noël a bien existé. Je leur avais promis qu'au moins un d'entre eux serait chez lui pour Noël s'ils le creusaient avec ardeur. Mais ce n'était pas une promesse à prendre au sérieux, et ils le savaient très bien. J'avais dit cela sur le mode ironique et non avec la foi qu'exprime l'acteur dans le film.

« La guerre tendait alors vers sa fin. En l'occurrence, un homme normalement intelligent ne pouvait que souhaiter attendre la libération au moindre risque. Et c'était le sentiment de la plupart d'entre eux. Ils étaient nombreux à s'être remis à penser comme des civils et à ne plus discuter que de leurs familles, de ce qu'ils feraient après la guerre, etc. Or, en parlant du tunnel de Noël d'une façon sarcastique, je leur rappelais quelle était leur actuelle condition et où ils se trouvaient encore. La tactique se révéla excellente. En recourant à des moyens de ce genre, j'empêchai qu'ils s'avachissent et perdent toute utilité pour quiconque.

Une expression absente se peignit sur le visage de Ritchey :

— Il y en avait qui m'appelaient « L'Emmerdeur », murmura-t-il. Ça aussi, c'était dans le film, mais on les montrait tous en train de sourire lorsqu'ils le disaient.

— Votre devoir était de recourir à tous les moyens pour empêcher qu'ils se laissent aller, dit Virginia d'un ton compréhensif.

Un spasme tordit le visage du colonel, si violemment qu'on aurait pu croire qu'il y avait de la strychnine dans son thé. Mais cela ne dura que l'espace d'un éclair.

— Oh! oui, oui, j'ai réussi à empêcher qu'ils se laissent aller. En leur mentant, en les enjôlant, les abusant. Mais cela demandait une énorme dépense d'énergie. Normalement, que nous soyons prisonniers n'aurait dû rien changer à notre comportement. Et si nous avions été encore en activité, aucun parmi eux n'eût osé ne pas obéir à mon commandement. Mais au camp, ils pouvaient toujours trouver quelque moyen de barguigner, de s'esquiver pour ne s'occuper que de leurs petites affaires personnelles. Les gens sont comme ça. Ils cherchent toujours à resquiller, à moins que la discipline ne soit là pour les contraindre à obéir. Cela ne sert à rien de leur dire ce qu'ils devraient faire; il faut être en position de leur dire ce qu'ils *doivent* faire!

— Il vous aurait fallu l'appui de quelques hommes armés. C'est bien ça, Colonel? Vous auriez voulu que les Allemands vous autorisent à dresser à l'intérieur du camp vos propres miradors avec des mitrailleuses?

Malcolm aimait à pousser certains raisonnements jusqu'à l'absurde.

Mais, imperturbable, Ritchey lui répondit :

— Je n'avais quand même pas autant de latitude en Allemagne. Mais il y a une petite histoire que je veux vous raconter et qui n'est pas tellement en dehors de la question.

S'installant de nouveau plus commodément sur son siège, il enchaîna :

— Vous êtes probablement intrigués par Max et Moritz. Les Allemands, comme vous le savez sans doute, ont toujours été très portés à dresser des chiens pour leur faire exécuter toutes sortes de choses amusantes ou utiles. Durant la guerre, les Fritz recouraient volontiers aux Dobermanns pour constituer une sorte de garde auxiliaire dans les camps de prisonniers. En action ou même simplement à la vue, monsieur Lawrence, un chien dressé est beaucoup plus terrifiant que n'importe quel soldat avec une mitraillette. Il n'est qu'un animal pour immobiliser quelqu'un sans l'ombre d'une hésitation, qu'on l'injurie ou le supplie.

« Dans chaque camp, les chiens de garde étaient confiés à un homme appelé le *Hundführer* — le grand veneur, si vous voulez — dont la mission était, après qu'il se fut établi auprès des chiens comme leur maître et leur chef, de suivre quelques règles très simples pour les mener là où l'on avait besoin d'eux. On apprenait aux chiens certaines routines de patrouille. Dès lors, il suffisait au *Hundführer* de commander simplement « Cherche! » ou « Arrête! » et les chiens savaient ce qu'ils avaient à faire. Et je peux vous l'assurer : une fois que nous les avions vus en action, nous ne risquions pas de les oublier!

« Vous comprenez, étant chien, un Dobermann n'a pas de conscience. Et un Dobermann dressé ne fait preuve d'aucun jugement. Alors qu'il n'était encore qu'un chiot, on a commencé à le « programmer », en quelque sorte. Et le dressage est aussi douloureux qu'autocratique. Quand un ordre a été donné, il doit être exécuté à n'importe quel prix, car le chien a appris qu'on doit obéir aux ordres sans chercher à comprendre. Ce point étant acquis, le chien doit aussi apprendre que telle personne est, dès l'abord et pour toujours, seule habilitée à lui donner des ordres. Et lorsqu'un Dobermann a été dressé de la sorte, plus rien ne peut le faire changer de maître. Quand l'approche des Américains était signalée, les Allemands se trouvant dans les miradors abandonnaient leurs armes et cherchaient à s'enfuir, mais les chiens, eux, devaient être abattus. Je les observais de la fenêtre de l'infirmerie, et je n'oublierai jamais la façon dont ils continuèrent à bondir contre la grille du chenil jusqu'à ce que le dernier d'entre eux eût été tué. Leur *Hundführer* s'était enfui...

Malcolm s'aperçut qu'il avait relâché un peu son attention, mais Virginia demanda aussitôt :

— Pourquoi vous trouviez-vous à l'infirmerie? Était-ce à cause de l'accident du tunnel de Noël?

— Oui. Comme je vous l'ai dit, madame, le seul but de ce tunnel était de fournir une occupation aux hommes. La guerre tendant vers sa fin, c'eût été de la témérité que de tenter vraiment une évasion. Mais nous jouions carrément le jeu. Nous avions une trappe camouflée, un tunnel étayé avec des traverses de lits, un va-et-vient avec une poulie, des lampes à graisse faites avec des boîtes à cirage remplies de margarine... bref, tous les éléments habituels. A cette époque, les Allemands étaient devenus très habiles à détecter ce genre d'opération, aussi, pour avoir un raisonnable espoir de réussir, fallait-il travailler vite et à une certaine profondeur. Creuser un tunnel constitue toujours un risque calculé... où la balance penche légèrement du bon côté, comme le démontre le nombre de réussites.

« Quoi qu'il en soit, à la fin de novembre, certains des hommes ne se gênaient pas pour dire que mon tour était venu de creuser un peu, si bien que, une nuit, je descendis dans le trou et me mis à l'œuvre. Le déblaiement se passait aussi bien que possible, les conditions de travail étaient relativement normales. L'air était respirable et comme l'on travaillait... euh... sans aucun vêtement, si l'on se brossait soigneusement dès la sortie du tunnel, le sable n'abîmait pas trop la peau. En pareille occurrence, les vêtements provoquent des frottements et, lors d'une inspection médicale, les brûlures ainsi causées dénonçaient immanquablement l'opération en cours.

« J'étais donc en bas depuis une heure et demie environ, et je m'apprêtais à repartir doucement sur le va-et-vient les pieds en avant, tel une sorte de symbole freudien, lorsque le plafond du tunnel s'effondra en partie sur ma poitrine. Fort heureusement, mon visage ne fut pas recouvert. Je me rappelle distinctement quelle fut alors ma première pensée : désormais, aucun de mes hommes ne pourrait dire que leur commandant n'avait point partagé toutes les peines de leur commune entreprise. Je m'aperçus vite que me dégager du sable qui m'ensevelissait en partie allait être extrêmement laborieux. Or tout ce que je pouvais faire, c'était remuer ma tête d'un côté à l'autre, mouvement qui finit par provoquer un certain glissement du sable tombé sur moi. Du coup, la lampe à graisse fixée à l'un des étais se renversa sur mes cuisses. Vous imaginez la douleur causée par cette coulée de graisse brûlante, mais le pire fut que la mèche ne s'éteignit pas dans la chute, et la partie inférieure de mon corps se trouvant enduite de graisse fondue depuis le nombril jusqu'aux genoux...

Ritchey s'interrompit et eut une grimace exprimant l'embarras, avant de poursuivre :

— Bref, je me trouvai dans une fichue position, car je ne pouvais rien faire pour éteindre le feu tant que je n'avais pas réussi à me frayer un passage à travers le sable recouvrant ma poitrine. Je finis par y arriver et, après avoir éteint les flammes, je pus tant bien que mal rebrousser chemin. Ceux qui veillaient à la trappe n'avaient eu aucune raison de s'alarmer, car le tunnel sentait toujours mauvais. Mais quand, parvenu à proximité de la trappe, je pus me faire entendre d'eux, ils envoyèrent un homme me chercher.

« Naturellement, nous fûmes obligés de tout raconter aux Fritz, car il nous était tout aussi impossible de cacher mon état que de le soigner. Ils me transportèrent donc à l'infirmerie du camp, où je suis resté jusqu'à la fin de la guerre, sans rien d'autre à faire que réfléchir à ma situation. J'eus même la possibilité de continuer d'exercer un certain contrôle sur mes hommes. Je ne serais pas du tout étonné que le commandant du camp ait manœuvré dans ce sens. Je pense qu'il en était arrivé à compter sur moi pour modérer l'excitation des autres.

« Et c'est presque la fin de l'histoire. Nous fûmes libérés par l'armée américaine et les hommes retournèrent chez eux. Je séjournai dans différents hôpitaux militaires jusqu'à ce que je fusse en état de regagner la mère-patrie où, d'hôtel en hôtel, je jouai à l'officier retraité. Lorsque ce journaliste publia son livre et que les droits cinématographiques en furent acquis, on me fit venir à Hollywood en qualité de conseiller technique pour la réalisation du film. Je vous avoue que je fus bien aise de cette proposition — la retraite d'un officier n'étant pas tellement grosse — sans compter que cela mit mon nom en vedette et que différentes organisations me demandèrent mon concours, ce qui me permit de constituer un petit magot.

« Bien entendu, il ne peut être question que je retourne en Angleterre, où le percepteur me soulagerait de la majeure partie de cet argent, mais ayant noué des relations avec M. Cortleyou, puis acheté et dressé Max et Moritz, je m'estime content. Un homme doit faire son possible pour se débrouiller et survivre. Vous ne croyez pas? ajouta Ritchey en penchant un peu la tête de côté pour regarder Malcolm et Virginia.

— Ou-oui, dit lentement la jeune femme.

Malcolm n'arrivait pas à déchiffrer l'expression de son visage. Il ne l'avait encore jamais vue comme ça. Son regard était brillant, mais circonspect. Son sourire exprimait la sympathie et l'excitation, mais aussi une certaine tension. Elle semblait partagée entre deux sentiments opposés.

— Parfait! dit le colonel en frappant ses mains l'une contre l'autre. Il était très important pour moi que vous compreniez bien la situation.

Il se leva et, dans le même mouvement, amena les cannes anglaises en place afin qu'elles le soutinssent avant qu'il risquât de tomber. Appuyé sur elles, légèrement penché en avant, il sourit :

— Bon, maintenant que vous avez entendu mon histoire, je pense que le but de cet entretien a été atteint et je n'ai donc pas besoin de vous retenir ici plus longtemps. Je vais vous raccompagner jusqu'à la grille.

— Oh! ce n'est pas nécessaire, dit Malcolm.

— Si, si, j'y tiens! assura le colonel avec toutes les apparences d'une extrême amabilité.

Virginia le regarda, en battant lentement des paupières.

— Excusez-nous, je vous en prie, dit-elle. Nous n'avions aucunement l'intention de rester vous importuner si longtemps. Merci pour le thé et les gâteaux qui étaient excellents.

— Mais voyons, ma chère, ce n'est rien, lui assura Ritchey. C'est vraiment une très agréable perspective que de voir, lorsque je regarderai de l'autre côté de la rue, une aussi séduisante personne vaquer à ses occupations domestiques. Naturellement, j'ai nettoyé bien à fond après le départ des précédents locataires, mais il y a toujours de petites touches personnelles à apporter... Et je suppose que vous allez vouloir entreprendre quelques plantations devant la maison, non? Autant de menues activités qui seront pour moi très précieuses... une femme aussi charmante que vous allant et venant en tenue estivale, ou se reposant au soleil après avoir désherbé... Oui, vraiment, je m'attends à passer un été extrêmement plaisant. Je suppose qu'il n'a jamais été question pour vous de ne point séjourner ici tout l'été, car Cortleyou n'aurait pas pris en considération quelqu'un n'ayant pas les moyens de payer pour toute la saison.

Le regard du colonel se fit plus incisif à travers son urbanité :

— Mais je suppose que vos ressources n'en sont pas moins assez limitées, sinon vous seriez allés ailleurs que dans ce coin perdu?

— Bonsoir, Colonel, dit Virginia avec une courtoisie glacée. Partons, Malcolm.

— Entretien extrêmement intéressant, Colonel, dit Malcolm en obtempérant.

— Intéressant et nécessaire, monsieur Lawrence, précisa Ritchey en les suivant au-dehors.

Virginia observait attentivement leur hôte en se dirigeant vers la grille, et Malcolm remarqua que sa bouche avait un pli légèrement désabusé.

— Vous vous sentez un peu tendue, madame Lawrence? s'enquit Ritchey avec sollicitude. Soyez assurée que je prendrai votre sensibilité en considération dans toute la mesure que me permettra le souci de mon propre confort. Il n'est pas du tout dans mes habitudes d'offenser une dame, et de toute façon (il eut un sourire expressif) depuis l'accident du tunnel de Noël, les moyens manquent, même si l'esprit survit.

Le colonel regarda ses béquilles d'un air absent, fronça légèrement les sourcils, puis il reprit en secouant paternellement la tête :

— Non, madame Lawrence... Une fleur se sent-elle offensée parce qu'on la respire? Et la fleur cultivée, que l'on soigne et nourrit, n'a-t-elle pas plus de chance que la fleur sauvage dont personne ne voit l'épanouissement? Ne déplorez pas trop votre actuelle condition sociale, madame Lawrence... certains pourraient la trouver enviable. Peu de choses se modifient davantage que les points de vue. Au cours des semaines à venir, le vôtre peut très bien changer.

— Que diable êtes-vous en train de raconter à ma femme? intervint Malcolm.

— Nous en parlerons plus tard, mon chéri, dit vivement Virginia.

Le colonel lui sourit :

— Avant cela, j'ai quelque chose d'autre à montrer à votre mari.

Élevant légèrement la voix, il appela :

— Max! Moritz!

Et les chiens se trouvèrent à côté d'eux.

— Ah! monsieur Lawrence, j'aimerais vous montrer d'abord comme ces animaux obéissent et quelle est la mesure de leur discernement. Moritz, commanda-t-il à l'un des chiens avec un hochement de tête en direction de Malcolm. Tue!

Malcolm n'en put croire ses oreilles, puis il reçut un coup en pleine poitrine. Le chien était debout, ses pattes de derrière trépignant sur le sol tandis qu'il se collait à Malcolm. L'animal se trouvant à l'intérieur de ses bras, tout ce qu'il aurait pu faire l'eût serré davantage contre lui. Aussi Malcolm essaya-t-il de ramener ses bras en arrière afin de pousser de toutes ses forces contre la cage thoracique du chien, mais ce léger déplacement d'équilibre le fit trébucher et il se rendit compte que, s'il achevait son geste, il tomberait. Tout cela se passa en un rien de temps, puis le chien lui donna un coup de langue sur la figure. Ceci fait, il retomba à quatre pattes et reprit sa place à côté de Ritchey.

— Vous voyez, monsieur Lawrence? s'enquit le colonel sur un ton de conversation. Un chien ne réagit pas au commandement littéral. Il est conditionné, dressé à faire une certaine chose quand il entend un certain bruit. Les commandements que l'on apprend à un chien, au prix de beaucoup de peine et de patience, ne sont pas nécessairement ceux que comprendrait un être humain. Pavlov actionne une cloche et le chien se met à saliver. Une cloche est-elle comestible? S'il en avait fait sonner une autre ou s'il avait dit « La sou-soupe, au chien-chien », il n'y aurait pas eu de réflexe. De même, lorsque je dis sur un ton normal, sans l'inflexion du commandement « Tue », ça ne signifie pas « Embrasse » même pour Moritz. Pour lui ça n'a de signification que si je le dis sur un certain ton. Et j'aurais pu tout aussi facilement le dresser à faire la même chose avec un autre commandement... en disant « Whisky », par exemple. Mais vous n'auriez pas aussi bien saisi tout le sel de ma petite plaisanterie. Personne en dehors de moi n'a la possibilité de faire agir ces chiens. C'est seulement quand je les commande qu'ils réagissent. Et maintenant, je crois que vous aussi, monsieur Lawrence, vous réagirez... Eh bien, au revoir. Comme je vous le disais, vous avez pas mal de choses à faire.

Ils franchirent la grille que Ritchey referma derrière eux en disant « Max, garde! » Le chien se figea aussitôt en position. « Moritz, viens! » Il fit demi-tour et regagna la maison en compagnie du chien.

Malcolm et Virginia retournèrent à un pas normal jusque chez eux, parce que Malcolm s'était mis au pas de sa femme. Il se demanda si Virginia marchait ainsi de propos délibéré, parce qu'elle n'était pas sûre de ce que ferait le chien si elle se mettait à courir. C'était la première fois depuis bien longtemps que Virginia n'était pas sûre de quelque chose.

Lorsqu'ils furent dans la maison, la jeune femme vérifia que la porte était bien fermée, puis alla s'asseoir dans le fauteuil qui tournait le dos à la fenêtre.

— Veux-tu me faire un peu de café, je te prie? demanda-t-elle.

— Mais oui, bien sûr. Je te l'apporte dans quelques minutes. Reprends un peu ton souffle en attendant.

— Oui, j'ai besoin de quelques minutes... Quelques minutes et tout ira bien.

Lorsque Malcolm revint avec le café, Virginia enchaîna :

— Il doit avoir prise sur Cortleyou, et je te parie que les gens qui tiennent l'épicerie au coin de la route ne sont pas spécialement heureux d'avoir ces chiens qui sans cesse vont et viennent. Il nous tient. Nous sommes coincés.

— Hé là, doucement! Là dehors, il y a tout l'État de New Jersey et Ritchey ne peut pas...

— Si, il le peut. Sans quoi, il ne se risquerait pas à le faire. Crois-moi : il n'y a pas une once de bluff dans tout ce qu'il a dit.

— Mais enfin que peut-il nous faire?

— Tout ce qu'il voudra.

— Ça n'est pas possible, dit Malcolm en fronçant les sourcils. Nous sommes plus ou moins démontés par la frayeur qu'il vient de nous causer, mais en réfléchissant, nous devons arriver à trouver un moyen de...

— Le chien est-il toujours là? demanda Virginia.

Malcolm acquiesça.

— Qu'as-tu pensé quand il t'a sauté dessus? C'était horrible à voir. J'ai eu le sentiment qu'il allait te renverser sur le dos. Et toi? Qu'as-tu *pensé?*

— Ma foi, c'est un animal drôlement costaud. Mais, à la vérité, je n'ai pas eu le temps de penser quoi que ce soit. Tu comprends, un homme qui dit comme ça « Tue! », c'est difficile à croire. Surtout aussitôt après le thé et les petits gâteaux...

— C'est un homme extrêmement habile et sagace. Je comprends qu'il se soit si bien débrouillé avec les gardes du camp. Il méritait vraiment qu'on écrive un livre sur lui.

— Oui, mais après ça on aurait dû le mettre dans une cellule capitonnée.

— *Essayer* de le mettre, rectifia Virginia.

— Oh! n'exagérons pas... Ici, il est chez lui et il avait distribué les cartes avant même que nous sachions qu'une partie était engagée. Mais ça n'est jamais qu'un vieil infirme complètement dingue. Qu'il ait réussi à intimider un ménage d'épiciers et un agent immobilier de troisième ordre, d'accord... Mais nous, c'est quand même une autre paire de manches. Et nous ne sommes pas dans son régiment.

— Nous sommes dans son camp de prisonniers.

— Écoute, Virginia. Quand nous irons trouver Cortleyou, en lui disant que nous savons tout concernant le colonel Ritchey, il ne fera sûrement aucune difficulté pour nous rembourser le montant de la location. Nous trouverons un autre endroit où aller, sinon nous retournerons en ville. Mais quoi que nous fassions pour nous tirer de ce pétrin, ça ira beaucoup mieux si nous sommes deux pour y réfléchir. Ça ne te ressemble pas de rester assise là, à répéter qu'il nous tient.

— Ma foi, Malcolm, je dois convenir que le fait de te

sentir prisonnier réveille ton esprit d'initiative. Te voilà en train de jouer les stratèges en chambre, de créer des comités d'organisation et tout ce qui s'ensuit.

Lawrence secoua la tête. C'était précisément au moment où ils avaient tant besoin l'un de l'autre que Virginia restait sans réaction. A ça, un seul remède : précipiter le mouvement.

— Bon, dit-il, prenons la voiture.

Il sentait la sueur perler à sa lèvre supérieure.

— *Quoi?*

A tout le moins, il avait réussi à la faire se redresser dans le fauteuil.

— T'imagines-tu que le chien va nous laisser approcher de la voiture?

— Tu préfères rester ici? Bon, d'accord, mais verrouille la porte. Je vais me risquer, et une fois que j'aurai filé, je reviendrai ici avec un flic armé d'un revolver. Nous verrons ce qu'il convient de faire du colonel et de ses deux chiens mais, en tout cas, nous t'emmènerons d'ici avec toutes nos affaires.

Lawrence prit les clefs de la voiture, sortit vivement de la maison et se dirigea d'un pas rapide vers l'auto. Le chien aboya une seule fois. La porte de Ritchey s'ouvrit aussitôt et le colonel cria : « Max! Arrête! » Le chien sauta alors par-dessus la clôture et, bien que Malcolm se fût mis à courir, il referma sa gueule autour du poignet du fugitif avant que celui-ci eût atteint la voiture. L'homme et l'animal se figèrent sur place. Le chien avait une respiration calme et profonde, les yeux brillants. Ritchey et Moritz vinrent jusqu'à la clôture.

— Maintenant, monsieur Lawrence, dit Ritchey, je vais appeler Max et il vous amènera à moi. Ne cherchez pas à lui résister ou votre poignet sera lacéré. Max! Amène ici!

Malcolm marcha d'un pas ferme vers le colonel. En tordant souplement son cou, Max réussissait à trotter près de lui sans même avoir modifié sa prise.

— Très bien, Max, dit Ritchey d'un ton apaisant

quand ils eurent atteint la clôture. Maintenant, lâche-le.

Et le chien lâcha le poignet de Malcolm. Celui-ci et Ritchey se regardèrent droit dans les yeux, à travers le grillage de la clôture.

— A présent, monsieur Lawrence, vous allez me donner vos clefs de voiture.

Malcolm tendit les clefs par un trou du grillage et l'autre les mit dans sa poche.

— Merci.

Ritchey parut réfléchir à ce qu'il allait dire ensuite, comme un professeur face à un élève auquel il a entrepris de faire un exposé.

— Monsieur Lawrence, je veux que vous compreniez bien la situation. Il se trouve que je veux aussi une boîte de trois livres de Crisco. Si vous me remettez tout l'argent qui est dans vos poches, cela simplifiera les choses.

— Je n'ai pas d'argent sur moi. Voulez-vous que je retourne en chercher à la maison?

— Non, monsieur Lawrence. Je ne suis pas un voleur. Je m'emploie simplement à restreindre votre rayon d'action en utilisant un des moyens dont je dispose. Retournez vos poches, je vous prie.

Malcolm retourna ses poches.

— Parfait, monsieur Lawrence. Si vous voulez bien me confier votre portefeuille, votre carnet d'adresses et ces trente-sept *cents*, ils vous seront restitués quand vous en aurez un légitime besoin.

Ritchey mit ces différentes choses dans les poches de sa veste, puis il dit :

— Trois livres de Crisco coûtent quatre-vingt-dix-huit *cents*. Voici un dollar. Max va vous accompagner jusqu'à l'épicerie, où vous achèterez cette boîte de Crisco que vous me rapporterez. C'est trop encombrant pour qu'un chien puisse la transporter dans un sac, et il me faut encore attendre trois jours avant de recevoir ma livraison mensuelle de vivres. Vous direz d'ailleurs à l'épicerie que ça n'est plus la peine de me faire ces livraisons, qu'à partir de maintenant c'est vous qui vous chargerez d'acheter ce dont j'ai besoin. Je compte sur vous pour faire tout cela en un minimum de temps, monsieur Lawrence. Max!

Le colonel eut un hochement de tête en direction de Malcolm :

— Garde! Boutique!

Le chien se trémoussa et gémit.

— Ne restez pas immobile, monsieur Lawrence. Ces commandements ne lui sont compréhensibles que si vous partez en direction de l'épicerie. Si vous ne bougez pas, il va devenir de plus en plus tendu... Partez donc, je vous prie. Moritz et moi tiendrons compagnie à Mrs Lawrence en attendant votre retour.

La boutique consistait en une petite pièce sur le devant d'une maison vétuste. Des produits divers portant des marques, dont Malcolm n'avait jamais entendu parler, étaient disposés sur des étagères de bois blanc.

— Oh! vous êtes avec un de ces braves chiens, dit la grosse femme à l'air las qui se tenait derrière le comptoir, en se penchant pour donner à Max la caresse qu'il venait quêter.

Malcolm eut l'impression que le chien faisait cela automatiquement, sans y prendre aucun plaisir. Il regarda autour de lui, mais ne vit rien ni personne qui pût lui être de quelque secours.

— Le colonel Ritchey désire une boîte de trois livres de Crisco, dit-il en prononçant intentionnellement le nom pour voir quelle serait la réaction.

— Oh! vous l'aidez?

— Si vous voulez, oui.

— Il est courageux, hein? dit la femme en prenant un ton de confidence comme si elle ne voulait pas que le chien pût entendre. Voyez-vous, y a des gens qui pensent qu'on doit témoigner de la commisération à un homme comme lui, mais moi je dis que ce serait péché que d'agir ainsi. Voyons, il se débrouille très bien et il a plus de fierté, de cœur au ventre que bien des hommes en parfait état. Je trouve vraiment merveilleuse la façont dont ces chiens vont lui faire des commissions, mais je suis contente qu'il ait maintenant quelqu'un pour l'aider. En dehors de nous, je ne crois pas qu'il voie âme qui vive d'une année à l'autre... sauf durant l'été, bien sûr.

Elle regarda Malcolm plus attentivement :

— Vous êtes aussi un estivant, n'est-ce pas? Eh bien, nous sommes ravis de vous avoir ici, si vous pouvez aider un peu le colonel. Pas comme ces gens qui étaient venus l'année dernière. Une nuit, en septembre, ils ont filé et jamais ni le colonel, ni mon mari, ni moi ne les avons revus. Quand nous sommes allés lui faire une livraison, le colonel nous a dit qu'ils lui devaient un mois de location.

— C'est donc lui le propriétaire?

— Oui, bien sûr. Il possède beaucoup de terrains par ici. Il les a achetés au promoteur lorsque celui-ci a fait faillite.

— Est-ce que cette boutique lui appartient aussi?

— Oui, actuellement nous sommes ses locataires. Avant, nous en étions propriétaires, mais nous l'avions vendue au promoteur lorsqu'il avait entrepris de lotir le coin et il nous avait gardés comme locataires. Avec cet argent, mon mari avait acheté un terrain de l'autre côté de la route, pour y faire construire une belle station service. Nous pensions faire fortune... Mais il n'y a pas moyen d'amener des gens à s'installer ici. Je veux dire : ça n'est pas comme si nous étions sur le front de mer. Toutefois le colonel, qui est un homme très intelligent, dit que ça va finir par prendre de la valeur et qu'il n'y a qu'à tenir en attendant.

Le chien commençait à manifester une certaine impatience, et Malcolm s'inquiéta pour Virginia. Il paya la boîte de Crisco, puis Max et lui reprirent la route de sable blanc qui s'enténébrait. Il ne voyait vraiment pas ce qu'il aurait pu faire d'autre.

Parvenu à sa porte, il s'immobilisa, conscient de devoir frapper. Lorsque Virginia vint lui ouvrir, il vit qu'elle s'était changée, qu'elle était maintenant en short et soutien-gorge comme pour prendre un bain de soleil.

— Hello, fit-elle avant de s'effacer pour le laisser entrer avec Max.

Assis très juvénilement au bord d'une des chaises, le colonel leva la tête :

— Ah! monsieur Lawrence, vous êtes un peu en retard, mais je me trouvais en si charmante compagnie que le temps m'a semblé avoir des ailes!

Malcolm regarda Virginia. Depuis deux ou trois ans, elle s'était un peu empâtée au-dessus des genoux, mais elle avait toujours de longues et belles jambes. Le colonel Ritchey sourit à Malcolm :

— Comme il fait assez étouffant ce soir, j'ai simplement dit à Mrs Lawrence que je ne me formaliserais absolument pas si elle me quittait durant quelques instants pour se mettre plus à son aise.

Malcolm eut le sentiment que Virginia aurait dû pouvoir parer ça, mais elle n'y était apparemment point parvenue.

— Voici votre Crisco, dit-il. La monnaie est dans le sac.

— Merci beaucoup. Les avez-vous prévenus pour les livraisons?

Malcolm secoua la tête :

— Je ne me rappelle pas... Je n'en ai pas l'impression. J'étais tellement occupé à les écouter me raconter comment vous vous trouviez être le propriétaire de leur maison comme de leur fonds...

— Oh! ça n'est pas grave. Vous pourrez les en avertir demain matin.

— Ferai-je vos courses chaque jour à une heure fixe, Colonel? Ou sifflerez-vous simplement quand vous aurez besoin de quelque chose?

— Ah! oui, bien sûr... Vous vous préoccupez de possibles interruptions dans votre travail. Mrs

Lawrence m'a expliqué que vous étiez une manière d'artiste. Je me demandais aussi pourquoi vous ne vous étiez pas rasé ce matin.

Le colonel marqua un temps, puis reprit d'un ton tranchant :

— Je suis sûr que nous arriverons à organiser tout cela de façon optimale. Il faut toujours quelques jours pour que des individus s'intègrent à un groupe. Mais ensuite, ça va tout seul : fonctions régulières, devoirs habituels, etc. Une heure pour se lever et se laver, une heure pour se mettre au travail, une heure pour aller se coucher. Chacun et chaque chose dans le « créneau » qui lui convient. Ne vous tracassez pas, monsieur Lawrence; vous serez surpris de constater comme ces habitudes deviennent confortables. Pour la plupart des gens, c'est vraiment une révélation.

L'espace d'un instant, le regard du colonel se fit lointain :

— Évidemment, il y a des irréductibles, des gens qui semblent être nés sur une autre planète et complètement étrangers à l'humaine nature. Quand on se heurte à cette sorte de gens, il arrive un moment où il faut renoncer à essayer de les changer; au camp, j'ai appris par expérience qu'une réussite globale n'était possible qu'à condition d'envisager l'éventualité d'un échec à l'échelon de l'individu. Oui, il existe des irréductibles. Mais nous n'avons pas besoin de nous appesantir là-dessus pour l'instant : l'avenir nous dira ce qu'il en est.

Les yeux de Ritchey se mirent à briller :

— J'ai déjà eu affaire à des gens doués d'imagination créatrice. La plupart d'entre eux ont besoin de travailler de leurs mains, de faire des besognes ternes et bêtes, qui laissent leur esprit libre de prendre son essor, tout en les tenant à l'écart de leur occupation habituelle jusqu'à ce que la tension devienne presque insupportable.

Le colonel esquissa un geste en direction des maisons inachevées :

— Ici, ce n'est pas le travail qui manque. Si vous ne savez pas encore vous servir d'une scie et d'un marteau, je connais le moyen de vous apprendre à les utiliser. Et quand, de loin en loin, je verrai que vous avez atteint le degré convenable de frustration créatrice, alors je vous accorderai le temps que je jugerai convenir à votre effort artistique. Vous serez surpris, je crois, du plaisir que vous éprouverez à prendre alors le chemin de votre atelier. D'après ce que j'ai pu apprendre par votre femme, ce devrait même vous être une expérience bénéfique.

Malcolm regarda Virginia en disant :

— Oui. Il y avait longtemps que cela lui pesait. Je suis heureux qu'elle ait enfin trouvé quelqu'un pour l'écouter avec sympathie.

— Ne vous disputez pas avec votre femme, monsieur Lawrence. C'est un gaspillage d'énergie, et cela engendre de graves problèmes sur le plan moral.

Le colonel se mit debout et gagna la porte :

— Ce qu'aucun de nous ne pouvait tolérer chez un camarade *Kriegie,* c'était qu'il eût l'esprit mesquin. On prenait toujours des mesures radicales à cet égard. Viens, Max... Viens, Moritz... Bonne nuit.

Quand le colonel fut parti, Malcolm alla mettre la chaîne de sûreté à la porte.

— Eh bien? fit-il alors.

— Bon. Maintenant, écoute...

Malcolm leva le doigt :

— Attention! On n'aime pas qu'un camarade *Kriegie* soit querelleur. Nous n'allons donc pas nous disputer, mais parler et réfléchir.

Se surprenant à regarder le soutien-gorge de sa femme, il détourna les yeux cependant qu'elle rougissait.

— Je tenais simplement à ce que tu saches que tout s'est passé exactement comme il te l'a raconté. Il m'a dit qu'il ne se formaliserait pas si je le laissais un moment seul dans le living-room pour aller me changer. Et je ne lui ai pas raconté nos ennuis. Nous avons seulement parlé de ce que tu faisais pour gagner ta vie et il ne lui a pas été difficile d'en déduire que...

— Je ne te demande pas d'explications, mais que tu m'aides à affronter ce problème et le résoudre.

— Comment penses-tu le résoudre? Ritchey fait feu de tout bois et ne se déclare jamais battu! Qu'est-ce qu'un homme comme toi peut faire en face de lui?

Après tant d'années, pensa Malcolm, c'est à un moment comme celui-là qu'elle se résout enfin à extérioriser son ressentiment.

Comme Malcolm restait à arpenter la pièce d'un air pensif et sans parler, les sourcils froncés, Virginia dit qu'elle allait se coucher. En un sens, cela causa du soulagement à Malcolm, car tout un plan d'action s'échafaudait dans son esprit et il ne voulait pas que sa femme risquât de l'importuner.

Quand Virginia eut refermé la porte de la chambre à coucher, Lawrence alla dans l'atelier, dont un coin était occupé par un carton contenant tout son attirail de peintre. Il s'en approcha avec détachement mais sans cesser de réfléchir. De cette pièce, il pouvait voir les projecteurs allumés autour de la maison du colonel. Ritchey avait fait son habituel tour de l'enclos, et l'un des chiens restait de garde, regardant de l'autre côté de la rue. La mise en scène était donc exactement la même que la veille au soir. La mise en scène, oui, pensa Malcolm en faisant sauter dans sa main un flacon de détrempe marron. Mais pas l'ambiance. Il prit plaisir à sentir la vigueur élastique de son bras, de l'épaule au poignet et jusqu'au bout des doigts.

Cinq bonnes minutes après que Ritchey fut rentré chez lui, Malcolm se dit à haute voix : « Agis d'abord, analyse après. » Ouvrant en grand la porte d'entrée, il fit deux pas au-dehors pour prendre de l'élan et jeta le flacon de peinture en lui faisant décrire un arc de cercle calculé pour s'achever contre la clôture métallique.

Il va tomber avant, pensa Malcolm, et ce fut effectivement ce qui se produisit. Le flacon alla se fracasser bruyamment contre une des pierres blanchies à la chaux, projetant un éventail de peinture brune et gluante sur les pierres voisines, le treillis et le chien, lequel fit un saut en arrière mais, faute de recevoir l'ordre d'attaquer, resta sur place à émettre des jappements plaintifs. Malcolm regagna l'encadrement de sa porte et s'y accota. Lorsque s'ouvrit celle de Ritchey, il mit ses pouces dans ses oreilles en agitant les autres doigts.

— *Gute Nacht, Herr Kommandant!* cria-t-il, puis rentrant chez lui il fit claquer la porte et la verrouilla. Le chien avait déjà bondi. Il traversa la rue et ses pattes de devant grattèrent de l'autre côté de la porte tandis que le bruit de sa respiration évoquait celui de gloussements.

Malcolm gagna la fenêtre. Le chien abandonna aussitôt la porte dans un crissement d'ongles et sauta en l'air pour essayer de voir à travers la vitre. Faisant volte-face, il s'éloigna en quête d'un meilleur angle d'approche et fit une nouvelle tentative. Malcolm l'observait avec attention, car c'était là-dessus qu'il avait misé.

L'animal échoua. Ses babines s'aplatirent contre la vitre, qui vibra sous le choc, mais les conditions étaient trop défavorables pour lui. La fenêtre dominait le terrain d'assez haut et le chien n'arrivait pas à conjuguer l'angle du saut avec la force d'impact. S'il arrivait à briser le carreau, il n'aurait plus assez d'élan pour passer et retomberait sur les débris de verre demeurés fichés dans l'encadrement de la fenêtre après que d'autres lui auraient entaillé le cou; de la sorte, le colonel perdrait un de ses chiens. Et un seul chien ne lui suffirait pas : tout son système s'en trouverait démoli.

Le chien retomba par terre, ne laissant sur la vitre qu'une humide traînée brunâtre.

Il semblait tout aussi impossible à Malcolm que le

colonel cassât lui-même la vitre. Il ne pouvait prendre l'élan nécessaire pour lancer de loin une petite pierre capable de briser le carreau, et il ne pouvait pas davantage soulever une grosse pierre qu'il eût trouvée à proximité de la fenêtre. Le verrou et la chaîne de sûreté l'empêcheraient d'entrer par la porte. Non, de n'importe quelle façon qu'il s'y prît, le colonel ne pourrait pas agir efficacement, et il préférerait s'accorder quelques jours de réflexion pour trouver une solution rationnelle. D'ailleurs, il rappelait déjà le chien. Lorsque l'animal rejoignit son maître, celui-ci, soulevant une de ses béquilles, fit de son mieux pour s'agenouiller afin de caresser la tête du Dobermann. Il y avait dans ce geste quelque chose ressemblant beaucoup à de l'affection. Puis le colonel se redressa et lança un appel. L'autre chien sortit de la maison et prit position à l'angle de la cour, tandis que Ritchey rentrait chez lui en compagnie du chien sali.

Malcolm sourit, éteignit la lumière, vérifia la fermeture des fenêtres comme des portes, puis gagna la chambre en traversant le vestibule. Virginia était assise dans le lit, regardant du côté d'où était venu le bruit.

— Qu'as-tu fait? demanda-t-elle.

— Oh! j'ai modifié légèrement la situation, lui répondit-il avec un sourire, en affirmant mon indépendance. J'ai secoué le colonel, sali le devant de sa propriété et, je l'espère, gâché sa nuit de repos. Tactique *Kriegie* standard. Je pense qu'il saura l'apprécier.

Virginia n'en revenait pas :

— Mais te rends-tu compte de ce qu'il peut te faire avec ces deux chiens si tu sors de la maison?

— Aussi ne sortirai-je pas d'ici. Ni toi non plus. Nous allons juste devoir attendre quelques jours.

— Que veux-tu dire? questionna sa femme, en le regardant comme s'il était devenu subitement fou.

— Après-demain, ou le jour suivant peut-être, expliqua Malcolm, il va recevoir la livraison d'épicerie que je n'ai pas décommandée. Quelqu'un va donc venir ici avec une voiture, d'où il déchargera toutes sortes de choses. Peu m'importe que ces épiciers lui soient obligés; quand nous sortirons d'ici, il ne pourra quand même pas nous faire mettre en pièces par ses chiens, en plein jour et devant un témoin. Nous monterons dans la voiture de l'épicier, et tôt ou tard nous repartirons avec elle, car *cette* voiture et son conducteur doivent regagner le monde extérieur.

Virginia soupira.

— Écoute, dit-elle en s'efforçant visiblement de garder son calme. Il lui suffit d'envoyer un mot par l'un de ses chiens pour décommander la livraison.

Malcolm opina :

— Ouais... Et la livraison n'a donc pas lieu. Et ensuite? Il essaiera de se ravitailler à dos de chien en farine et œufs? Que va-t-il faire, hein? Soit, cela demandera peut-être plus de deux ou trois jours, mais nous avons quantité de provisions tandis qu'il est presque au bout des siennes. A moins qu'il ne compte manger le saindoux que je lui ai rapporté, je le vois mal parti. Et de toute façon, il n'en a que trois livres.

Malcolm se déshabilla et se mit au lit.

— Demain il fera jour, dit-il, alors le diable m'emporte si je me tourmente plus longtemps ce soir. J'ai un point d'avance sur notre merveilleux invalide, et demain, l'esprit bien reposé, je verrai en quels autres points je puis percer sa défense. J'ai appris tout un tas de petits trucs astucieux en regardant ces films où l'on voit d'intelligents prisonniers se jouer de gardes imbéciles.

Étendant le bras, il éteignit la lampe de chevet :

— Bonne nuit, mon amour.

Dans l'obscurité, Virginia se détourna aussitôt de lui en disant : « Oh! Seigneur! » d'un ton plutôt aigre.

Ce fut une triste chose pour Malcolm de rester ainsi étendu à se dire que sa femme avait l'esprit trop borné pour comprendre ce qui devait être fait. D'un autre côté, pensa-t-il en s'assoupissant plus détendu qu'il ne l'avait été depuis bien longtemps, lui aussi avait ses limites. Et Virginia s'en accommodait depuis des années. Il s'endormit en se demandant avec plaisir ce que le lendemain lui apporterait.

Il fut réveillé par une sorte de remue-ménage souterrain, comme si quelque monstre rongeait les fondations de la maison. Dans son demi-sommeil, il pensa avec une éblouissante lucidité : « Ah! oui, bien sûr : il avait creusé un tunnel! » Et son cerveau lui fournit tous les détails de l'opération : le transport de poutres provenant des maisons inachevées, pour étayer le tunnel, tandis que la terre de l'excavation était allée rejoindre celle se trouvant près de ces autres maisons. Peut-être existait-il aussi des tunnels allant vers ces fondations car lorsque le colonel disposerait de plus de monde...

A présent, dans un angle de la pièce apparaissait une zigzagante ligne jaune, et la main de Malcolm bondit pour allumer la lampe de chevet. Arrachée au sommeil, Virginia se dressa sur son séant. Dans l'angle de la pièce, il y avait une trappe, dont les contours étaient camouflés par des lattes de différentes longueurs. Le couvercle de la trappe se rabattit, laissant passer une forte odeur de sueur et de saleté.

Un chien montra la tête par l'ouverture et se hissa dans la chambre. Il s'ébroua pour faire tomber le sable qui striait son pelage. Derrière lui, apparut le colonel, torse nu, qui prit appui sur ses bras pour se soulever à demi hors du tunnel. La transpiration avait plaqué ses cheveux sur son crâne étroit.Lui aussi était tout maculé de sable et de saleté. Virginia enfouit son visage dans ses mains, un œil brillant entre les doigts écartés, et cria à son mari :

— Oh! mon Dieu, Malcolm, que nous as-tu fait?

— Ne vous tourmentez pas, ma chère, lui dit Ritchey d'un ton sec avant de hurler à l'adresse de Malcolm : « On ne m'abuse pas, moi! »

Tremblant de l'effort qu'il imposait à un seul bras aux muscles saillants, il commanda au chien en pointant le doigt vers Malcolm :

— Embrasse!

Master of the Hounds.

Traduction de Maurice Bernard Endrèbe.

Le candidat

par

HENRY SLESAR

« L'IMPORTANCE d'un homme se juge à l'envergure de ses ennemis. » Ayant rencontré cette phrase dans une biographie, publiée en format de poche, qu'il avait achetée à la bibliothèque de la gare, Burton Grunzer posa le livre sur ses genoux et regarda pensivement à travers la vitre sale du train de banlieue. L'obscurité extérieure transformait cette vitre en miroir et ne lui offrait rien d'autre à voir que sa propre image, mais cela convenait bien à ses pensées du moment. Combien de gens se trouvaient allergiques à ce visage, à ces yeux étrécis par une myopie que, par coquetterie, il se refusait à corriger avec des lunettes? A ce nez qu'il qualifiait dans son for intérieur de « patricien », à cette bouche aux lèvres molles, mais qui se durcissait lorsqu'elle parlait, souriait ou exprimait la désapprobation? Combien ai-je d'ennemis? se demanda Grunzer. Il en était quelques-uns qu'il pouvait nommer, d'autres qu'il devinait. Mais ce qui importait, c'était leur envergure. Un homme comme Whitman Hayes, par exemple, était un adversaire qui vous faisait honneur. Grunzer sourit tout en jetant un regard de côté à son voisin, ne voulant pas risquer d'être observé tandis qu'il s'abandonnait à de telles pensées. Grunzer avait trente-quatre ans, et Hayes deux fois plus, avec des cheveux blancs synonymes d'expérience; oui, vraiment, un ennemi dont on pouvait être fier. Hayes connaissait bien l'industrie de l'alimentation, la connaissait de bas en haut, sous tous les angles. Pendant six ans, il avait travaillé dans des restaurants, puis il avait été courtier pendant dix ans, et cadre dans une fabrique de produits alimentaires pendant vingt ans, avant que le grand patron ne le fasse entrer dans la firme pour le prendre comme bras droit. Aussi n'était-il pas facile de posséder Hayes, et ça n'en rendait que plus douces les petites mais toujours plus nombreuses victoires que Grunzer remportait sur lui. Il se félicitait d'avoir réussi à transformer les avantages de Hayes en autant de handicaps, et à donner l'impression qu'il survivait à sa réputation, son âge le rendant presque sénile. Lorsqu'ils se trouvaient en réunion, Grunzer attaquait toujours sur le chapitre des supermarchés et du développement des banlieues pour montrer au grand patron que les temps avaient changé, que le passé était mort, et qu'il fallait recourir à des tactiques nouvelles en matière de marchandisage, que seul un homme plus jeune saurait trouver...

Brusquement, Grunzer se sentit déprimé, et n'éprouva plus aucun plaisir à se remémorer ses victoires. Oui, dans la salle de conférence de la compagnie, il avait connu quelques succès mineurs; il avait eu la satisfaction de voir le visage de Hayes devenir cramoisi et celui, parcheminé, du patron s'éclairer lentement d'un sourire. Mais qu'en était-il résulté? Hayes semblait plus sûr de lui que jamais, et le vieux s'en remettait toujours davantage à son avis...

Lorsque Grunzer arriva chez lui, plus tard que de coutume, sa femme Joan ne lui posa aucune question. Après huit ans d'une union sans enfant, elle ne connaissait que trop bien son mari; aussi avait-elle la sagesse d'accueillir toujours son retour avec une tranquille sérénité, un repas chaud et le courrier du jour. Disposant rapidement des factures et prospectus, Grunzer tomba sur une enveloppe sans indication d'origine qu'il glissa dans sa poche pour examen ultérieur, puis termina son repas en silence.

Après le dîner, Joan suggéra d'aller au cinéma et son mari acquiesça, car il raffolait des films d'action violents. Mais, avant de sortir, il s'enferma dans les W.C. pour décacheter la lettre. L'en-tête de la missive était plutôt déconcertant : SOCIÉTÉ POUR L'ACTION COORDONNÉE et l'adresse indiquée était celle d'une boîte postale. La lettre était ainsi conçue :

Cher monsieur Grunzer

Votre nom nous a été indiqué par une commune relation. Notre organisation remplit une mission peu courante et qui ne peut être précisée dans cette lettre, mais qui nous paraît devoir vous intéresser au plus haut point. Nous serions heureux d'être reçus très prochainement par vous, à votre convenance. Sauf contre-ordre de votre part au cours des prochains jours, je prendrai la liberté de vous téléphoner à votre bureau.

C'était signé, *Carl Tucker, Secrétaire*, et au bas de la page une ligne en petits caractères mentionnait *Association à but non lucratif.*

La première réaction de Grunzer fut d'être sur la défensive, soupçonnant cette lettre de le viser obliquement au portefeuille. Puis cela fit place à de la curiosité et il s'en fut consulter l'annuaire du téléphone, mais n'y trouva aucune Société pour l'Action Coordonnée. *D'accord, monsieur Tucker,* pensa-t-il en esquissant un sourire en coin. *Je vais mordre à l'appât.*

Quand trois jours se furent écoulés sans qu'il eût reçu le coup de fil annoncé, sa curiosité s'accrut. Mais lorsque le vendredi arriva, pris par le tourbillon des affaires, il avait complètement oublié la lettre. Le patron convoqua pour une réunion les responsables de la section « Boulangerie ». A la table de conférence, Grunzer se trouva assis en face de Whitman Hayes, prêt à relever toute erreur qui apparaîtrait dans ses déclarations et statistiques. A un moment donné, il faillit le coincer, mais Eckhardt, le directeur de la section « Boulangerie » prit la parole et défendit le point de vue de Hayes. Eckhardt n'appartenait à la firme que depuis un an seulement mais, de toute évidence, il avait déjà choisi son camp. Grunzer le foudroya du regard et le mit en bonne place sur la liste noire qu'il avait dans sa tête.

A trois heures de l'après-midi, Carl Tucker téléphona.

— Monsieur Grunzer?

La voix était sympathique, presque enjouée.

— N'ayant eu aucune nouvelle de vous, j'ai supposé que vous ne verriez pas d'inconvénient à ce que je vous téléphone? Pourrions-nous nous rencontrer?

— Ma foi, monsieur Tucker, si vous me donniez une idée de...

Il y eut un rire étouffé à l'autre bout du fil.

— Au cas où vous le penseriez, monsieur Grunzer, je tiens à vous dire que nous ne sommes pas une organisation charitable, et ne cherchons pas non plus à vous vendre quelque chose. Nous sommes un groupe de volontaires comptant à l'heure actuelle plus d'un millier de membres.

— A vous dire vrai, répondit Grunzer en fronçant les sourcils, je n'ai jamais entendu parler de votre association.

— Non, bien sûr, et c'est justement là un de nos avantages. Je pense que vous comprendrez quand je vous aurai exposé nos buts. Je peux être à votre bureau dans un quart d'heure... à moins que vous ne préfériez un autre jour?

Grunzer consulta son bloc.

— D'accord, monsieur Tucker. Je vous attends tout de suite.

— Parfait! J'arrive immédiatement.

Tucker fut ponctuel. Lorsqu'on introduisit le visiteur dans son bureau, le regard de Grunzer repéra immédiatement avec suspicion la serviette de cuir très officielle que Tucker tenait à la main. Mais il se sentit tout de suite mieux quand l'autre, un sexagénaire au teint coloré et au visage plaisant, se mit à parler.

— C'est très aimable à vous de m'accorder un peu de votre temps, monsieur Grunzer. Et, encore une fois, croyez bien que je ne suis pas ici pour vous placer une assurance ou quelque gadget. Toutefois, le sujet dont je souhaite vous entretenir est assez... intime, alors je vais vous demander de me promettre une chose... Puis-je fermer la porte?

— Bien sûr, dit Grunzer, déconcerté.

— Voici... Ce que je vais vous dire doit rester strictement confidentiel. Si vous trahissiez cette confidence, si vous faisiez connaître notre association de quelque façon, cela pourrait avoir des conséquences extrêmement déplaisantes. Ai-je votre accord?

Grunzer fronça les sourcils, mais acquiesça.

— Parfait!

Tucker ouvrit sa serviette et en extirpa des feuilles dactylographiées reliées avec des agrafes.

— Notre association a préparé ce petit exposé sur ce qui constitue la base de notre philosophie, mais au lieu de vous ennuyer maintenant avec ça, j'irai droit au but. Il se peut que vous ne soyez pas d'accord avec notre premier principe et c'est ce que j'aimerais savoir tout de suite.

— Et quel est ce premier principe?

— Eh bien... (Le teint rosé de Tucker se fonça légèrement.) Pour dire les choses crûment, monsieur Grunzer, la Société pour l'Action Coordonnée estime que... *certaines* gens ne sont pas dignes de vivre.

Il releva vivement la tête, comme anxieux de voir quelle était la réaction immédiate de Grunzer.

— Voilà; je l'ai dit! fit-il avec un petit rire, semblant en éprouver du soulagement. Il y a des membres de notre association qui désapprouvent cette façon directe que j'ai d'aborder la chose; ils estiment que je devrais procéder un peu plus par la bande. Mais, très franchement, ma tactique m'a valu d'excellents résultats.

Quelle est votre opinion sur ce que je viens de vous dire, monsieur Grunzer?

— Je n'en sais trop rien. Je crois n'y avoir jamais beaucoup réfléchi.

— Vous avez fait la guerre, n'est-ce pas?

— Oui, dans la Marine.

Grunzer se frotta le menton d'un air pensif :

— Évidemment, je devais juger alors les Japs indignes de vivre. Et il y a sans doute aussi d'autres cas... Par exemple, la peine capitale, moi, je suis pour. Les assassins, les tortionnaires d'enfants, etc. je ne crois certainement pas qu'ils soient dignes de vivre.

— Ah! fit Tucker. Vous n'êtes donc pas offusqué par notre premier principe. Tout dépend des gens en cause, n'est-ce pas?

— C'est mon sentiment, oui.

— Bon. Alors, maintenant, je vais essayer de vous poser une autre question très directe. Vous est-il arrivé, personnellement, de souhaiter la mort de quelqu'un? Je ne veux pas parler de ces impatiences qu'on a souvent et qui vous font dire « Oh! qu'il crève! », mais d'un désir profond qu'on a de voir mourir quelqu'un qu'on estime indigne de vivre. Cela vous est-il arrivé?

— Certes, acquiesça franchement Grunzer.

— Selon vous, il y a des moments où ce serait un bien que telle ou telle personne disparaisse de ce bas monde?

Grunzer sourit :

— Hé là, qu'est-ce donc? Feriez-vous partie de la Mafia ou de quelque chose du même genre?

Tucker lui retourna son sourire :

— Oh! non, monsieur Grunzer, non. Il n'y a absolument rien de criminel dans notre association, ni dans nos méthodes. Nous sommes, j'en conviens, une société secrète, mais sans aucun rapport avec la Mafia. Vous seriez étonné par la qualité de nos membres; nous avons même plusieurs magistrats parmi eux. Mais si je vous disais d'abord comment est née notre association?

« Tout a commencé avec deux hommes, dont je ne

puis vous révéler le nom pour l'instant. C'était en 1949 et l'un de ces hommes était un avocat attaché au cabinet du District Attorney. L'autre était un psychiatre, expert auprès des tribunaux. Tous deux furent mêlés à un procès assez retentissant, dont faisait l'objet un homme accusé d'avoir commis un crime odieux sur deux jeunes garçons. Selon eux, celui-ci était indubitablement coupable, mais un avocat à l'éloquence singulièrement convaincante et un jury particulièrement impressionnable, firent que l'accusé recouvra sa liberté. A l'énoncé de ce verdict scandaleux, les deux hommes, qui étaient amis aussi bien que collègues, furent sidérés et courroucés. Ils avaient le sentiment qu'une grande injustice venait d'être commise et de ne rien pouvoir faire pour y remédier...

« Mais il me faut vous préciser une chose concernant le psychiatre. Durant plusieurs années, il s'était livré à des études approfondies dans un domaine qu'on pourrait appeler la psychologie anthropologique. L'une d'elles concernait le Vaudou tel qu'il est pratiqué par certaines sectes, notamment en Haïti. Vous avez probablement beaucoup entendu parler du Vaudou ou de l'Obeah, comme il se dénomme à la Jamaïque, mais je ne m'attarderai pas sur ce sujet afin de ne point vous donner à penser que nous nous livrons à des cérémonies tribales en piquant des épingles dans des poupées... Ce qui a intéressé l'auteur de ces études, c'était l'incroyable succès de certaines pratiques. Bien entendu, un esprit scientifique comme le sien rejeta toute explication surnaturelle pour en chercher une qui fût rationnelle. Et, de toute évidence, il n'y en avait qu'une seule. Lorsque le prêtre vaudou décrète le châtiment ou la mort d'un malfaiteur — au sens premier du mot — ce sont les propres convictions du malfaiteur touchant l'efficacité du souhait de mort, sa propre foi dans la puissance du Vaudou, qui fait éventuellement se réaliser le souhait. Parfois, le processus est organique : son corps réagit de façon psychosomatique à la malédiction du Vaudou, si bien qu'il tombe malade et meurt. Parfois, c'est dans un « accident » qu'il trouve la mort, accident provoqué par sa secrète conviction que, ayant été maudit, il *doit* mourir. Fantastique, n'est-ce pas?

— Oui, sans aucun doute, opina Grunzer, les lèvres sèches.

— Quoi qu'il en soit, notre ami le psychiatre se demanda si nous avions tellement progressé dans les voies de la civilisation que nous ne puissions plus être sensibles à cette *suggestion* de mort. Et il proposa à son ami de se livrer à une expérience sur un sujet de choix, juste pour voir.

« Ils s'y prirent de façon très simple. Ils allèrent voir cet homme et lui annoncèrent qu'ils avaient l'intention de *souhaiter sa mort*. Ils lui expliquèrent comment et pourquoi ce souhait se réaliserait; tandis qu'il riait de leur projet, ils purent voir une crainte superstitieuse passer sur son visage. Ils lui assurèrent que très régulièrement, chaque jour, ils souhaiteraient sa mort, jusqu'à ce qu'il se sente écrasé par ce poids mystique au point de vouloir lui-même que le souhait se réalise.

Grunzer frissonna et dit doucement en crispant son poing :

— Tout cela me paraît assez ridicule.

— L'homme est mort d'une crise cardiaque deux mois plus tard.

— Oui, bien sûr, je m'attendais à ce que vous me disiez cela. Mais les coïncidences, ça existe.

— Certes. Aussi nos amis ne se déclarèrent-ils pas satisfaits pour autant. Et *ils essayèrent de nouveau.*

— De nouveau?

— Oui. Je ne vous donnerai pas le nom de la victime, mais sachez que, cette fois, nos deux hommes s'étaient adjoint l'aide de quatre associés. Ce groupe de pionniers forma le noyau du groupement que je représente aujourd'hui.

Grunzer secoua lentement la tête :

— Et vous m'assurez compter un *millier* de membres à l'heure actuelle?

— Oui, plus d'un millier même, répartis dans tout le pays. Une association dont l'unique fonction est de *souhaiter la mort de certaines gens.* Au commencement, il suffisait d'être volontaire pour faire partie de l'association, mais maintenant nous avons un statut. S'il désire adhérer à la Société pour l'Action Coordonnée, tout candidat doit indiquer une éventuelle victime. Il va sans dire que la Société mène une enquête pour établir si la personne indiquée mérite ou non un tel sort. Dans l'affirmative, *toute l'association se réunit pour souhaiter sa mort.* Une fois cette formalité accomplie, le nouveau membre prend part aux réunions ultérieures d'action concertée. Tel est, en sus d'une petite cotisation annuelle, le prix de l'adhésion à notre société.

Cark Tucker sourit :

— Et pour le cas où vous ne me prendriez pas au sérieux, monsieur Grunzer...

Fouillant de nouveau dans sa serviette, il en sortit un dossier relié en bleu, ayant sensiblement l'épaisseur d'un annuaire des téléphones.

— Voici les faits. A ce jour, deux cent vingt-neuf victimes ont été désignées par notre comité de sélection, sur lesquelles *cent quatre* ne sont plus de ce monde. Coïncidence, monsieur Grunzer?

« Quant aux cent vingt-cinq restantes... Elles indiquent peut-être que notre méthode n'est pas infaillible. Nous sommes les premiers à l'admettre. Mais nous travaillons sans cesse à améliorer notre technique et je puis vous garantir, monsieur Grunzer, que *nous les aurons toutes.*

Il feuilleta le dossier bleu.

— Voici la liste complète de nos membres, monsieur Grunzer. Je vous laisse libre d'en appeler un, dix ou cent. Téléphonez-leur et voyez si je ne vous dis pas la vérité.

Il jeta le dossier en direction de son interlocuteur. Le volume atterrit sur le buvard avec un bruit sourd et Grunzer le prit en main.

— Eh bien? fit Tucker. Vous voulez leur téléphoner?

— Non.

Grunzer s'humecta les lèvres.

— Je suis prêt à vous croire sur parole, monsieur Tucker. Ça paraît invraisemblable, mais je vois comment cela peut marcher. Le seul fait de *savoir* qu'un millier de gens souhaitent votre mort est suffisant pour vous déboussoler.

Ses yeux s'étrécirent :

— Mais il reste un point. Vous avez parlé d'une *petite* cotisation...

— Cinquante dollars par an, monsieur Grunzer.

— Cinquante dollars? Eh bien, mille fois cinquante dollars, ça fait une assez jolie somme, non?

— Je vous garantis que notre association n'est aucunement motivée par le profit. Du moins, pas dans ce sens-là. Cet argent sert simplement à couvrir les dépenses : recherches, travaux de comité, etc. Vous devez sûrement comprendre qu'il nous est quand même nécessaire d'avoir des fonds de roulement?

Grunzer émit un grognement approbateur.

— Alors, ma proposition vous paraît-elle intéressante?

Grunzer fit tourner son fauteuil à pivot vers la fenêtre. *Seigneur!* pensa-t-il. *Seigneur! Si ça marchait!*

Mais comment était-ce possible? Si l'intention valait l'action, s'il suffisait de souhaiter la mort de quelqu'un pour qu'elle se produisît, alors lui-même aurait tué des douzaines de gens dans sa vie. Toutefois, il y avait une différence. Ses souhaits de mort avaient toujours été formulés dans le secret de son cœur, jamais personne d'autre que lui n'en avait eu connaissance. Mais la méthode qu'on venait de lui exposer était d'une autre ampleur, plus terrifiante. Oui, il imaginait comment ça pouvait marcher. Il se représentait un millier de cerveaux se concentrant pour souhaiter la mort de quelqu'un, il voyait la victime affichant d'abord une ironie incrédule, puis lentement, graduellement, succombant à l'obsédante et terrifiante pensée que cela *pouvait marcher,* que tant de mortelles pensées convergeant sur un même point pouvaient engendrer une sorte d'aura destructrice.

Soudain, à la façon d'un spectre, il vit devant lui le visage haut en couleur de Whitman Hayes. Faisant de nouveau pivoter son fauteuil, il dit :

— Mais il est nécessaire que la victime soit informée de tout cela? Il lui faut connaître l'existence de votre association, le nombre de ses réussites, et que cette association a souhaité sa mort? Ça me paraît essentiel, non?

— Absolument essentiel, confirma Tucker en rangeant les dossiers dans sa serviette. Vous touchez là le point vital, monsieur Grunzer. La victime doit en être informée, et c'est précisément ce que je viens de faire.

Il consulta sa montre.

— C'est à midi, aujourd'hui, que l'on a commencé de souhaiter votre mort. L'association s'est mise au travail. Je suis navré...

Parvenu à la porte, il se retourna en élevant tout à la fois son chapeau et sa serviette en un geste définitif :

— Adieu, monsieur Grunzer.

The Candidate.
Traduction de Maurice Bernard Endrèbe.

TABLE

LA COMPOSITION, L'IMPRESSION ET LE BROCHAGE DE CE LIVRE
ONT ÉTÉ EFFECTUÉS PAR FIRMIN-DIDOT S.A.
POUR LE COMPTE DES PRESSES POCKET
ACHEVÉ D'IMPRIMER LE 14 FÉVRIER 1979

Presses Pocket
8 rue Garancière
75006 Paris
tél. 329 12 80

Imprimé en France
Dépôt légal : 1er trimestre 1979
N° d'édition : 1451 — N° d'impression : 3385

ALFRED HITCHCOCK

HISTOIRES EPOUVANTABLES

Un chat qui est peut-être la réincarnation
d'un grand musicien.
Un écrivain mort qui ne supporte plus le silence
ni la solitude de sa tombe.
Un homme d'affaires en vue qui recourt
à un stratagème inédit pour se défaire
d'une maîtresse trop encombrante.
Une nouvelle version du mystère
de la chambre close.
Le divertissement macabre d'un fou,
la nuit, dans un musée de cire.
Un mari qui se venge avec l'aide d'un vampire.
Voici quelques-unes des *Histoires épouvantables*
choisies pour vous
par le Maître incontesté du suspense

A paraître dans Presses Pocket :

HISTOIRES ABOMINABLES.

FANTASTIQUE

LA GRANDE ANTHOLOGIE DU FANTASTIQUE
par Jacques Goimard et Roland Stragliati

Première anthologie thématique complète du fantastique, elle rassemble en huit volumes les chefs-d'œuvre et les maîtres du genre, de Poe à Lovecraft, de Gogol à Borges, d'Hoffman à Kipling.

Chaque recueil comporte :

- Une introduction générale sur la littérature fantastique;
- Une préface particulière traitant de l'histoire et de la signification du thème;
- Une présentation de tous les récits retenus,
- Une biographie et une biliographie des auteurs représentés.

HISTOIRES DE MORTS-VIVANTS
HISTOIRES D'OCCULTISME
HISTOIRES DE MONSTRES
HISTOIRES DE FANTOMES
HISTOIRES DÉMONIAQUES
HISTOIRES DE DOUBLES
HISTOIRES D'ABERRATIONS
HISTOIRES DE CAUCHEMARS